本書獲福州外語外貿學院學術著作出版基金資助

叢書主編 陳慶元

翠屏集

（明）張以寧 著
游友基 整理

廣陵書社

圖書在版編目（CIP）數據

翠屏集 / (明) 張以寧著 ; 游友基整理. -- 揚州 : 廣陵書社, 2016.8
(閩海文獻叢書 / 陳慶元主編)
ISBN 978-7-5554-0431-6

Ⅰ. ①翠… Ⅱ. ①張… ②游… Ⅲ. ①古典詩歌—詩集—中國—明代②古典散文—散文集—中國—明代 Ⅳ. ①I214.82

中國版本圖書館CIP數據核字(2016)第208801號

ISBN 978-7-5554-0431-6

書　　名　翠屏集
著　　者　(明)張以寧
整 理 者　游友基
責任編輯　李潔　張敏
出 版 人　曾學文
出版發行　廣陵書社
揚州市維揚路 349 號
郵編 225009
http://www.yzglpub.com
E-mail:yzglss@163.com
印　　刷　無錫市極光印務有限公司
裝　　訂　無錫市西新印刷有限公司
開　　本　889 毫米 ×1194 毫米 1/32
印　　張　9.5
字　　數　150 千字
版　　次　2016 年 8 月第 1 版
印　　次　2016 年 8 月第 1 次印刷
書　　號　ISBN 978-7-5554-0431-6
定　　價　68.00 圓

目錄

前言……………………………………一
翠屏集序　宋濂……………………八
翠屏集序　陳南賓…………………一〇
翠屏集序　劉三吾…………………一二
翠屏集序　陳璉……………………一四
卷一…………………………………一
四言古詩……………………………一
題松石圖……………………………一
題松隱圖……………………………一
五言古詩……………………………一
題尚仲良畫鷺卷……………………一
峨眉亭………………………………二
題子猷訪戴圖………………………二
題節婦卷……………………………二
四景山水……………………………二
送楊士傑學士代祀闕里分題得硯井臺……三
送重峯阮子敬南還…………………三
題李白問月圖………………………三
題海陵石仲銘所藏淵明歸隱圖……四
鑑清軒………………………………四

絅齋爲張景思總管賦……四
遊句容同林景和縣尹子尚規登僧伽塔賦……五
七言古詩……五
嚴州大浪灘……五
題牧牛圖 二首……六
分題蕪城煙雨送吳原哲教諭……六
題畫山水……六
題米元暉山水……六
江南曲……七
題日本僧雲山千里圖……七
思歸引題王居敬總管寧軒……七
夜飲醉歸贈王伯純是日王得容程
子初同飲……八
題李白問月圖……八
題趙子昂書杜少陵魏將軍歌贈錢
雪界萬戶……八
題郭誠之百馬圖……九
王伯純讀書别墅晨起有懷縱筆奉寄……九
題王伯純青雨亭……一〇
題進士卜友曾瘦馬圖……一〇
題綠繞青來卷……一一
答豫章鄧文若進士見贈並謝蘇昌
齡徵君……一一
次韻同年李孟豳編修見貽……一二
次韻送同年朱子儀調光化尹還睢
陽 新增……一二
題張起原舟中看山圖……一三
青山白雲歌送周熙穆高士歸天台
省親時寓玄妙觀 先生自注：
「高士迺天台上參政孫。」……一三
題馬致遠清溪曉渡圖 先生自注：
「致遠，廣西憲掾。子琬，從予學。」……一四

題玄妙觀主程南溟所藏馮太守蓮花圖……一四
遊仙子次韻王子懋縣尹……一四
舟中順風縱筆呈王子懋縣尹趙德明知事　古詩皆新增。……一五
子懋王尹次予韻君越人嘗憶己巳春與胡允文趙彦直陶師川遊鑑湖陟玉笥登山陰蘭亭問修竹尚無恙否酒酣賦詩一慨千古江海十載故人天方因君興懷借韻一笑……一五
題劉志雲手植松卷……一五
林志尹秋江漁父圖……一六
次韻唐括仲寬照磨雪中……一六
予別黃巖十又六年謭焉德薄父老當不復記然區區常往來於懷也如晦上人來見語亹亹不能休別又依依不忍釋予不知何也賦此以贈……一六
登大佛嶺雨中雲在其下……一七
題李遂卿畫……一七
梅所歌爲朱奐彰作……一八
蔣仲誠墨牛圖　二首……一八
七夕吟仝張士行賦……一九
倦繡篇爲雲中呂遵義作……一九
洗衣曲同唐括子寛賦……一九
洗衣辭再同仲寛賦……二〇
送張東陽弟……二〇
雪坡歌爲丁彦亨作……二〇
送憲掾孫德謙北上……二一
赤盞爲肅慎貴族於今爲清門希曾其字者讀書爲詩善鼓琴且工墨菊有新意爲予作四幅留其二徵詩爲賦此云……二一
題甬東卓習之郭熙雪霽圖……二二

題蘇昌齡畫……一二二
湛淵王提點招飲出示座主馬中丞
詩歸賦此謝之……一二二
題徐君美山水圖……一二三
題李太白觀瀑圖……一二三
李秀才琴所卷……一二三
閩關水吟……一二四
送宣掾李伯魯北上 父李子實御史…一二四
題安可久山水之間……一二五
題雙峯祿天泉上人所藏南岳笑印
蒲萄幛……一二五
題高元德三山圖……一二五
題楊子文羅漢渡海圖……一二六
題吳子和山水……一二六
題揚子第八港韓氏十景卷……一二七
題饒良卿所藏界畫黃樓圖……一二七

長江萬里圖爲同年汪華玉賦……一二八
予使日南道吉安府主來訪舟中命
醫者王本達饋以善藥時予困於
秋暑心目爲之豁然感其意走筆
爲賦長句以贈……一二九
題知印趙希貢滄江漁隱圖……一二九
別廣東周參政幹臣……一三〇
牛士良惠詩既倚歌以和仍賦長句
一篇以答之……一三〇
有竹詩爲張伯起子玄署作……一三一
別胡長之……一三一
贈安南善書阮生生名太沖爲予書
春秋春王正月考及安南行藁予
喜其楷法遒美更其字曰用和而
詩以贈之……一三二
贈安南善書阮生生名廷玠爲予書

春秋春王正月考及安南行槀予喜其楷法遒美更其字曰寶善而詩以贈之……………三二

卷二

卷二……………三三
五言律詩……………三三
題江仲暹聽鶴亭……………三三
送同年江學庭弟學文歸建昌……………三三
送王伯純遊錢唐……………三三
送侯邦彦自南譙遊建業……………三四
題廣陵姚節婦卷……………三四
題劉君濟青山白雲圖……………三四
九江廟……………三四
春日懷李叔成上舍……………三五
夜飲蔣師文齋館……………三五
題余寄庵卷　全真……………三五
雨中　以下計五首，庚辰年作。……………三五
崇德道中……………三六
浙江……………三六
過龍遊……………三六
宿籌嶺……………三六
贈别同年何詹成……………三七
送徐君美之六合縣尹……………三七
長蘆寺……………三七
建業清凉寺次王伯循御史竹亭壁間韻……三七
題吴恭清茂軒……………三八
題曹子益可竹亭……………三八
泊戚家堰遇風夜雷雨　庚辰年作……………三八
題青山白雲圖……………三八
途中次子烜韻　庚辰年作……………三九
舒嘯軒……………三九
至直沽　庚辰年南歸作。以下計四首。……三九

夜久……四〇
舟中見雨……四〇
江干……四〇
淮安寄同年伯牙原卿……四〇
送僧南歸……四一
次李參政省中獨坐韻　時在翰苑……四一
次韻　同上……四一
題山水圖……四一
用烜韻呈王趙二明府　以下五言律皆係庚辰年南歸作。……四二
憶黃子約……四二
董子廟……四二
二月十五日舟中見柳始青……四二
荆門閘……四三
宿遷縣……四三
宿泛水……四三
別王子懋趙德明……四三
過常州……四四
近無錫道中……四四
別忻都舜俞用烜韻　回回氏，能詩。……四四
過桐廬……四四
夜泊東關……四五
舟中……四五
過蘭溪……四五
泊湖頭水長……四五
雨發常山……四六
宿烏石……四六
分水鋪道中……四六
宿黃亭明日四月一日夏至……四六
安南即景　此一首洪武二年在安南作。……四七
五言長律……四七
送陳子山狀元之太廟署令……四七

送王人傑都事開詔福建……四七
送杜德夫河東經歷……四八
次韻鄭蘭玉 有一竿亭。……四八
賀禮部王尚書本中二十韻……四八
送館主韩憲使之淮西四十韻……四九
挽友人 新增……五〇
七言律詩……五〇
丁卯會試院中次諸友韻……五〇
長蘆渡江往金陵……五一
喜丁仲容徵君至……五一
送帖僉憲赴山北……五一
送完者僉憲赴江東……五一
送馬仲達秋試……五二
題劉商觀奕圖……五二
題廣陵李使君園……五二
題信州弋陽周竹窗嘉竹圖……五二
九日與王伯純登蜀崗……五三
丙寅鄉貢同寧德黄君澤韓去瑕俟鶴山登幔亭峯今十五年矣賦此併懷黄子肅同年……五三
次李宗烈韻……五三
次李宗烈見贈韻……五四
題清隱圖……五四
横陽草堂次謝疊山韻……五四
秋登九江廟晚眺……五四
題安可久山水之間卷……五五
嚴子陵釣臺……五五
夜泊獨柳次韻王尹子懋……五五
送僧遊杭……五五
高郵……五六
次王伯純韻 並序……五六
題劉士行石林茅屋……五六

次韻答茅壺山……五七
題安仲華秀實卷……五七
題石生仲濂所藏李克孝竹木……五七
登閩關……五七
麋家店　廣陵。……五八
廣陵岳廟登瀛橋同成居竹賦……五八
常山縣……五八
次同年李子威御史韻呈康魯瞻僉憲……五八
題唐明府畫馮隱士像……五九
送葉景山掾史赴都……五九
九日登蜀崗次王伯純韻……五九
送崔士謙侍親還嵊縣……五九
題遠遊卷……六〇
題臨川王與可拂雲亭……六〇
送思齊賢調浙東掾……六〇
次隨太守劉侯素軒韻……六〇
送李遜學獻書北上　所藏父書。……六一
寄題琵琶亭……六一
送姜知事湖廣掾……六一
寄廣西參政劉允中……六一
初度日次人韻……六二
題采石娥眉亭……六二
送劉素軒作守……六二
送劉子昭歸杭省親……六二
答張約中見問……六三
儀真范氏義門……六三
南窗竹影……六三
太平太傅致仕……六三
次韻夜宿雙清亭……六四
元日早朝次馬彥翀學士韻　二首……六四
次李左司明舉看田朱家垈韻……六四
和周子英進講詩韻……六五

次韻春日見寄……六五
和劉公藝暮春有感韻……六五
臘月夢還家侍親……六五
次韻感懷清明並自述　二首……六六
桃源春曉圖……六六
題山水圖次張蛻翁韻　以後七言律皆係新增。……六六
題東坡淮口山圖……六七
追和楊仲弘饒州東湖四景詩上本齋王參政……六七
題雪窗墨蘭爲湖廣都事李則文作……六七
南宮校文次韻馬在新授經　二首……六八
送謝弘道福建理問　豫章人。……六八
送孔伯遜延平錄事……六八
送鐵元剛檢歸三山……六九
送趙文中南歸……六九
環翠樓爲危子繹作　樓在光澤縣鐵牛關。……六九
挽朱彦實母韓氏……六九
次張祭酒虛遊軒雨後即事韻並憶揚州舊遊……七〇
次韻李明舉御史貢院詩……七〇
次韻張祭酒新春詩……七〇
都城春日再次前韻……七一
送陳彦博編修歸省　成誼叔左丞館賓。左丞有積素齋。……七一
次韻成均春日答潘述古博士……七一
祭酒江先生見和再次前韻……七二
過瀞州答子烜和韻　以後七言律皆係庚辰年南歸作。……七二
同王趙二明府岸行裹河濱……七二
過沛歌風臺……七二

與趙德明談丁仲容作此寄之……七三
沽頭……七三
徐州霸王廟……七三
范增墓 爲盜所發。……七三
戲馬臺 項王築，劉裕登。……七四
燕子樓……七四
黄樓……七四
吕梁洪……七四
邳州……七五
吳門懷古……七五
過吳江州 己巳歲過此，孔世平州判今在廣東。……七五
錢塘懷古……七五
富陽南泊驟風雨……七六
烜次草萍壁間韻同作……七六
七里下舟至鉛山州旁羅店……七六

過辛稼軒神道弔以詩……七六
題關上……七七
過武夷……七七
至建陽文公宅里……七七
建寧府雨中登玉清觀……七七
宿大橋……七八
至瓜州……七八
安南使者同時敏大夫登舟相訪獻詩述懷一首就坐走筆次韻答之以紀一時盛事云 以後律詩洪武二、三年作。……七八
再次韻答之是日微雨大風……七八
過小孤山……七九
廣州贈同時敏……七九
南昌行省迓至驛舍同安南使宴於省廳參政京口滕弘有詩次韻答之……七九

過南昌……七九
萬安邑令馮仲文家全椒與予舊識鮑仲華提舉有瓜葛之好傾蓋情親戀戀有故人意君渡江舊人有惠政得民心……八〇
舟中望贛州……八〇
贛州城下……八〇
南雄即事次牛士良韻……八〇
平圃驛中秋翫月用牛士良韻……八一
舜廟詩次韻牛士良……八一
峽山寺僧慧愚溪邀觀壁間舊題因誦宋廖知縣一律有雲猿棄玉環歸後洞犀拖金鎖占前灣予謂其切實類唐許渾賦以繼之……八一
廣州贈溫陵龔景清鄉人……八一
封川縣次韻典簿牛士良……八二
梧州即景……八二
烏巖灘馬伏波祠……八二
次韻士良子毅登雷破巖劉大王廟唱酬……八二
立冬舟中即事……八三
龍州答迎接官何符……八三
又答請命官阮士僑……八三
又答……八三
次韻羅復仁編修……八四
情事未申視息宇內劬勞之旦哀痛倍深悲歌以繼慟哭所謂情見乎辭云爾呈閭初陽天使牛士良典簿……八四
予少年磊隗負氣誦稼軒辛先生鬱孤臺舊賦菩薩蠻嘗慨然流涕歲庚辰過鉛山先生神道前有詩云云見南歸紀行藁後會贛州黃教

授請賦鬱孤臺詩復作近體八句亡其舊藁因念功名制於數定材傑例與時乖自昔不遇若先生者蓋亦多矣然猶惜其未能知時審己恬於靜退幾以斜陽煙柳之詞陷於種豆南山之禍今二十九年矣舟過是臺細雨閉蓬靜坐忽憶舊詩因錄於此見百念灰冷衰老甚矣云……八五
安南即事……八五
七言律詩拗體……八六
次韻安慶汪仲暹超然亭……八六
送李叔成遊茅山……八六
竹軒……八六
平野……八六
雪石……八七
泊龜山　詩中之景，指洪澤屯也。……八七
自挽　按：先生生於元辛丑，終於安南，洪武三年五月四日也。臨終自作此詩，是日而逝。蓋享年七十矣。……八七
五月十三夜夢侍讀先生枕上成詩　牛諒，翰林典簿。……八七
七言長律……八八
濟南寓公程鵬翼耀彩亭……八八
分韻得覃字送中丞張叔靜之西臺……八八
送林崇高廣西都事……八八
中書右司提控秋霽軒……八九
五言絶句……八九
泊十八里塘……八九
渡江……八九
題道士青山白雲圖……八九
賀李孟豳中丞壽四絶……九〇

次張仲舉祭酒詠花……九〇
槐花……九〇
葵花……九一
水紅花……九一
木槿花……九一
玉簪花……九一
和拜明善韻　並序……九一
太和縣……九二
揚州廣成店……九二
七言絶句……九二
題月落潮生圖……九二
雨中縱筆書悶……九二
題顧善道山水……九三
題崔元初醉翁圖……九三
題小景……九三
同徐元徵錢德元酒邊即席題壁間山水……九三
題桃花圖……九三
書所見……九三
題扇……九四
衢州詠爛柯山効宋體　二首……九四
憶六合……九四
題畫貓……九四
題畫白頭公　二首……九四
題錢唐春遊卷……九五
戲作杭州歌　二首……九五
存恕堂卷……九五
浙江亭沙漲十里……九五
灤陽道中次韻李伯貞中丞李孟豳參政　二首……九五
王叔周山水圖……九六
浙江潮圖……九六
雲巖詩爲傅元剛題……九六

劉元初桂花圖……九六
二馬圖……九六
錢舜舉畫……九七
紫茄……九七
絲瓜……九七
次翰林都事拜住春日見寄韻……九七
墨蘭爲湛然上人題……九七
和同年馬仲皋詠文韻 四首……九七
題北山蘭蕙同芳圖……九八
題雪窗蘭蕙同芳圖……九八
題李文則畫……九八
陸羽烹茶……九八
蘇公赤壁……九八
淵明送酒……九八
逸少蘭亭……九八
題邊魯生墨竹爲汪大雅……九九
題畫……九九
棠梨幽鳥……九九
梨花錦鳩……九九
次韻廉公亮承旨夏日即事 六首……九九
夜過陵州……一〇〇
東昌……一〇〇
梁山濼……一〇〇
泊沽頭……一〇〇
邵伯鎮……一〇〇
揚州……一〇〇
過觀州悼阿仲深狀元……一〇一
聞同年劉子實盧可及訃……一〇一
道中……一〇一
子烜買紅酒……一〇一
嘉興有感陸宣公事……一〇一
夜泊雩浦……一〇二

過桐廬……一〇二
宿新站……一〇二
玉山縣店見壁間黃山林獻可詩次韻……一〇二
宿南嶺書　二首……一〇二
過崇安宿赤石水澀不下舟……一〇三
科舉以滯選法報罷士無有爲錢若水者何也予於膠西張起原坐上聞此語悚然予獲戾甲戌冬而乙亥科舉罷徒抱耿耿進退跋疐此古昔有志之士所以仰天淚盡者也感胡永文事賦廿八字凡我同志當爲憮然……一〇三
到建寧贈星者蘇金臺　庚辰年所作止此。……一〇三
南京早發　自此以後洪武二年使安南所作。……一〇三
晚泊石頭城下明旦發龍江……一〇三
過大聖港新河口……一〇四
蕪湖……一〇四
泊月子河望三山……一〇四
焦磯廟……一〇四
過采石……一〇四
月子河阻風……一〇五
有感……一〇五
爲舟人萬氏題象圖……一〇五
舟中望廬山……一〇五
過臨江望閤皁山……一〇五
懷故人鄧南皋……一〇六
遇故人胡居敬臨江府送至新淦……一〇六
過臨江　懷劉原父、孔文仲諸賢。……一〇六
吉水縣違新淦二十里濱江一帶皆丹山無草木因憶予鄉云……一〇六

安南使令上頭翰林校書阮法獻詩
四絶次韻答之……一〇六
予己丑夏辭家客燕二十年江南風
景往往畫中見之戊申冬來南京
今年六月二十九日奉旨使安南
長途秋熱年衰神憊氣鬱不舒舟
抵太和舟中睡起煙雨空濛秋意
滿江宛然畫中所見埃壒爲之一
空漫成二絶以志之時己酉七月
二十四日也……一〇八
舟中覩物憶亡兒烜……一〇八
二十七日晚到萬安縣縣令馮仲文
來問勞翌日登岸觀故宋賈相秋
壑所居故址左城隍祠右社稷壇
中爲龍溪書院其後二喬木鬱然
云賈相生於此書院舊甚盛田多
於邑學今歸之官獨舊屋前後二
間中存先聖燕居像右四公木主
徘徊久之當宋季年君臣將相皆
非氣運方興者敵襄樊無策可救
江左人材眇然無可爲者譬之奕
者不勝其偶無局不敗是時有識
者爲崔菊坡葉西麓無已則爲文
山李肯齋可也而癡頑已甚貪冒
富貴國亡家喪爲千載罵笑而刻
舟求劍者乃區區議其瑣瑣之陳
迹悲夫因賦二絶如罪其羈留信
使之類皆欲加之罪之辭也……一〇九
夜聞雨……一〇九
南康驛丞王珪文玉嘗逮事故郎中
顔希古求詩爲走筆書一絶……一〇九
晚到韶州……一一〇

帝舜廟……………………………………一一〇
張文獻祠…………………………………一一〇
余襄公祠…………………………………一一〇
發廣州……………………………………一一〇
題畫馬……………………………………一一〇
代簡周幹臣廣東參政　二首………………一一一
代簡楊希武右丞安南驛書懷　二首………一一一
廣東省郎觀子毅翩翩佳公子也讀
書能詩甚閑於禮以省命輔予安
南之行雅相敬禮予暫留龍江君
與士良典簿先造其國正辭嚴色
大張吾軍今子毅北轍而予南轅
家貧旅久復送將歸深有不釋然
者口占絶句四首以贈詩不暇工
情見乎辭云爾……………………………一一一
予以使事留滯安南安南人費安朗
以隱宮給事其國親貴近臣家老
而彌謹預於館人之役朝夕奉事
甚勤拜求作詩懇至再四口占二
絶予之一以志予念鄉之感一以
對景自釋焉………………………………一一二
代簡廣西參政劉允中……………………一一二
論詩………………………………………一一二
詞…………………………………………一一三
江神子送醫官石仲銘攝邵伯鎮巡
檢得代……………………………………一一三
廣州省治南漢主劉鋹故宮鐵鑄四
柱猶存周覽歎息之餘夜泊三江
口夢中作一詞覺而忘之但記二
句云千古興亡多少恨摠付潮回
去因檃括爲明月生南浦一闋云…………一一三
詩集·跋　石光霽…………………………一一三

卷三……一一四
序……一一四
春秋經説序……一一四
經世明道集序……一一五
陳漢臣文集序……一一六
思存藁序……一一八
甑山存藁序……一一九
包與直雲泉漫藁序……一二〇
黄子肅詩集序……一二一
李子明舉詩集序……一二二
釣魚軒詩集序……一二三
馬易之金臺集序……一二四
宋氏族譜序……一二五
歐陽氏族譜序……一二六
楊氏世譜序……一二七
胡太常歲月日記序……一二八
秋野圖序……一二九
述善集序……一三〇
張氏父子善行序……一三一
李氏善行序……一三二
袁氏善行序……一三三
李氏四節婦詩序……一三四
潞陽會文序……一三五
山林小景詩序……一三六
送劉濬廷任五河教諭序……一三七
送王伯純還葬河東序……一三八
送李遜學獻書史館序……一三九
送曾伯理歸省序……一四〇
送奚子雲歸吳江州序……一四一
送劉廷脩調安慶路詩序……一四二
送鄭伯鈞序……一四三
贈李君南歸序 號樵隱……一四四

送曹判官序……一四五
送吳賓暘之泰興教諭序……一四六
送錢德元教諭盱眙序……一四七
送方德至漳學訓導序……一四八
桐華新藁序……一四九
草堂詩集序……一五〇
趙希直詩集序……一五〇
蒲仲昭詩序……一五一
送地理鄭隱山序……一五二
送南海知縣吳允思序……一五三
潛溪集序……一五四
送周參政行省廣東序……一五五
送南寧攝守焦侯序……一五六
劉可與紀行詩序……一五七
月波亭詩序……一五八

卷四……一五九
雜著……一五九
說……一五九
應制鍾山說……一五九
靜壽說……一六〇
澹雲說……一六一
劉漢子昭字說……一六一
徐清甫三孫字說……一六二
定峯說……一六三
心雷說……一六四
無外說……一六五
閑極說……一六六
月林說……一六六
雪崖說……一六七
贊……一六八

德淵贊　德淵黄君，三山人也，山之

樵人張以寧爲之贊。……一六八
銘……一六八
遠齋銘　爲焦仲和攝守作。……一六八
題跋……一六九
題申屠子迪毀曹操廟卷……一六九
書虛谷記後……一六九
跋廣州守徐煥炳文堅白齋記後……一七〇
題宋寧宗爲狀元曾從龍改名遺翰
其孫光溥所藏……一七〇
題盱江李復禮詩藁……一七〇
題湛源卷……一七一
題慧上人照心卷……一七一
題雷子於縣尹所藏山谷書杜詩後……一七一
題牧牛圖……一七一
雜記……一七二
記……一七三
天長縣興修儒學記　代淮東僉憲
楊惠子宣作。……一七三
靜怡精舍記……一七四
泉石山房記……一七五
石室山房記……一七六
山隱記……一七七
聯桂堂記……一七八
和樂亭記……一七九
虛齋記……一八〇
存存齋記……一八二
升齋記……一八三
秋堂記……一八四
河圖精舍記……一八五
苦學齋記……一八六
無間軒記……一八七
冰雪庵記……一八九

蒼雪軒記……一九〇
訥庵記……一九一
曲密之房記……一九二
知愚齋記……一九三
古田縣臨水順懿廟記……一九四
古田縣增廣城隍廟記……一九五
臨江府管繕記……一九六
廣州衛旗纛廟記……一九七
墓誌銘……一九八
學海陳君墓誌銘……一九八
徐母真氏墓誌銘……二〇〇
附録……二〇一
輯佚……二〇一
賦段節婦……二〇一
春暉堂詩……二〇一
七言古詩一首……二〇二
《述善集》所收張以寧詩文……二〇二
五言長詩一首……二〇二
賦一首……二〇三
濮陽縣孝義重建書院疏……二〇四
崇義書院記……二〇五
知止齋後記……二〇七
書唐兀敬賢孝感後序……二〇八
送楊象賢歸澶淵序……二〇九
愛理堂記……二一〇
春秋春王正月考序……二一一
奉上御芝隱公……二一二
中書省架閣庫題名記……二一三
題杭州虎跑泉聯……二一三
述評……二一四
《四庫全書》《翠屏集》提要……二一四

《春王正月考》二卷（兩江總督采進本）……二一四
《翠屏集》四卷（浙江汪汝瑮家藏本）……二一六
翰林院侍讀學士張以寧……二一七
《明史》張以寧傳……二一八
故翰林侍讀學士朝列大夫張公墓碑　楊榮……二一九
春秋春王正月考跋　張隆……二二一
《全閩詩話》評張以寧（八則）……二二二
其他（十二則）……二二四
贈詩……二二六
賜張以寧詩　朱元璋……二二六
以寧初度……二二七
得以寧實封……二二七
念以寧涉江海……二二七
念以寧入重山……二二七
慎言……二二八
戒財……二二八
保身……二二八
諭張制誥令世子守服……二二八
贈黃巖尹　韓信同……二二九
張志道別都門　黃清老……二二九
寄志道張令尹（二首）　薩都剌……二三〇
同縣尹張志道徵士黃觀複陰秀才燕集六縣校官葉仲庸池上分韻已而互相為和（五首）　丁複……二三〇
分得碧字……二三〇
次韻殿字……二三〇
次韻下字……二三〇
次韻秋字……二三一
次韻陰字……二三一

次張志道學士與龔景瑞詩韻　林弼……二三一
驅車篇送張志道奉親柩歸清漳　林鴻……二三一
聞張志道學士旅櫬自安南回　藍智……二三二
弔張以寧墓　徐𤊹……二三二
張以寧世系簡表　游友基……二三二
張以寧年表……二三五
主要參考文獻……二六一
後　記……二六二

前言

張以寧(一三〇一——一三七〇),生於元大德五年辛丑四月十五日,卒於明洪武三年庚戌五月四日。祖,留孫,元贈禮部尚書。父,一清,元中奉大夫,福建、江西省參知政事。生母陳氏,爲父一清續弦。有同父異母兄弟頤、興、野。爲漢留侯張良五十世裔孫,梁國公張睦十七世裔孫。元泰定四年丁卯(一三二七)進士。曾任黄巖州判官,真州六合縣尹。旋以丁内艱去官,服闋,留滯江淮十餘年,以授館爲生。至正中,徵爲國子助教,累官至翰林侍講學士、中奉大夫、知制誥、兼修國史。居燕二十載,潛心研學、創作詩文。入明,拜翰林侍讀學士、朝列大夫、知制誥、兼修國史。洪武二年己酉(一三六九)夏六月奉詔出使安南,返,卒於途中,敕歸葬。葬於古田安馬亭。五月十三日,牛諒(士良)作《五月十三夜夢侍讀先生枕上成詩》悼之。藍智作《聞張志道學士旅櫬自安南回》,云:「兩朝翰苑擅揮毫,白髮蕭蕭撰述勞。使出海南金印重,文成天上玉樓高。」七月一日,宋濂作《翠屏集序》。有《翠屏集》《春秋春王正月考》行世。

《翠屏集》四卷，收宋濂、陳南賓、劉三吾、陳璉序四篇。卷一收四言古詩二首；五言古詩十二首；七言古詩六十六首。卷二收五言律詩五十五首；五言長律七首；七言律詩一百二十九首；七言律詩拗體七首；七言長律四首；五言絕句十三首；七言絕句九十一首；詞二首。卷三收序四十五篇。卷四收雜著，其中説十一篇；贊一篇；銘一篇；題跋十篇；記二十三篇；墓誌銘二篇。共收詩三百八十六首（以詩題計），詞二首；文九十三篇。

張以寧生平所著詩文，有《翠屏藁》《淮南藁》《南歸紀行》《安南紀行集》《春秋春王正月考》《春秋春王正月考辨疑》。散軼頗多，今存《翠屏集》《春秋春王正月考》。《翠屏集》僅其詩文的十分之一。據現有搜集到的詩文統計，現存詩四百首（以詩題計），詞、二首，賦一篇，聯一副，文一百篇。

明宣德元年丙午（一四二六），以寧嫡孫張隆梓行《春秋春王正月考》二卷；宣德三年戊申（一四二八），《翠屏集》初刻，今存詩一卷（卷二）；成化十六年庚子（一四八〇），《翠屏集》次刻，今存完帙；康熙十六年丁巳（一六七七），《春秋春王正月考》再刻；乾隆四十二年丁酉（一七七七），《四庫全書·經部·春秋類》收《春秋春王正月考》二卷；乾隆五十三年戊申（一七八八），《四庫全書·集部·別集類》收《翠屏集》四卷。

陳南賓《翠屏集序》評張以寧詩：「其長篇，浩汗雄豪似李；其五七言律，渾厚老成似杜；其五言選，優柔和緩似韋，兼衆體而具之。」

其鄉愁詩約六十首。鄉愁，是張以寧一生揮之不去的情結，滲透於詩作的各個方面，貫穿於詩歌創作的始終。不僅進入日常生活，而且進入夢境及題畫詩創作領域。其鄉愁真切、深沈、悲苦。鄉愁見於對故鄉風景的憶念，遇見故鄉人、送别故鄉人的吟詠。念親，在鄉愁情感中佔據特别重要的位置。鄉愁與歸隱緊密聯繫，二者經常處於矛盾、衝突之中，反映了張以寧思想中儒家思想與道家思想的融匯與碰撞。

歸隱是張以寧一生難以忘懷的人生追求。思歸與入世的矛盾亦是其詩重要主題。仕而復失，他極想重新入仕。他懷有「百年懷抱」，這便是篤行古之儒道，上爲君王，下爲黎民，實現知識分子的人生價值。入翰林後，閑官冷署，無所作爲，人在仕途，宛若退隱，他稱館閣生涯爲「大隱金門」，既入仕又想退隱，心靈常處於被撕裂之中，常爲自己奔波仕途而懊悔。但其實，「入仕」在理智與情感兩方面始終佔據主導地位，顯得十分強烈。入明後，他纔受到重用，出使安南，給了他大展宏圖的機會。他心情暢快，且豪氣常充溢於胸臆之間。他從南京出發時作《南京早發》：「大隱金門三十載，壯懷中夜每聞雞。今朝一吐虹霓氣，萬里交州入馬蹄。」自注云：「蘇老泉云：『丈夫不得爲將，得爲使，折沖萬里外足矣。』」張以寧視此次遠赴安南是大丈夫「爲使」，折沖萬里外，其功蓋過「爲將」之打仗獲勝。

其感懷詩又常與詠史相聯繫。常抒寫由官宦而生出的種種悲慨，《峨眉亭》寫詩人獨酌，懷念李白，面對蒼然秋色，流露出一定的孤獨感。沈德潛謂此詩「何減太白」。《過辛稼軒神道弔以詩》爲憑弔辛棄疾之作，深刻指出，辛棄疾奮力抗金卻無法收復國土，其悲劇在於最高統治者原無北渡之心！此詩意境蒼涼，情懷悲壯。《自挽詩》：「一世窮愁老翰林，南歸旅櫬越山岑。」「稚子啼饑憂未艾，慈親藁葬痛尤深。」其痛苦可想而知。此類詩大多寫得沈鬱雄健。

紀遊在張以寧詩中佔了很大分量。張以寧平日喜愛旅遊。有些紀遊詩雄渾奔放，如《嚴州大浪灘》，有些則寫得清新俊逸，如《浙江》。江淮十年，授館教徒，他曾多次返鄉或出遊。其中，至元六年庚辰（一三四〇）四十歲壯年時南歸之遊，路程較長。庚辰南歸有詩集《南歸紀行》，現存詩七十七首。算得上一次壯遊。張以寧入明次年，出使安南，安南之行是春風得意一壯遊。返程尚未離安南境，即逝於臨清驛館。此次出行他心情暢快，禮贊自然，欣賞沿途自然風光之美，並陶醉其中，構成此次壯遊之舉與壯遊之詩的優美旋律。嶺南風光，異域情調，拓寬了張以寧的藝術視野，給了他以新奇的審美感受。沿途的名勝古跡，大多積澱着厚重的歷史、文化內涵，張以寧遊覽之，生發出懷古、詠史、感時、慨今之情。

他寫了不少題畫詩。元九十餘年有題畫詩三千七百九十八首。張以寧有題畫詩近百首，約佔其詩作的四分之一，佔元代題畫詩的三十八分之一。這些詩再現畫意，生發感想，新人耳目。主要折射元代題畫詩的特點，同時，又具有自己鮮明的創作個性。他的題畫詩似乎「濃縮」了他詩歌創作的主題：表達對自然山水的喜愛與讚美。長於托物詠志，感時慨今，隱約透露對現實的不滿，探索人生哲理。提倡真隱，反對假隱，歌頌隱居生活，爲自己無法清隱，深感悲哀而無奈。敬仰佛道，以儒爲主，融合釋道。思鄉念親在題畫詩中十分突出。張以寧題畫詩的藝術特徵鮮明、突出。其典型模式爲贊畫，再現畫境，贊詩人，有時兼及收藏者；言觀畫感想；借題發揮或離題而去。詠物畫題詩不追求體物入微或傳神寫照，而更注重詩人的主觀揮灑，想像比喻，並與觀畫感想相融合。善於刻畫人物形象，具有一定的敘事性，並闡述某些人生感悟；人物畫題詠詩塑造的人物形象獨特、生動，富有創意。將描景、詠史、感懷融爲一體。風格多樣，既自然淳厚又豪放雄奇。

宋濂在《翠屏集序》裏，高度評價張以寧散文所取得的藝術成就，他説：「今觀先生之文，非漢、非秦、周之書不讀，用力之久，超然有所悟入。豐腴而不流於叢冗，雄峭而不失於粗厲，清圓而不涉於浮巧，委蛇而不病於細碎，誠可謂一代之奇作矣！先生雖亡，其絢爛若星斗、流峙如河嶽者，固未始亡也。信諸今而垂於後者，豈不有在乎！」

作爲「一代之奇作」，張以寧散文的思想内容，有其鮮明特色。張以寧散文，題材内容涵蓋三大方面。首先，它宣揚理學、易學，肯定仁義禮智信、忠孝節義等價值觀的合法性與合理性，頗爲全面系統地介紹、評述了以「善」爲中心的家族文化。他所謂「古其道」之「道」，即以儒爲主，釋道輔之。其次是闡述詩文觀念。他主張「詩發乎性情」，詩具有音樂性，協於音是詩的特性。詩與畫的關係密切。詩畫的創作原理一樣，「善詩者必善畫」，「知詩者必知畫」，神之溢、氣之完、趣之詣，是詩畫的共同審美標準。問學是必要的，「貴乎融者也」。客觀上從詩與人的心靈、詩與音樂、詩與畫、詩與問學的關係等方面回答了詩的本質是什麽的問題。詩的創作在於「根本盛且大」，關鍵在於復古，先古其性情，非徒古其詞。就是詩宗盛唐。最重要的是學李、杜，也要兼學各家。應融匯衆家，而成一家。「必極諸家之變態，迺能成一家之自得」。張以寧的詩美追求可概括爲：古、正、醇、厚、雅、趣、悟。其詩論存在局限性，如揚臺閣而抑草根。張以寧論文，與論詩一樣，標舉「復古」。復古是其論文的出發點，其落腳點迺在於提振積弱的元代散文品格。其文論要點可歸結爲：復古、宗經、明道、師韓、重文、修養。主張師韓。認爲學習「天地至文」的途徑是師韓。其《潛溪集序》認爲，宋濂是師韓最好的當代散文家，他讚揚宋濂：「先生之文，其進於韓氏之爲乎！」準確地概括宋濂散文的特徵；《黄子肅詩集序》云：「蓋先生之於詩，天稟卓而涵之於静，師授高而益之以超，由李氏而入，變爲一家，其論具答王著作書及哀嚴氏詩法。其自得之髓，則必欲蜕出垢氛，融去渣滓，玲瓏瑩徹，縹緲飛動，如水之月、鏡之花，如羚羊之掛角，不可以成象見，不可以定跡求，非是莫取也。噫！何其悟之至於是哉！」第三是記事、敘誼、議政、説理。張以寧純粹的記敘文甚少。《古田縣臨水順懿廟記》敘古田縣臨水順懿廟修建過程，贊順懿夫人：「禦災捍患，應若影響，於民生有德豈淺淺哉！」篇末繫以詩頌之。敘寫與友人的交往，表現對友誼的重視，這一點在張以寧的散文中相當突出。他爲友人寫了衆多的詩集序、文集序，每篇都敘及他與故交或新友的來往情況。流露出對友人的深厚感情，那一篇篇序文都是他與友人的心靈對話。一些送序亦如此。「説」及某些「記」，屬於議論文。或即事明理，或闡述哲理，均頗爲深刻。《應制鍾山説》雖奉旨而作，卻浩蕩而得體，縱闔而自如，表現出張以寧散文的嫻熟老成。説理充分，氣勢磅礴！實迺一篇成功的論述建都南京的雄文。《澹雲説》剖析雲的兩面性；《定峰説》以山爲喻，論人性的「定」與「不定」，從而探及事物的現象與本質的關係。張以寧散文的藝術特徵鮮明、突出。一、文備眾體，量體裁衣：擁有眾多的文體類别，一篇散文中具有敘、議等多種文體元素，以至模糊了文體之間的界限，處於典型文體的邊緣；根據不同的内容選擇不同的文章體裁。二、借助形象，闡明事理：往往「望文生義」，對某一室名、庵名、齋名、人名等進行簡潔的描述，創造出某種形象，「象」中寓「理」，層層剖析，把「理」説透。三、引徵精當，氣勢充沛：文章主要是自説道理，引用經史，節制、精當；理直氣壯，有不可阻遏之氣勢，「氣盛」成爲其散文創作的自覺美學追求。四、明白曉暢，頗得雅趣。文意明確，觀點鮮明，主題突出，文脈明晰，文詞順暢；通過故事、典故、比喻、對話、虚構等方式增添作品的雅趣。

張以寧詩文較少針砭現實，少數酬唱詩流於空泛，缺乏新意。散文題材較狹窄。

「《翠屏》一集，咀含英華，當爲閩詩一代開先」（《明詩紀事》卷三陳田語）。「足籠罩一代」（梁章鉅《東南嶠外詩話》卷一）。張以寧詩對閩中十子的創作産生一定影響。元、明之際，張以寧力學唐詩，成爲閩中詩派之先導。

游友基二〇一五年十一月于福建師大花香園

翠屏集序

宋濂

嗚呼！濂尚忍序先生之文耶？先生長濂凡九歲，濂初濡毫學文，先生已擢進士第，列官州邑，及其教成均，入詞垣，先生之文益散落四方。濂得觀之，未嘗不斂衽，而以未能識面爲慊。去年春，始獲與先生會於京師，各出所爲舊藁，相與劇論。至夜分弗知倦，且曰：「吾生平甚不服人，觀子之文，殆將心醉也。」濂竊以謂先生素長者，特假夫褒美之辭以相激昂爾，非誠然也。曾未幾何，先生使安南，道次大江之西，特造序文一首相寄，其稱獎則尤甚於前日者。濂讀而疑之，酸鹹之嗜，偶與先生同，故先生云然，非濂之文果有過於他人也。方將與先生細論，而九原不可作矣。

嗚呼！濂尚忍序先生之文耶？文之難言久矣。周秦以前固無庸議，下此惟漢爲近古。至於東都，則漸趍於綺靡，而晉宋齊梁之間，俳諧骩骳，歲益月增，其弊也爲滋甚，至唐韓愈氏始斥而返之。韓氏之文，非唐之文也，周秦西漢之文也。韓氏之文固佳，獨不能行於當時。逮宋歐陽脩氏始效之。歐陽氏之文，非宋之文也，周秦西漢之文也。歐陽氏同時而作者，有曾鞏氏，有王安石氏，皆以古文辭倡明斯道，蓋不下歐陽氏者也。歐氏之文，如澄湖萬頃，波濤不興，魚龍潛伏而不動，淵然之色，自不可犯。曾氏之文，如姬孔之徒復生於今世，信口所談，無非三代禮樂。王氏之文，如海外奇香，風水齧蝕已千餘祀，樹質將盡，獨真液凝結，嶄然而猶存。是三家者，天下咸宗之。有元號稱多士，或出入其範圍，而檃括其規模者，輒取文名以去。故章甫逢掖之徒，每驕人曰：「我之文，學歐陽氏也，學曾王氏也。」殊不知三君子者，上取法於周、於秦、於漢也。所以學歐陽氏而不至者，其失也纖以弱。學曾氏而不至者，其失也緩而弛。學王氏而不至者，其失也枯以瘠。此非三君子之過也，不善學之，其流弊遂至於斯也。文之信難言者，一至如是乎！濂與先生劇論時，未嘗不撫卷而三歎。奈何狂瀾既倒，滔滔從之，而無有如先生之所慮者也。不亦悲夫！

今觀先生之文，非漢、非秦、周之書不讀，用力之久，超然有所悟入。豐腴而不流於叢冗，雄峭而不失於粗厲，清圓而不涉於浮巧，委蛇而不病於細碎，誠可謂一代之奇作矣！先生雖亡，其絢爛若星斗，流峙如河嶽者，固未始亡也。信諸今而垂於後者，豈不有在乎！如濂不敏，童而習之，顛毛種種，猶不得其門而入。凡先生之稱獎者，皆濂之所甚愧者也。

先生之子孟晦迺持翠屏藁來，徵爲之序。嗚呼！濂尚忍序先生之文耶？故舉先生相與論文者，書之於篇端，庶幾流俗知所自警，而讀先生之文者，亦將知其用意之所在也。夫詩若干卷，文若干卷，春秋經説若干卷，不在集中。先生諱以寧，字志道，姓張氏，福之古田人，泰定丁卯進士，仕至翰林侍講學士云。

洪武三年秋七月一日友弟翰林學士金華宋濂謹序。

翠屏集序

陳南賓

福之張公學士，號翠屏先生，登丁卯進士第，以詩文鳴天下。予少年讀書時聞其名籍甚，心竊慕之。洪武己酉夏六月，蒙朝廷以賢士舉赴京，獲一見先生面。先生許可之。七月，予有山東行，不得侍教左右，以償其夙願。未幾，而先生逝矣。

越十有六年，予助教太學，與同寅石仲濂交。仲濂舊從先生遊，每論及此，未嘗不慨然也。今年春，仲濂遣其子詣維揚，購先生遺藁，得詩百餘篇，遂以示予，予伏而讀之。其長篇，浩汗雄豪似李；其五七言律，渾厚老成似杜；其五言選，優柔和緩似韋，兼衆體而具之。信乎！名下無虛士也。

讀畢，仲濂謂予曰：「吾沐先生之教多矣。先生之詩文雖未獲其全，今姑以其存者鋟諸棗，而其未得者，續當求而傳之。吾兄嘗見知於吾先生，曷一言以弁其首？」予觀昌黎韓公詩有云：「李杜文章在，光焰萬丈長。流落人間者，泰山一毫芒。」則昔人之詩遺逸者多矣。先生平日所爲詩不知其若干首，兵燹以來其全藁不可復見。而百篇之詩，讀者莫不擊節稱歎，况求而有得乎！

予也重先生之學，嘉仲濂之義，若掛名其文字間，以識其高山景行之意，豈非夙昔之所願哉？於是執筆謹書，以序其顛末云。

洪武己巳二月望日後學長沙陳南賓序。

翠屏集序

劉三吾

自予習舉子業，則聞古田張志道翠屏先生有古文聲，未之見也。後迺得其令六合時所贈吾里彭彥貞文，讀之，金石鏘鳴，作而歎曰：「時文舉子，顧有此作也耶？」又三十餘年，再得其文二、三通於先輩胡古愚之子季誠所。其時所地在禁林，文名埒潞公，筆力則霜餘水涸，涯涘洞見矣。然每恨不得其文集之完而觀之，文集之完，治世之音之完不完所繇見也。

今年春，其子炬以歲貢上庠，攜其詩若文全集過迺翁高第弟子春秋博士石仲濂所。仲濂一見，悲喜交集。先生生光嶽渾全之時，文得大音完全之體，雖製作當瓜分幅裂之際，而其正氣渾涵，有不與時俱磔裂，而節制以柳，宏放以韓與蘇，醺經飫史，吞吐百氏，治世之音完然也。仲濂以予知先生之素，俾其子獻請序其首，而壽諸棗。予嘉仲濂之能不私其所有，睎世之祕不以示人者，其爲人賢不肖何如也。元至治辛酉進士、蜀楊舟梓人寓鼎宋本，誠夫相頡頏以古文鳴。未科第之先，宋有《至治集》盛行前代，而梓人孫宣靳其傳，人無得見之者。宣既死，其祖之文亦因以泯沒無傳。予嘗怱遽中一借觀，楊之文，古而該博；先生之文，古而精粹，皆能脱去時文窠臼，而自成一家者。

然則仲濂以其徒而情之親不讓李漢，炬以其子而不靳其父之文，賢於楊宣遠矣。咸可書也。因不辭而爲之序。

洪武甲戌六月戊寅翰林學士劉三吾書。

翠屏集序

陳璉

閩中近代諸儒多以文章知名。惟國子監丞陳公衆仲、翰林直學士林公清源與國子祭酒張先生志道，其尤著者。

先生，福之古田人。少有志操，邃於經史。登泰定丁卯進士第。釋褐列官郡邑，有循良風。後丁時多艱，留淮南者久之。復力學不倦，鋭志古文辭。自先秦兩漢唐宋以來諸大家文章靡弗周覽詳究。矧所友，皆一時鴻儒碩士，論辨淬礪者有年，積之既久，淵渟湧溢，沛乎其莫能禦。每操觚立言，引物連喻，貫穿經史百氏，而一本於理。其氣深厚而雄渾，其辭嚴密而典雅，不務險怪艱深以求古，不爲綺靡縝麗以徇時。其五七言古詩及近體諸詩沈鬱雄健者，可追漢魏；清婉俊逸者，足配盛唐。蓋可謂善學古人者也。在至正中，嘗傳經璧水，視草玉堂，尋拜大司成之命，所歷皆宜，其官聲名赫然，與陳、林二公相埒，不惟中朝重之，四方舉重之矣。聖朝初定天下，例徙南京，復爲學士。奉使安南以卒。實洪武三年庚戌也。

先生平昔著述甚富，後多散佚。文則其子孟晦彙次，太史宋公景濂序之。詩則其門人國子博士石仲濂編次，學士劉公三吾、長史陳公南賓序之。今諸孫南雄教官隆復以使安南藁續板行世。先生著述至是始克全見。文采爛然，足以垂後著世，與陳之《安雅堂集》林之《覺是集》並傳無疑矣。隆博學有文，克世其家，間徵言爲序。顧余淺陋，奚足以知之？然不虛辱其意，因書此以致景仰之私云。

宣德三年戊申五月朔掌國子監事嘉議大夫通政使司通政使羊城陳璉書。

卷一

四言古詩

題松石圖

繄松之蒼，繄石之剛。曷以比德，維士之良。有蒼者松，有剛者石。繄士之良，維以比德。

題松隱圖

蒼蒼蘚石，謖謖雲松。空山無人，明月在筇。我思武夷，三十六峯。之子之邁，攜琴曷從。

五言古詩

題尚仲良畫鷺卷

滄江雨踈踈，翻飛一春鋤。老樹如人立，欲下意躊躇。明年柳條長，遮汝行捕魚。

峨眉亭

白酒雙銀瓶，獨酌峨眉亭。不見謫仙人，但見三山青。秋色淮上來，蒼然滿雲汀，欲將五十弦，彈與蛟龍聽。

題子猷訪戴圖

平生戴隱居，破琴返雲嶠。亦有愛竹人，翛然可同調。雪溪夜回舟，未見心已了。乾坤淡虛白，吾方領其妙。

題節婦卷

妾有匣中鏡，一破不復圓，妾有弦上絲，一斷不復彈。惟存古冰雪，爲妾作心肝。死者倘復生，剖與良人看。

四景山水

山雨瀑如雪，林寒松未花。遥看飛閣起，知有梵王家。一僧歸得晚，雲濕滿袈裟。右春

崖斷石林合，風高雲葉飄。人歸雨脚外，高閣望中遥。應是天台路，幽期在石橋。右夏

秋巘白雲晚，霜林紅樹多。野橋山郭外，行子暮來過。為問小搖落，江南今若何。右秋

寒月白千峯，林深路絶踪。遙知僧定起，疎響在高松。亦欲剡溪去，其如山海重。右冬

送楊士傑學士代祀闕里分題得硯井臺

清廟歸古城，論堂儼遺井。色淨涵市槐，芳流泛壇杏。經文曩刪述，墨沼發光泂。源分鴻蒙深，澤配穹壤永。茲行弭英蕩，汲古用脩綆。仰止千載心，月明湛秋景。

送重峯阮子敬南還

君家重峯下，我家大溪頭。君家門前水，我家門前流。我行久别家，思憶故鄉水。何況故鄉人，相見六千里。十年在揚州，五年在京城。不見故鄉人，見君難爲情。見君情尚爾，别君奈何許。送君遽不堪，憶君良獨苦。君歸過溪上，爲問水中魚：「别時魚尾赤，别後今何如？」

題李白問月圖

青天出皓月，碧海收微煙。舉杯一問月，我本月中仙。醉狂謫人世，於今幾何年！桂樹日已老，

我别何當還！兔藥日已熟，我鬢何由玄？迢迢夜郎外，垂光一何偏。問月月不語，舉杯復陶然。青天自萬古，皓月長在天。明當躡倒景，飛步崐崙巔。

題海陵石仲銘所藏淵明歸隱圖

昔無劉豫州，隆中老諸葛。所以陶彭澤，歸興不可遏。凌煙藹功臣，旌旗蔽轇輵。一壺從杖藜，獨視天壤闊。風吹黃金花，南山在我闥。蕭條蓬門秋，稚子候明發。豈知英雄人，有志不得豁？高詠荆軻篇，颯然動毛髮。

鑑清軒

幽居鑑湖上，湖水直到門。愛彼湖水清，作此湖上軒。水清可以鑑，皎若玻瓈盆。輕風蘋末來，萬波生微痕。散亂眉與鬚，感茲默忘言。端坐鑑此心，澄之在其源。微風既不動，止水何由渾。湛然鯢桓淵，照見天地根。羣物芸芸動。中有不動存。寄謝軒中人，細與靜者論。

絅齋爲張景思總管賦

煌煌五色錦，出自天孫機。河漢濯文彩，雲霞光陸離。裁之古刀尺，被服禮所宜。終焉不自衒，衣褧以尚之。白賁遵聖訓，含章示臣規。豈乏美在中，詎求衆人知！問茲誰爲歟，君子有令儀。承家世衮繡，保己猶布韋。盛德詎終閟，天道諒如斯。善刀用迺完，藴玉光逾輝。願言珏照代[一]，黻我舜裳衣。

遊句容同林景和縣尹子尚規登僧伽塔賦

嵯峨崇明塔，拔地一千丈。我攀青雲梯，倏到飛鳥上。微風韻金鐸，初日麗銀榜。維時十月交，葉脱天宇曠。羣山東南奔，平川疊波浪。雲間三茅峯，圜立儼相向。碧瓦浮鱗鱗，茲邑亦云壯。雞鳴四關開，攘攘異得喪。塔中宴坐仙，憐汝在塵坱。古時登臨人，今者亦何往？俯觀世蜉蝣，仰歎彼龍象。迺知崐崘巔，可以小穹壤。同遊皆雋英，超遙寄心賞。霜飈天際來，毛髮颯森爽。太白去千年[二]，吾何獨惆悵！

七言古詩

嚴州大浪灘

東來亂石如山高，長江斗瀉湍聲豪。蛟鼉奔走亡其曹，青天白雪揚洪濤。舟子撐殺白木篙，長牽百丈嗟爾勞。側身赤足如猿猱。舟中行子心忉忉，山木巃嵸杜鵑號。

[一]「照」，《四庫》本作「昭」。
[二]「千」，原作「十」，據《四庫》本改。

題牧牛圖 二首

返照在高樹，歸牛度曾坡。一犢牟然赴其母，老牸反顧情何多！牧兒見之亦心惻，人間母子當如何？日暮倚門烏尾訛。

中園有樹葵，大田亦多稼。牧人急曳牛鼻迴，恐爾踐之鄰父罵。何時睡起兩相忘，吹笛西風柳陰下，青山白日秋瀟灑。

分題燕城煙雨送吴原哲教諭

燕城路，年去年來自煙雨。冉冉春濃濕燕絲，濛濛曉暗迷鶯樹。鮑照愁絶未歸來，爲畫當時斷腸賦。登高悵望正思君，帆影微茫又東去。

題畫山水

雲渺渺，水依依。人家春樹暗，僧舍夕陽微。扁舟一葉來何處？定有詩人放鶴歸。煙暝起，雨疎來。溪樹陰都合，巖花濕更開。安得身閑似鷗鳥，盡情飛去復飛回？

題米元暉山水

高堂曉起山水入，古色慘淡神靈集。望中冥冥雲氣深，秖恐春衣坐來濕。江風吹雨百花飛，早晚持竿吾得歸。身在江南圖畫裏，令人却憶米元暉。

江南曲

中原萬里莽空闊，山過長江翠如潑。樓臺高下垂柳陰，絲管啁啾亂花發。北人卻愛江南春，穹碑城外如魚鱗。青山江上何曾老？曾見南人是北人。

題日本僧雲山千里圖

天東日出天西入，萬里虬鱗散原隰。日東之僧度海來，袖裏江山雲氣濕。願乘雲氣朝帝鄉，大千世界觀毫芒。却騎黃鵠過三島，别後扶桑枝葉老。

思歸引題王居敬總管寧軒

家在永寧中，宦遊淮海上。使君作居軒，坐必永寧向。永寧漢時蠡吾國，日出城頭太行色。宅中三槐百尺強，曾是晉公親手植。淮海水，遙遙馳，使君紫馬黃金羈。群仙相追佩陸離，瓊花璀璨東風枝。江南雖樂非吾土，故國河山勞夢思。思心日夜如春水，流入滹沱無盡時。寧軒之名重桑梓，傳子傳孫孫復子。獨不見班超長望玉門關，千古英雄亦如此！

夜飲醉歸贈王伯純是日王得容程子初同飲

歲云暮矣客不樂，青雨亭前翫孤鶴。城頭愔愔雲下垂，竹外騷騷雪微作。亭中王郎風格奇，愛竹愛雪仍愛詩。開尊酒好客更好，坐中王程俱白眉。紅爐照閤生春霧，詩思騰騰天外去。玉姬舞倦回風來，吹倒三山見瓊樹。馬蹄蹴轡客歸時，留我更盡金屈卮。塵空秪覺乾坤白，飲醉那知賓主誰。坐聞一聲兩聲折，攜燈起看竹上雪。瑤華翠色森陸離，人影燈光兩清絶。却歸覓紙醉自題，烏啼古寺風淒淒。明年此夜知何處？興發還應訪剡溪。

題李白問月圖

誰提明月天上懸，九州蕩蕩清無煙。天東天西走不駐，姮娥鬢霜垂兩肩。中有桂樹萬里長，吳剛玉斧聲闐闐。顧兔杵藥宵不眠，天翁下視爲爾憐。頗聞昔時錦袍客，迺是月中之謫仙。帝命和予羽衣曲，虹橋一斷心茫然。竹王祠前霧如雨，躑躅花開啼杜鵑。月在天上缺復圓，人間塵土多英賢。舉杯問月月不言，風吹海水秋無邊。滄波盡捲金尊裏，清影長隨舞袖前。相期迢迢在雲漢，嗚呼此意誰能傳？騎鯨寥廓忽千年，金薤青熒垂萬篇。浮雲起滅焉足異？終古明月懸青天。

題趙子昂書杜少陵魏將軍歌贈錢雪界萬戶

獨不見唐時將軍魏氏雄，鐵馬氣無青海戎。杜陵老子歌都護，臨江節士趨下風。我朝錢侯岱岳秀，英略與古將軍同。投壺白日刺桐靜，傳箭清霜篁竹空。誰書此歌爲侯贈？文章閣老吴興公。侯昔受詔出閶闔，黄金虎符白雪驄。苕溪之上見舅氏，三珠耀日光瞳瞳。公時揮灑神與力，此詩此筆絶代工。廿年風雲萬變化，貫月夜夜横長虹。公騎麒麟箕尾上，侯射猛虎南山中。我爲侯歌愧才薄，展卷况有杜陵翁。樓船去冬下瀨水，白烝宵纏牛斗宫。丈八蛇矛石二弓，曾血鯨鯢漲海紅。錢侯錢侯莫袖手，侯家帶礪今元功。

題郭誠之百馬圖

唐家羽林初百騎，誰其畫之傳郭氏？開元天廄四十萬，爽氣雄姿那得似？風鬃霧鬣四百蹄，或飲或齕長鳴嘶。或翹或俯或騰躍，意態變化浮雲齊。黄沙雲暖地椒濕，什什爲曹競相及。蹂躪秦原狐兔空，蕩摇渭水蛟鼉泣。前年括馬輸之官，苜蓿開花春風閑。民間一駿豈復有？何如飽在圖中看。郭君才越流輩日，迺策蟻封人不識。驊騮豈少伯樂無，捲還畫圖三歎息。

王伯純讀書别墅晨起有懷縱筆奉寄

伯純，河東人。寓居揚州，有别墅近邵伯鎮，常讀書於彼。輕財好客，誼侔古人，且才甚高，長於詩，後領河東鄉薦。

數日有所思，作詩無好趣。思君讀書芳桂林，睡起題詩有新句。謝公埭上楝花風，密葉啼鶯緑如霧。君如塵外鶴，我似書中蠹。人生知己海内稀，縱有參差不相遇。咫尺思君知幾回，遠别懸知亦良苦。草亭新竹長，昨夜邗溝雨。思君持酒時，心逐江潮去。明年柳暗金河路，君馬如龍轡如組。而今壁上好題詩，記取王郎讀書處。

題王伯純青雨亭

王家茅亭好藂竹，青雨蕭疎滴晴緑。白雲飛來西山岑，曉漲愔愔秋萬斛。王郎磊落奇崛之英材，氣壓雲根萬蒼玉。粉香染筆露離離，翠羽聽詩霜簌簌。翠屏山人吟更狂，於此亭中幾回宿。山中昔騎雪色鹿，月上青琅響茅屋。山湫蛟起雨如軸，我臥其下卷書讀。十年倦枕夢中寒，起視紅塵眯人目。王郎誦詩酌我酒，我爲君歌歲寒曲。紅雲信宿化黄泥，百卉榮枯手番覆。人間耐久獨此君，令我嗟歎看不足。曲終雙鶴爲君舞，仰觀青霄意躑躅。王郎王郎莫相疑，歲晚期之在空谷。

題進士卜友曾瘦馬圖

左丞燮玄圃曾索詩觀，先生録以寄之，此其一也。

卜侯喜我詩，袖出瘦馬圖。前有杜陵瘦馬行，令我閣筆久嗟吁。憶昔馬齒未長日，金羈蹀躞鳴天衢。逐景虞泉日未晡，羲和頓轡喘不蘇。石根一蹶亦常事，誰遣逸足輕夷途？霜風大澤百草枯，飲齕不飽長毛疎。相者舉肥汝苦瘠，委棄迺在城東隅。病顙有時磨古樹，翻蹄無力衮平蕪。當年笑殺紫燕愚，中路清涕流鹽車。嗟哉此馬世罕有，駑駘多肉空敷腴。骨格稜層神觀在，頗類山澤之仙癯。解劍贖汝歸，伯樂今豈無？浴之萬里流，秣以百束蒭。苜蓿花白春雲鋪，氣全或比新生駒。持之西獻穆天子，尚與八駿爭先驅。瑤池雲氣浮太虛，日出積雪青禽呼，長望臨風心鬱紆。

題綠繞青來卷

炎歊一月詩久廢，忽驚山水墮我前。一灣瑤環綠宛轉，兩葉娥黛青連娟。青來綠繞各自媚。使我當暑神翛然。雲是仲德隱君之棲居，迺在螺女江上城東偏。南陽使君喜此卷，銀鈎玉唾相新鮮。我聞李愿盤谷王維輞川，伊人胸中瀟灑自巖壑，所以山水有意爲人妍。我友李景陽，邀我題詩篇。好山好水人更好，想是三神島嶼巢神仙。我遊金焦望遠海，一別九仙今十年。白蘋鷺下動明月，碧蘿猿掛啼蒼煙。更待涼風蕩餘熱，即下嵩江覓釣船。

答豫章鄧文若進士見贈並謝蘇昌齡徵君

昨日出城風日暄，今日雨聲早閉門。陰晴百歲手翻覆，長歌君詩擊我尊。昔年之春上京國，曉趨閶闔觀朝元。榑桑出日麗黄道，析木聚星環紫垣。馮侯作歌君屬和，我起擊節清心魂。五年相望不相見，萬事別來難具論。鬢邊青絲已霜色，衣上紅塵唯酒痕。瓊花開時廣陵市，豈意共君同笑言？眉山座上爛漫酌，三人歡好如弟昆。縱談夙昔若夢寐，仰視明月低崐崙。起攜數友逐清賞，雜遝鞍馬城西村。江流地上白浩浩，山落煙際青渾渾。醉懷磊磈傾欲盡，世慮皎潔醒終存。覩君佳兒宛在側，雜佩婉孌紉芳蓀。老親稚子隔天末，安得不使心憂煩？感君相寬佩君語，期君去我高飛騫。饑鴻嗷嗷紛在野，我曹一飲皆君恩。此身倘未溘朝露，誓將毫末酬乾坤。「鬢邊青絲」一作「江邊青鬢」。

次韻同年李孟豳編修見貽

玉京仙家十二樓，真珠垂箔珊瑚鈎。錦袍仙人醉吟處，蟠桃開遍金鰲頭。笑予卜居問詹尹，江楓搖落霜鴻影。淮水東邊昔遇君，瓊花瀉露金盤冷。美人雲髻歌堂堂，白日緩轡迴清光。五年相別復相見，桂樹蕭颯飛秋霜。君今青雲致身早，笑語從容陪閣老。垂鞭曉拂瓊林枝，抽毫夜視明光草。雪風吹酒生緑鱗，我起洗濯新豐塵。會當鳥爪擘麟脯，海上一笑三千春。

次韻送同年朱子儀調光化尹還睢陽 新增

故人昔遇淮南樓，金釵紅燭宵藏鈎。持螯爛醉對黃菊[一]，海月正出東山頭。故人今調襄南尹，五雲飛佩搖霞影。都門馬首談舊遊，酒熱貂裘雪花冷。憶昔射策中書堂，閶闔黃道垂天光。鵾鵬遠擊同千里，鴻雁相望動十霜。荒雞野店君行早，到家定訪睢陽老。階前新雨秀蘭芽，堂背光風泛萱草。冰銷漢渚波龍鱗，飛舞雛鳳離風塵。憶君明年重迴首，大隄花發襄陽春。

[一] 螯，原作「鰲」，據「四庫」本改。

題張起原舟中看山圖

張侯往年官衡州，州之名山無與儔。蓉旌羽節降白日，紫蓋石廪騰清秋。侯也愛山得山趣，似是昔時王子猷。每憐馬上看草草，不得獨往探奇幽。兹辰歸來好風色，熨平翠縠鋪湘流。中流容與沙棠舟，舟中傲睨紫綺裘。青山喜人不肯走，一一自獻當船頭。掀髯轉盼領其妙，誰歟知者雙蜚鷗。明霞返照儼不動，白雲翠煙相與浮。獨不見巴船捩拖水如箭，盤渦轂轉令人愁！好山縱有豈暇賞？急電一瞬過雙眸。古來會心亦良少，千年幾見斜川遊？絶憐詩句餘秀色，我起高詠心悠悠。朱郎落筆宛飛動，毋迺親見此景不？嗟侯之意我亦有，艇子况繫溪南洲。秋山石上芝草長，我獨胡爲此淹留？「轉盼」一作「輾然」。

青山白雲歌送周熙穆高士歸天台省親時寓玄妙觀 先生自注：「高士迺天台上參政孫。」

揚州冬雨泥一尺，老子宫前紅葉積。手持青山白雲之畫圖，道人别我將遠適。天台山高雲冥冥，千年古鋏立石壁。甘棠圃廢蔓草深，寂寞前朝參政宅。玄孫今者著黄冠，朱户昔時羅畫戟。圖書虹氣散如煙，故山青青雲白白。爾家父老鬢如絲，斸山采雲人不識。一别幾年不相見，寸心千里長相憶。歸將雙橘壽高堂，青山白雲俱動色。龍虎之山隔風雨，道人此中煉精魄。他年拔宅上雲中，此日看雲意悽惻。太華峯頭見夜日，三島微青亂波赤。道逢平叔煩語之，老夫曾是天台客。

題馬致遠清溪曉渡圖 先生自注：「致遠，廣西憲掾。子琬，從予學。」

今晨高臥不出戶，歲晏黃塵九逵霧。美人遠別索題詩，眼明見此清溪之曉渡。溪傍秀林昨夜雨，落花一寸無行路。歌闌桃葉人斷腸，艇子招招過溪去。紅日青霞半晦明，白雲碧嶂相吞吐。詩成君別我亦歸，此景宛是經行處。我呼九曲峯前船，君帆正渡瀟湘渚。雁去冥冥紅葉天，猿啼歷歷青楓樹。是時美人不相見，我思美人美無度。美人之材濟時具，我老但有滄洲趣。他日開圖思我時，溪上春深采芳杜。

題玄妙觀主程南溟所藏馮太守蓮花圖

往時毗陵二千石，能作馮荷世無匹。揚州真館驚見之，江水江雲動高壁。紫臺日出群仙朝，露洗榑桑太霞赤。翠蕤絳節光陸離，漢女湘妃失顏色。就中一個異姿格，彤霞酒銷雪色白。道人一笑三千齡，太華秋風語疇昔。憶予濯足江上遊，浩歌小海無人識。荷葉荷花夢裏香，倦遊見畫三太息。君當取此葉爲舟，凌厲南溟觀八極。暮年賀老乞身歸，分取鑑湖千頃碧。

遊仙子次韻王子懋縣尹

白波如山多烈風，海中不見安期翁。十三真君喚我語，拄杖擲作垂天虹。金雞啼落仙巖月，桃花滿地臙脂雪。扶桑曉日見蓬萊，明霞萬里紅波熱。酒酣少住三千春，下視城郭人民新。仙家雞犬是麟鳳，笑殺李白騎蒼鱗。瑤臺咫尺生煙靄，崑崙不隔青天外。寄聲白髮老劉郎，辛苦茂陵望東海。

舟中順風縱筆呈王子懋縣尹趙德明知事 古詩皆新增。

行舟難逢萬里風，同舟難逢兩詩翁。長風駕舟似走馬，詩翁飲酒如長虹。三年落魄瓊花月，去年躡蹀金臺雪。美人一笑舞羅衣，酒上貂裘雪花熱。漳河歸來二月春，河頭柳色黃金新。玉漿浮盌瀉碧酒，銀尺出網跳鮮鱗。平原蒼莽生晚靄，上黨飛狐落天外。詩成舉酒須飲之，君看漳河走東海。

子懋王尹次予韻君越人嘗憶己巳春與胡允文趙彥直陶師川遊鑑湖陟玉笥登山陰蘭亭問修竹尚無恙否酒酣賦詩一慨千古江海十載故人天方因君興懷借韻一笑

淡黃柳色搖春風，中流飛槳驚鳧翁。憶昔鑑湖攜窈窕，故人吐氣皆如虹。秦望山前待明月，苧袍歷亂楊花雪。仙人垂手授玉書，仰首雲間五情熱。洞簫吹老瓊枝春，袖中短墨長如新。落帆潮回海門白，有字難寄長江鱗。蘭亭修竹生蒼靄，因君興落湖山外。筆床茶竈釣船行，何日擊舷歌小海。

題劉志雲手植松卷

劉翁前代之故家，種松不種桃李花。蒼髯獨立風霜表，幾度人間春日斜。翁家有孫俱白皙，讀書松根看松色。準備長鑱斸茯苓，同上青雲生羽翼。

林志尹秋江漁父圖

江風搖柳雲冥冥，小艚釣歸潮滿汀。賣魚得錢共秋酌，白酒船頭青瓦瓶。樵青勸酒漁童舞，擊甌唱歌無曲譜。船前野鴨莫驚飛，我有竹弓不射汝。

次韻唐括仲寬照磨雪中

西山翠濕蓬萊股，勾陳蒼蒼星聚五。長風吹雪渡海來，鳳城佳氣如龍虎。瑤林不斷接九天，銀界滉瀁開三千。靈姬相顧一啓齒，霓旌羽節何紛然。道人宴坐歌雲門，天光盎然萬籟停。玄圃日出春無痕，白鶴載我三山行。

予別黃巖十又六年謭焉德薄父老當不復記然區區常往來於懷也如晦上人來見語亹亹不能休別又依依不忍釋予不知何也賦此以贈

朗公相見廣陵春，自云家世黃山人。老夫疇昔黃山客，江海見之情轉親。坡陁石上曾波雪[一]，遍海蓮華白於月。新詩句句鬬清妍，高誦長風動踈樾。清晨言別索題詩，我衰詩減黃山時。春潮日夕海門去，歸報山中耆舊知。

[一]「波」，《四庫》本作「披」。

登大佛嶺雨中雲在其下

大佛嶺盡小石來，黑崖削鐵懸崔嵬。泉翻松根六月雪，雨老石路千年苔。我行忽落青天外，白雲四望茫如海。黛痕三點見蓬萊，明星玉女遥相待。九華天姥省見之，人間有山無此奇。平生酷恨李太白，不到閩山獨欠詩。

題李遂卿畫

高堂暮冬見杏花，的皪滿樹開丹砂。生香麗色曉浮動，春風夜到仙人家。名園題詩昔時見，曲江煙晴江色變。兩鵝新乳出花間，白雪紅雲光眩轉。野人愛酒兼愛鵝，持酒尋常花下歌。客中看畫色惆悵，春風爾來獨奈何。

右《春鵝杏花》

江風吹霜荷葉白，月出餘香動秋色。湘姬越女不復來，鴛鴦翡翠無消息。飛來屬玉一雙雙，雪衣白於荷上霜。更長迢遞不成睡，望極飛鴻雲外行。開圖漠漠秋光冷，念爾娉婷抱寒影。五月花開江水平，飛起紅雲渺千頃。

右《秋鷺霜荷》

梅所歌爲朱奐彰作

梅之所，梅之所，不在羅浮之村西湖之嶼，迺在淮左竹西最佳處。主人冶地斸雲根[一]，純種寒芳託幽趣。翠禽嚦嚦月沈山，玉笛愔愔霜繞樹。嗟梅之所兮，誰爭子所？昔時金谷桃李園，倏忽春榮安足數！何時天雪新霽道少人，筇竹扶持老夫去[二]。百壺清酒十首詩，造君梅所誰賓主？醉倒參横楚天曙。

蔣仲誠墨牛圖　二首

迴風吹雲垂柳枝，蔓草雨濕春離離。牧人荷簑笠，叱牛牛下來。牛歸草草犢行遲，繭栗望母鳴相追。牛兮顧爾犢[三]，無迺日夕饑！我見惻然，念歸以悲。嗟哉楊德祖，蚩蚩真小兒！

溪水無泥新雨餘，日透高樹秋扶疎。牧兒挈笭箵，獨漉水中魚。人閑放牛牛自如，一牛長鳴望太虛。一牛顧其牧，無迺亦笑渠？我見嗒然，觀物之初。嗟哉蒲山子，區區讀何書？

[一]「冶」，《四庫》本作「治」。
[二]「筇」，成化本、《四庫》本均作「邛」，據文意改。
[三]「牛」，原作「半」，據《四庫》本改。

七夕吟仝張士行賦

銀河迢迢向東注，玉女盈盈隔秋渚。金梭飛飛擲煙霧，織作青鸞寄幽素。青鸞織成不飛去，仙郎脈脈愁無語。無語相望朝復暮，白榆搖落成秋樹。藕花香冷鴛鴦浦，天上銀橋寶車度。風清蕊殿開瑤戸，雲屏霧褥芙蓉吐。經年香夢遥相許，一夕離腸爲郎訴。羿姬妬人留不住，天雞角角扶桑曙。龍巾茬苒啼紅露，亂點雲開逗飛雨。伯勞西飛燕東翥，河乾石爛愁終古。翠樓乞巧娉婷女，鏡裹青螺掃眉嫵。博山沈煙嫋雙縷[一]，不識人間别離苦。

倦繡篇爲雲中吕遵義作

蘼蕪葉暗江雲暖，翡翠單飛怨春晚。陳女多情玉鏡分，陸郎薄倖斑騅遠。寶鴨團爐百和香，錦鴛方褥五文章。陰陰垂柳籠書幌，點點飛花落繡床。雙鸞欲寄金龜倩，燕月吴雲不相見。柔腸萬轉逐迴文，亂緒千條縈弱綫。女貞枝上燕雙棲，夜合花前思欲迷。停針嘿嘿無人會，但覺春山兩葉低。曉斷繡勒門前路，夜炙銀燈帳中語。指點香茸舊唾痕，見妾朝朝斷腸處。

洗衣曲同唐括子寬賦

洗衣女郎足如雪，寒波曉浸鴉頭襪。笑移纖笥整緗裙，素腕微鳴玉條脱。羅衣淚粉痕斑斑，欲洗

[一]「博」，原作「愽」，據《四庫》本改。

未洗沈吟間。波寒恐洗郎思去，不洗復恐傍人看。紅顔娟娟照清泚，秖惜芳年駛如水[一]。西風夢冷鴛鴦起，露滴紅香藕花死。洗衣洗衣復洗衣，小姑嗔妾歸去遲。小姑十二方嬌癡，此恨他年汝自知。

洗衣辭再同仲寛賦

妾身内郡良家女，雙鬟嫁作東鄰婦。寒機霜夜織流黄，輸與官中了門户。嫁時春衣裁白苧，是妾手中織成布。相從箕帚不暫離，雖有新衣不如故。憶曾女傅授妾詩，被服澣濯古后妃。妾家貧素無侍兒，擕衣洗洗妾不辭。妾人不是西家施，浣紗石上揚蛾眉。妾人不比溧陽女，殺身急義中道虧。河之水，清且漪。中有鯉魚紅尾肥，堂上老姑日午饑。洗衣洗衣須早歸，河上風塵緇妾衣。

送張東陽弟

昔我歸自黄山時，曾送龍虎張君詩。張君善詩逼張籍，淡若古瑟弦朱絲。難兄之下有難弟，有道有術仍能醫。擕詩過我茅屋底，每憶令兄欣見之。上清真人喬雲氣，南陽太守清冰姿。顧慚寘我珠玉側，華胄遙遙那得辭？君歸見兄道賤子，别二十年雙鬢衰。山中茯苓倘可斸，歲晚椰栗當相隨。

雪坡歌爲丁彦亨作

崑崙月窟西坡陀，太古有雪高嵯峨。金天爽氣幾萬里，下壓雪外之蓬婆。乾坤何處着清致？只

[一]「駛」，原作「騪」，據《四庫》本改。

有珠湖明月揚清波。丁君胸次有如此，相逢索我題雪坡。我歌不工奈君何，何時一舸夜相過？閬風玄圃渺倒景，瓊林玉樹交寒柯。題詩呼起雪堂老，置酒酌之金叵羅。然後躡積石，俯黃河。直騎白鳳青冥表，共聽瑤池黃竹歌。看君散此太古雪，下與草木迴春和。

送憲掾孫德謙北上

孫君憲府之白眉，拱璧瑩然廊廟姿。往年少府寔初筮，當道好官多見知。鸂鶒夜自金灘起，騄駬曉上青天馳。淮霜秋清古栢樹，海月夜白扶桑枝。憲家宏綱甚照耀，繡衣使者常嗟咨。飛矟如雲集臺閣，束書即日趨京師。恭聞先公古遺愛，只今古道人猶思[一]。高門翼翼後必大，天道昭昭今在茲。紫微華蓋森列輔，靈芝朱草祥明時。蜚騰去去君莫遲，舜琴待和薰風詩。

赤盞爲肅慎貴族於今爲清門希曾其字者讀書爲詩善鼓琴且工墨菊有新意爲予作四幅留其二徵詩爲賦此云

昔人畫梅如相馬，此意豈在驪黃者？希曾墨菊迺似之，是何奇趣幽且雅。松窗無人高臥起，池水盡黑臨書罷。玄霜玉杵搗秋風，露濕吳紈淨瀟灑。金錢失却漢宮寒，蛺蝶飛來怨清夜。曩予步屧東籬下，采采黃花不盈把。即今却似霧中看，老眼摩挲忽驚詫。熟視經營慘淡餘，希曾豈是尋常

[一]「道」，原作「六」，據《四庫》本改。

畫？坡翁墨花詩更奇，我今材薄況衰謝。醉來墨瀋倒淋漓，自拭烏絲爲君寫。

題甬東卓習之郭熙雪霽圖

扆中七月天氣熱，廣文先生晨告别。生綃短卷出袖間，四坐森寒動秋髪。青山漫漫夜來雪，玉虬曉凍鱗甲裂。江寒樹黑亂於雲，浦白沙明光勝月。是時樵蘇俱不爨，千門閉戶無車轍。二翁偶坐何所爲？掀髯起視天宇闊。憶昔剡溪曾壯遊，照舸玻瓈夜光發。廣文之家住甬東，頗聞此景尤奇崛。金鰲背上望銀濤，羽節瓊旌蔽瓊闕。送君歸去一題詩，清夢先君過吴越。

題蘇昌齡畫

徐君遠從西江來，親爲蘇子作松石。松三千年鐵作膚，石亦蒼寒太古色。幾株老木相因依，氣格不敢與之敵。洲前搖搖者舟子，短棹滄江蕩晴碧。着子歗歌於其中，仰覯青天岸白幘。是時東山月始出，無邊露氣連赤壁。潛蛟出舞巢鶻翔，江姬色動三太息。眼中之人有太白，風雲變態俱無跡。前輩風流今復聞，人間絶景豈易得？徐君更爲添野夫，共泛靈槎臥吹笛。

湛淵王提點招飲出示座主馬中丞詩歸賦此謝之

石田仙人玉爲節，繡衣秋映琪花雪。袖揮驪珠五十六，飛到淮南是明月。淮南高士王方平，雙騎蒼鹿吹瑤笙。臥看明月在窗戶，桂樹雲影秋冥冥。昔我乘槎斗邊去，親飲仙人玉盃露。丹成一别三十秋，東望玄洲隔煙霧。手攀桂樹白髮新，方平觴我脯麒麟。飲酣語舊逸興發，笑傲滄海生微塵。金雞呼日扶桑撓[一]，三山如黛潮聲小。明當握手共掀髯，日觀層巔一長嘯。

題徐君美山水圖

天雲慘澹江欲雨，古木陰森精靈語。春潮夜落富陽江，短篷曉繫蒼厓樹。篷間文人清隱者，傲視滄浪吟太古。蜑人捉魚貫楊柳，沽酒欲歸沙店暮。掀髯以手招其來，劃起沙汀數行鷺。鷺飛不盡青天長，漁舟散入蘆花霧。遠山近山無數青，我恐斯人有新句。酒船獨載西家施，玉手冰盤行雪縷。酒酣竹弓抨野鴨，笑調吳兒短蓑舞。開圖興發思賦歸，山水東南美無度。

題李太白觀瀑圖

曉讀謫仙詩，夜夢謫仙人。反被錦袍橫玉塵，夜月瑤樹秋無塵。遙指風煙昔巴蜀，長鯨掉尾滄溟覆。人間溷濁不堪言，揮手匡廬看飛瀑。瀑飛萬古匡廬山，我輩長留天地間。身騎飛鯨躡恍惚，月明夜夜聽潺湲。予亦浩蕩雲林客，乞與飛淙洗心魄。覺時見畫獨茫然，月滿青山澹秋色。

李秀才琴所卷

圭齋先生吾座主，揚州拜之今五年。京師見贈李君字，我未識面知君賢。君家具區滉漭邊，流

[一]「撓」，《四庫》本作「曉」。

水倒入冰絲弦。山空露下鶴孤響，林深人稀蘭獨妍。憶昔我從成連仙，夜鼓一曲蓬萊巔。衆真拊掌六鰲舞，碧海白月懸青天。論心相許太古上，握手一笑清尊前。圭齋今者歐陽子，將琴未老先歸田。何時青山拂白石，聽寫松澗鳴秋泉。曲終細説玉堂事，與作人間圖畫傳。

閩關水吟

閩關之水來隴頭，排山下與閩溪流。閩溪送客東南走，直到嵩溪始分手。客居溪上雲幾重，烏啼月出門前松。天風吹雲數千里，飄飖直度長江水。清淮浩蕩連黄河，碧樹滿地黄雲多。夢中長記關山路，隴水潺湲似人語。覺來有書不得將，海潮不上嵩溪陽。平原春晚生芳草，杜鵑聲裏令人老。行人歸來動十年，潺湲隴水聲依然。安得湘弦寫嗚咽，彈作相思寄明月。

送宣掾李伯魯北上　父李子實御史

憶昔君家先柱史，骯髒不與世低昂。春秋千古寸心赤，風雪十年霜鬢蒼。丹穴之雛有文章，早陪時髦欻高翔。東行吴會西江湘，鷺車所歷飛秋霜。崎嶇五嶺求盜使，何能慁君此彷徨？英英大闔殿南服，淮海襟帶環其疆。幕中夫容白日静，筆下玉蘂春風香。三年笑談此日别，别意已覺隨飛檣。鶯啼冥冥江樹緑，雁去漠漠河流黄。天街析木霄漢上，列宿清潤垂光芒。君家世德理必復，君今升矣我所望。人生變化安可量，人生變化安可量！

題安可久山水之間

安子可久何清修，讀書淮海之東頭。淮山娟娟桂枝碧，淮水蒼蒼瓜蔓流。雲開翡翠耀初日，月出玻瓈涵素秋。作亭名以山水間，浩蕩逸興生滄洲。松巔有時見放鶴，葦畔亦或聽拏舟。一翁二季樂復樂，萬事區區何所求？我聞伯牙去已久，人間琴意常悠悠。安子安子爾家古瀛洲，列仙冠蓋此中游。山連歸墟北斗近，水到碣石青天浮。側聆海上有靈槎，子能乘之問牽牛。我家溪上更清絶，瑤草長盡何淹留？亦欲翛然稅凡鞅，相從羽人戲丹丘。

題雙峯祿天泉上人所藏南岳笑印蒲萄幛

南岳之僧今玄奘，西遊慣見龍珠帳。滿襟蕭爽金天秋，醉灑雙峯雪色幛。雙峯上人晝誦經，堦前雨花深一丈。老髯合還獻夜光，貝闕蒼蒼月東上。我嘗酷愛溫日觀，今見此畫尤豪宕。古藤千年蛟始蜕，霜骨脱落轉崛強。柔枝百尺鳳下翔，翠蕤婀娜森相向。新鬚舊葉更可憐，蟬翼蠅頭紛萬狀。下有漪蘭雜奇石，意態翛然甚幽曠。憶昔吾家漢博望，萬里乘槎凌浩蕩。今朝展幛寒色來，眼底玉關冰雪壯。亦欲因之歌遠遊，大呼千斛涼州釀。

題高元德三山圖

我别三神海上之羣仙，海水清淺三千年。狂吟醉倒不歸去，碧桃飄雪春風前。使君此畫非人間，令我把玩心茫然。六鰲贔屭戴坤軸，鼎立其下根株連。曾峰俯視扶桑日，老樹遠入蒼梧煙。崩崖鬼斧怒斸斷，白虹噴薄飛奔泉。緑陰沙際行人立，漁舟天末來翩翩。石橋蒼蘚滑去馬，似聽流水聲潺湲。雲深路絶喬木合，忽入小有仇池天。樓臺明滅翠遠近，紅霧蓊鬱蛟龍纏。我疑金銀宫闕此景是，中有陳摶猶醉眠。欲呼白鶴跨之去，平生未了名山緣。明當拂衣卧松石，石室共讀青苔篇。

題楊子文羅漢渡海圖

天台之東巨瀛海，濛濛元氣浮無邊。應真十六山中來，徑渡萬里蛟鼉淵。巨靈前驅海若伏，翠水帖帖開紅蓮。神螭猛獸競軒翥[一]，穹龜巨魚相後先。一山浮玉當其前，石室古蘚垂千年。異人高居役衆鬼，挽過巨浸如飈旋。貝宫神君迎且拜，明星玉女爭花妍。陰風黯淡百怪集，夫容旂影飛翩翩。石橋迴望渺何處，紫翠明滅空雲煙。問渠飛錫何所往，毋迺鷲嶺朝金仙？金仙雪山方宴坐，笑汝狡獪何紛然。書生平生未省見，太息此畫人間傳。清時麟鳳在郊野，白日杲杲行青天。

題吴子和山水

今代高人張師夔，繭紙畫出紫陽詩。青山娟娟洗宿霧，緑樹粲粲含朝曦。孤篷高卷在沙脚，一叟獨坐閒支頤。返思前夜風雨惡，滿蓑白雨飛淋漓。牛渚天昏神鬼出，龍門雷動黿鰲移。明朝起

[一]「競」，原作「兢」，據《四庫》本改。

視天宇淨，金盤高掛扶桑枝。雲收浪息非昨夢，樹色山光如舊時。迺知穹壤間，神明有如斯。高天日月常昭朗，平陸風濤自險巇。紫陽之仙去我久，茲理明明知者希。秦川吳子和，讀書見天機。喜得此畫邀我題，嗟我倦遊材力衰。大江長淮動千里，似此幾迴親見之？行年五十未聞道，徑欲從此棲武夷。

題揚子第八港韓氏十景卷

白霤趙子詩句好，三年不見心懆懆。清晨小卷到我前，萬里江天淨如掃。揚州城高雲氣秋，八公騎鶴時下游。焦山丹井夜光歇，鐘聲曉入江南洲。埋輪人去英雄泣，至今忠憤春潮急。枉渚維舟竟日橫，行人喚渡移時立。絲絲垂柳鬱金黃，渺渺流輝組練長。殘陽欲沒明月出，神山二點青螺光。港口歸帆如鳥翥，雪暗江村不知處。浦寒蓑白一漁歸，沙淨江清群雁聚。金山山前揚子津，舟中來往逐風塵。江靈絕景閟之久，持似瀟灑江居人。草堂無貲髮欲白，我與趙子俱爲客。起來書罷十景圖，目送飛漚下江碧。

題饒良卿所藏界畫黃樓圖

饒君手持新畫圖，起摩雙眼驚老夫。高林葉響晝淅瀝，平皋野色春模糊。綺疏繡瓦細毫末，雕栱朱甍盤鬱紆[一]。樓前磊落三長身，幅巾大帶皆文儒。我疑岳陽或黄鶴，此外風景江南無。君云迺是徐州之黄樓，令我悵然思大蘇。洪河西來厚地裂，蛟鱷抃舞號天吴。飛樓雄壓城之隅，萬馬肅肅東南趨。是州項氏昔所都，緑槍金鏃埋平蕪。瀝肝作書上明主，遠畧翻見英雄粗。相攜一笑視千古，恐是昨者黄陳徒。細看古意在絹素，稍覺爽氣浮眉鬚。千年融結豈易得？峨眉草木今猶枯。當時漂流江海遍，終古志士長嗟吁。君到樓中若把酒，明月正在青天孤。

長江萬里圖爲同年汪華玉賦

滁州太守吾同年，香凝畫戟春風前。談詩虛幌坐白晝，忽見浩蕩萬里之江天。天開地闢鴻濛外，風迴日動神靈會。蓉旂翠節下葳蕤，陰火明珠出光怪。西山雪水青霄來，豁然峽斷長川開。洞庭浪闊秋蕩漾，漢陽樹遠雲徘徊。廬阜迢遙到牛渚，複渚重洲散平楚。布帆漠漠瓜步煙，紅葉離離石城雨。山庵似聽疎鐘鳴，野橋疑有行人行。村墟微茫灌木暗，絶境毫末俱分明。旅榜前頭更漁艇，萬鶩千鴉動寒影。水窮霞盡已欲無，猶是海門秋萬頃。野人興發滄洲間，欲呼艇子吾東還。熟看迺是雲巢畫，巧奪神力迴天慳。太守邀我題小草，上有仙人虞閣老。開圖歡喜悲忽來，令我有句不能道。仙人昔欲三神遊，我居三神海上頭。成連攜我鼓琴處，白浪如山龍出遊。夜夢從之看浴日，十洲青小洪波赤。仙人教讀新宮銘，酒醒扶桑露華白。小山桂樹淮之洲，鴈影幾度空江秋。嗚

[一]「栱朱甍」，原作「栱未甍」，據「四庫」本改。

呼仙人不可見，太守與我心悠悠。

予使日南道吉安府主來訪舟中命醫者王本達饋以善藥時予困於秋暑心目爲之豁然感其意走筆爲賦長句以贈

青原之山白鷺洲，清淑所產多名流。詩書豈惟繼冠帶，方技亦復傳箕裘。王郎肘後富奇術，族醫如林誰與儔？成林樹杏光炫晝，鑿井種橘清涵秋。自言家傳十二世，奇疾遇之俱有瘳。我持英蕩使交州，秋暑作梗停吾舟。舟中拜謁饋善藥，令我醒心寬百憂。桄榔椰葉蠻溪稠，飛鳶跕跕天南陬。勸加餐飯慎自寶，臨分好意殊綢繆。明年嶺梅青豆小，候我歸棹春江頭。濡毫爲作宋清傳，使爾不朽名長留。

題知印趙希貢滄江漁隱圖

金華之山瀔水東，高人曾隱於其中。看棋迺逢牧羊子，從一白鹿雙青童。爲言仙家足官府，人間適意差無苦。手把虹霓百尺竿，西佔滄江釣煙雨。青山江上畫不如，影落西湖搖碧虛。左攜玄真右魯望，意在清隱非求漁。石上蒼苔坐吹笛，龕赭閑看幾潮汐。大魚出舞小魚聽[一]，釣本無鈎安用直？世間真隱能幾人，何如天隱樂最真。口吟滄浪望太古，心與鷗鷺遙相親。予亦煙波垂釣

[一]「魚」，原作「漁」，據《四庫》本改。

客，新詩猶帶滄江色。五羊一見如故人，浩然興入錢塘春。獨不見辛苦任公釣東海，五山三島流安在？何當與子賦歸來，腳叩兩舷歌欸乃！

別廣東周參政幹臣

昔年漲海奔長鯨，五羊城上飛欃槍。大明天子赫斯怒，銅虎夜發期門兵。戈船下瀨走海若，彀騎度嶺潛山精。刺桐春開白日麗，篁竹夜靜微霜清。蠻陬夷落動萬里，詐諼叵測非人情。中臺持書國名卿，帝命汝往爲長城。鳳闕峨冠拜明詔，龍江伐鼓嚴前旌。仙人羨門安期生，蓉旗羽節繽來迎。南溟萬里展明鏡，石尤風息波無驚。馬人龍戶來雜遝，蜃樓蛟室收崢嶸。磊落明珠溢中國，斕斑卉服朝神京。會聞頌聲徹丹扆，入執政柄蘇黎氓。獨不見唐家名相宋廣平，廣州都督升台衡。

牛士良惠詩既倚歌以和仍賦長句一篇以答之

憶昔千步廊間住，起聽臚傳禁門曙。甲午科中看大魁，奇章公後聞芳譽。掉鞅天街笑語同，譚文雪屋過從屢。雲龍上下許相逐，鴻燕參差那再遇？倏逢令侄在金陵，還與老夫同玉署。紫泥忽自天上來，英蕩偕從日南去。畫鷁秋飛江面風，藍輿曉濕關頭霧。廣州西下望珠浦，邕管南邊過銅柱。槿花紅照瘴雨山，椰葉翠暗蠻煙路。皙皙長念鴈迴邊，跕跕遙憐鳶墮處。自嗟老愧希古心，每羨才堪濟時具。佐宣德意示懷柔，勸涉炎荒慎將護。蘘荷先備蠱氣侵，薏苡仍戒流言汙。已欣婉畫起迂疎，更喜清詩慰遲暮。來春庾嶺及晚梅，到日新洲采芳杜。君上王維應制篇，我尋平子歸田賦。金鑾寓直倘所思，好倩雙魚傳尺素。

有竹詩爲張伯起子玄畧作

我昔對策大明宮，騎馬躞蹀行春風。萬花園亭會鄉里，曾拜君家有竹翁。翁時中年我差少，同姓同鄉復同調。酥茶清美酪酒濃，倒意傾情共談笑。翁住劍津之上游，我家鳴玉溪水頭。故山青琅動萬箇，相約老去營菟裘。翁向滕州我淮縣，四十年間兩鴻燕。憂葵空復寸心同，宿草寧期雙淚泫？桄榔葉碧邕江清，見翁令子難爲情。卷中恍覿此君面，爽氣尚與秋崢嶸。閩山蕭索飛寒燐，喬木故家幾欲盡。有竹有竹今何如？傷心久斷平安信。吾鄉海上三神山，翁今弭節於其間。令威來歸想愁絕，節上點點都成斑。兩江信美非吾土，子母少留還竹所。明年倘許乞懸車，共斫長竿釣煙渚。

別胡長之

我家玉溪溪上頭，流萍南北四十秋。閩中故人稀會面，迺見二妙嶺外之炎洲。吾宗玄畧佳公子，翠竹鸞停世其美。長之材名與之匹，三胡諸孫固應爾。我持使節安南行，忽逢聯璧雙眼明。建武驛中飲我酒，一笑萬里蠻煙清。桂花榕葉天涯雨，把臂談詩喜欲舞。虛名誤我走俗塵，滿意看君聽鄉語。敝廬荒壟狐兔盈，每一念至幾無生。君乘長風破巨浪，功成即爲吾鄉榮。邕江東流日千里，明年不歸如此水。錦衣行晝倘先予，爲報音書萬山裏。

贈安南善書阮生生名太沖爲予書春秋春王正月考及安南行藁予喜其楷法遒美更其字曰用和而詩以贈之

安南有生阮太沖，隸書國中稱最工。勁如精兵槊善舞，疾若快匠斤成風。老夫持節使絶域，眼昏頭白垂龍鍾。著書暇日使之寫，一笑聊足舒心胸。寫書設官自漢代，嗟汝迺在炎荒中。迢迢嶺表産丹荔，鬱鬱澗底生青松。我興爲爾作長句，生起再拜生春容。獨不見瓊州姜生遇蘇子，姓名亦可傳無窮？

贈安南善書阮生生名廷玠爲予書春秋春王正月考及安南行藁予喜其楷法遒美更其字曰寶善而詩以贈之

安南有生阮廷玠，隸書國内知名最。整如老將嚴甲兵，莊若端人正冠帶。老夫持節使炎州，頭白眼昏今老大。著書暇日使之寫，一笑令人心目快。唐時選人用楷法，嗟爾迺在要荒外。翡翠天涯隱羽毛，蛇珠海底沈光怪。我興爲爾作長歌，生起脩容重再拜。獨不見儋耳黎生遇老坡，亦得姓名傳後代？

卷二

五言律詩

題江仲暹聽鶴亭

仙鶴在人世，長鳴思遠空。有人秋水上，倚杖月明中。玉樹三更露，銀河萬里風。徘徊意無極，遲爾出樊籠。

送同年江學庭弟學文歸建昌

白髮江夫子，青雲信獨稀。故人長北望，令弟又南歸。庭樹烏先喜，江帆鴈共飛。東湖春柳色，到日上君衣。

送王伯純遊錢唐

君去渡江春，鶯花著處新。湖山有喜氣，天壤見斯人。殘雪明松嶺，閑雲傍葛巾。平生塵外意，於此得天真。

送侯邦彥自南譙遊建業

君向金陵去，雲帆百尺懸。杯摇江色裏，詩墮菊花前。涂水明秋月，鍾山起暮煙。鳳臺逢李白，一爲問青天。

題廣陵姚節婦卷

黄鵠不重適，哀鳴常自憐。披心當白日，留面覩黄泉。寂寂誰能爾？滔滔汝獨賢。廣陵姚氏傳，史館幾時編。

題劉君濟青山白雲圖

野性夙所忻，青山無垢氛。落花一夜雨，幽樹滿川雲。鹿跡閑行見，松香獨坐聞。殷勤招白鶴，予亦離人羣。

九江廟

遺臺上古城，劍氣夜崢嶸。天地英雄恨，春秋父老情。蜀岡來楚盡，涂水近江平。往事何勞問，長陵草自生。

春日懷李叔成上舍

今代李公子，詩看老杜親。江湖留雁久，風雨惱花頻。竹屋燈懸夕，椰瓢酒漾春。殷勤海子水，待汝濯紅塵。

夜飲蔣師文齋館

故人相與醉，虛幌坐來清。月色宛在地，鐘聲忽滿城。都將十載意，併作異鄉情。若買青山得，相攜歲晚行。

題余寄庵卷　全真

窗過梅花月，簾浮栢子煙。人生如寄爾，吾意正翛然。江海虛舟外，乾坤短褐前。蓬萊清淺日，知是子歸年。

雨中　以下計五首，庚辰年作。

歷歷愁心亂，迢迢客夢長。春帆江上雨，曉鏡鬢邊霜。啼鳥雲山靜，落花溪水香。家人亦念我，與爾黯相望。

崇德道中

暖日菜花稠，晴風麥穗抽。客心雙去翼，詩夢一扁舟。廢塔巢蒼鸛，長波漾白鷗。吳山明日到，惆愴十年遊。

浙江

山從天目下，潮到富陽迴。此地扁舟去，吾生幾度來。林紅晚日落，江白雨雲開。明旦須停棹，呼兒看釣臺。

過龍游

鷁首見龍游，羣山翠浪流。陽坡眠白犢，陰洞鎖蒼虬。樹密雲藏屋，灘長石囓舟。呼兒具尊酒，聽客説杭州。

宿篝嶺

昔者屯兵盛，甌閩此地分。清時無寇盜，比屋樂耕耘。澗響不知雨，山高都是雲。明朝見親舍，一笑慰辛勤。

贈别同年何詹成

十載鬢俱白，故人心尚丹。中年知舊少，遠道别離難。我欲扁舟去，君留寶劍看。酒酣望滄海，碣石在波瀾。

送徐君美之六合縣尹

山縣棠梨樹，題詩動憶君。尊前俱白髮，馬首又青雲。春郭千花合，秋庭一鶴聞。公餘好心事，令子已能文。

長蘆寺

達磨來東土，玆峰天下聞。樓明滁水月，鐘度蔣山雲。梵唄江龍出，僧齋野鴿分。一帆風力便，吾欲謁神君。

建業清涼寺次王伯循御史竹亭壁間韻

獨尋清涼寺，還望翠微亭。客散竹間月，僧閑松下經。江聲迴近浦，野色到虚庭。白髮山中叟，爲予詩眼青。

題吳恭清茂軒

幽尚謝塵牽，吳生獨爾賢。風泉欹枕外，春樹讀書邊。舊隱懷盤谷，新圖出輞川。詩僧來往數，好句賸能傳。

題曹子益可竹亭

竹西清絶處，三徑萬琅玕。晝枕翠濤響，春衣青雨寒。登君好亭子，回首憶江干。嗜酒那無此，吾今欲掛冠。

泊戚家堰遇風夜雷雨　庚辰年作

高浪出魚龍，舟師急捲蓬。雷聲過雲雨，月暈斷河風。野闊人家外，濤喧客枕中。坐來搔短髮，惆悵大江東。

題青山白雲圖

白雲江上頭，憶着昔曾遊。睡起青山雨，坐來紅葉秋。深苔依逕濕，寒罄出林幽。亦有高棲者，無因見鹿裘。

途中次子烜韻　庚辰年作

日出河隄平，春來柳眼醒。薊姬天下白，遼隼海東青。浪起層層雪，沙明點點星。片帆風力健，予欲運南溟。

微官與志違，空負聖明時。對酒懷彭澤，題詩愧渼陂。遥天和樹盡，斷岸逐舟移。楊柳黄金色，隨春入硯池。

舒嘯軒

幽居蒼竹林，永嘯白雲岑。自吐虹蜺氣，人聞鸞鳳音。野煙喬木晚，江雨落花深。亦有東皋興，何當一抱琴。

至直沽　庚辰年南歸作。以下計四首。

野濼天低水，人家時兩三。雁聲連漠北，魚味勝江南。雪擁蘆芽短，寒禁柳眼緘。持竿吾欲往，拙宦白何堪[一]！

[一]「白」，疑爲「自」字。「自」字古亦省作「白」，見《説文》四上。

夜久

夜久未能寐，春來空復情。遠沙爭月色，柔櫓助河聲。客枕荒雞到，漁歌宿鳥驚。隣舟燈火亂，早起又詩成。

舟中見雨

今夜初聽雨，江南杜若青。功名何鹵莽，兄弟總雕零。遠夢愁胡蝶，深情愧脊令。撫孤終有意，身世尚流萍。

江干

江干望不極，樓閣影繽紛。水氣多爲雨，人煙遠是雲。予生何濩落，客路轉辛勤。楊柳牽愁思，和春上翠裙。

淮安寄同年伯牙原卿

不見原卿久，題詩白髪催。人文望公等，天意老英才。柳色長淮早，潮聲滿浦回。菊花寒雁過，憶共故人盃。

送僧南歸

兵塵猶澒洞，僧舍亦徵求。師向江南去，予方轂下留。風霜兩足白，宇宙一身浮。歸及梅花發，題詩寄隴頭。

次李參政省中獨坐韻 時在翰苑

畫省晝岑寂，坐來風葉鳴。雨晴鳷鵲觀，秋滿鳳凰城。許國丹心在，懷鄉白髮生。所慚無寸補，載筆直承明。

次韻 同上

白髮懷閩嶠，丹心戀薊門。官閑勝道院，宅遠類荒村。二月霜華薄，羣山雨氣昏。東菑春事及，好共野人論。

五言律原刊本止此，以下五言律皆新增。

題山水圖

山水坐來見，翛然無俗氛[一]。碧巖虛夜月，江樹靜秋雲。鳥影似猶見，猿聲疑或聞。自憐歸未

[一]「翛」，原作「脩」，據《四庫》本改。

許，遥憶武夷君。

用烜韻呈王趙二明府 以下五言律皆係庚辰年南歸作。

二妙驚聯璧，雙飛垂近天。不懸高士榻，許上孝廉船。談劇常絶倒，情真任醉眠。殷勤御河月，相送大江前。

憶黄子約

天台黄石老，茅屋冷如冰。消息經年斷，交遊往日曾。世人憐李白，今我愧孫登。駿骨篇應在，何時復剪燈？

董子廟

董子天人策，寥寥四百年。臨風一懷古，此地昔生賢。白日明肝膽，青山閟簡編。公孫東閣客，今復幾人傳！

二月十五日舟中見柳始青

宛宛縈隄水，淙淙逆浪船。清晨風已轉，今夜月初圓。歸客春多夢，舟人早懶牽。無端楊柳色，青入柂樓前。

荆門閘

車到荆門上，舟移鉅野中。河聲來汶濟，山色見龜蒙。楊柳煙深淺，杏花春白紅。人家桑棗外，猶是古人風。

宿遷縣

今朝宿遷縣，風急棹難停。樹合藏深屋，河移出遠汀。山容雲冉冉，水影日冥冥。柳色無南北，春來不斷青。

宿泛水

竇應南邊宿，逆風舟子勞。空村防鼠竊，不寐聽雞號。月黑平湖白，天低遠樹高。家山來枕上，夜起首頻搔。

别王子懋趙德明

御河船上月，相送到揚州。共飲忽爲别，獨吟方覺愁。水花苕渚晚，雲樹浙江稠。歸雁長淮早，裁詩寄與不？

過常州

昔日延陵地，城基麥秀間。兵戈三戶少，生齒百年還。畫壁曾同看，求田惜未閑。故人廬可及，宿草在何山？

近無錫道中

疊橋隨港直，聯木護堤偏。村落皆通水，人家半繫船。橘花香曙露，楊葉淡寒煙。中土何寥廓，黄沙人種田。

别忻都舜俞用烜韻 回回氏，能詩。

日出嘉興郭，楊花蕩白波。船頭將酒别，客裏奈春何。西極驊騮遠，南湖鴻雁多。清朝詩道盛，期子被絃歌。

過桐廬

絶愛桐廬水，潮回緑滿溪。海風吹雨去，山日傍雲低。涉世心猶壯，思家夢欲迷。獨慚老萊子，白髮尚兒啼。

夜泊東關

泊舟新安口，月出溪南峰。紅燈照窣堵，緑水開夫容。李白題詩處，何人繼其蹤？我欲擪長笛，幽壑舞魚龍。

舟中

歎息舟人婦，哀音此日來。死生誰料得？貧賤益堪哀。去棹從渠駐，歸心未忍催。春江昨夜雨，花落滿蒼苔。

過蘭溪

昔過蘭溪上，秋風把酒盃。重來人事異，獨立客心哀。沙合灘聲轉，帆移塔影來。赤松山色近，佇望意徘徊。

泊湖頭水長

客路春將晚，征帆日又曛。深山昨夜雨，流水滿溪雲。渡黑漁舟集，村空戍鼓聞。故園頻夢去，植杖已堪耘。

雨發常山

僕夫趣予起，初日出林間。既雨縱橫水，無雲遠近山。馬嘶芳草去，燕語落花閑。且喜邊陲定，長逢戍卒還。

宿烏石

青山烏石名，偶似越王城。嵐撲單衣重，溪摇倦枕驚。燃松添酒酌，題竹記詩成。明發閩關路，青雲趂足生。

分水鋪道中

長憶閩中路，今朝馬首東。山高雲易雨，谷響水多風。蝶抱落花片，鳥啼深竹叢。功名一畫餅，身世獨飛蓬。

宿黄亭明日四月一日夏至

弛檐沽紅酒[一]，開窗挹翠微。故廬何日到？野店送春歸。雉起麥花落，蠶登桑葉稀。田園有真趣，歲晏莫相違。庚辰年五言律止此。

[一]「檐」，《四庫》本作「擔」，「檐」爲「擔」之通假字。

安南即景 此一首洪武二年在安南作。

龍水南邊去，行穿萬竹林。羊腸山險盡，蝸角地蟠深。銅柱千年恨，星槎萬里心。朝來晴好景，緑樹響春禽。

五言長律

送陳子山狀元之太廟署令

紫殿傳臚日，君名第一人。星辰金榜動，雨露錦袍新。華蓋天常近，蓬萊地益親。北門方眷切，東觀又恩頻。麟筆三朝史，龍顏一笑春。昕庭頒渙號，太室奉明禋。列聖羅冠冕，羣公肅縉紳。喬雲垂柳重，祥靄羃芝勻。獻賦看來歲，登瀛及此辰。風帆開巨浪，霜翮上秋旻。文價何輝赫，臺端即選掄。故人如見問，白髮尚漳濱。

送王人傑都事開詔福建[一]

囊客東泉老，相逢蓋屨傾。劇談消鄙吝，高誼動幽明。我素金門隱，君歸錦里耕。五年才一見，萬里又重行。故老扶藜拜，元戎負劍迎。江環螺女浦，山盡粵王城。麥飯先塋感，蓴羹故國情。自

[一]「王」，《四库》本作「三」。

憐何日去，曝背憩柴荆。「環」一作「深」，非。

送杜德夫河東經歷

持斧山西去，參謀用俊人。棲烏臺上掾，泛緑幕中賓。霜落豺狼魄，風清雁鶩塵。君行當要地，此別屬良晨。塞遠雲來代，川長樹入秦。兩河猶戍卒，三晉半殘民。峻坂疲飛輓，窮閻苦筭緡。鴻鐖方欲集，鷹飽正須馴。久矣瘡痍極，居然風采新。難兄今閣老，宿望舊廷臣。棠樹期連蕚，葡萄少飲醇。乘驄消息好，拜命及三春。

次韻鄭蘭玉 有一竿亭。

一竿亭上客，大隱寄高軒。世德榮珂里，風期邁漆園。朝廷深簡注，江漢壯藩垣。僦宅今王粲，藏書舊李繁。市聲隔幽薄，野趣似遙村。宛宛山迎坐，迢迢水到門。風鳴松頂鶴，雨掛竹枝猨。芳薛牽祟雷，圓荷點小盆。弄泉醒酒面，掃石健詩魂。邈矣囂塵表，居然太古存。長鯨冬已戮，饑雁夜猶喧。栢署須綱紀，蘭臺待討論。白雲巢未得，鵬路佇飛騫。

賀禮部王尚書本中二十韻

孤竹先賢國，三槐故相庭。恭惟我文肅，藉甚古儀刑。金掌新卿月，銀槎舊客星。青箱傳遠大，彩筆動精靈。右掖何清切，中朝重委令。判題花粲粲，嘯詠竹泠泠。宗伯司周典，尚書管漢廷。地華人更妙，名盛德惟馨。斗運天喉舌，雲飛雪羽翎。趨朝群騕褭，開宴萬娉婷。舞艷圍珠袖，歌長簇錦屏。嚢荷元映紫，簡竹要垂青。知貢春題榜，焚香晝鎖廳。爲公植桃李，報國蓄參苓。丹扆更新詔，蒼生望永寧。芝泥看鳳下，薇閣待鸞停。傅説升調鼎，匡衡奏引經。即應清海岱，還復禪云亭。自哂依清樾，猶慚泛梗萍。卑飛惟短翅，終願附青冥。

送館主韩憲使之淮西四十韻

宇宙開昌運，山川産藎臣。周邦多士貴，魯國一儒真。江海襟無際，風雷筆有神。淵涵珠皎潔，山立玉嶙峋。剴切三千牘，飛揚四十春。粤從遊輦轂，早已冠成均。泮水開重席，中書擢薦紳。贊戎淮甸左，參憲粤天垠。南紀孤飛隼，中臺一角麟。大聲摇列岳，爽氣動高旻。出使方廉察，爲郎已選掄。治邦用輕典，大禮佐宗禋。笏立清班峻，荷香紫嚢新。瓊林無横賦，肺石絶冤民。臺省流榮屢，朝廷注意頻。庯田俱利導，在野不嚬呻。全浙推崇劇，雄藩藉拊循。中矦仍作翰，召伯復來旬。海舶回諸國，星軺出八閩。層城狐一掃，絶島獸皆馴。冰蘗俱吾素，珠犀詎爾珍？繡衣才受斧，芝檢又頒綸。雲近蓬萊殿，河澄析木津。紫垣依日月，黄道上星辰。鼎鉉須賢佐，綱維借舊人。飛霜迎玉節，沛雨逐朱輪。包尹祠堂外，張公水廟濱。楚峰涼浸露，淝浪淨無塵。秉筆應多暇，題詩必絶倫。列城俄鎮靜，六轡更咨詢。晚節看黄菊，清秋倚碧筠。公心思緑野，帝命簡彤宸。昔者開科選，先公贊國鈞。文風今有賴，盛德豈無因？骨相宵人薄，心期令弟親。同年俱踔厲，此日獨沈淪。戀主肝猶赤，思親鬢似銀。十年長自苦，孤志若爲伸。豈意長淮客，叨陪翹館賓。銘心感知己，報國願終身。

挽友人 新增

令弟書來日，淒其憶故人。每懷將酒別，不得寄詩頻。蒿里高門舊，湖山別墅新。一氈真獨冷，萬卷詎全貧？豈不雲霄志，其如電露身！迢迢長夢寐，漠漠尚風塵。池館餘花晚，山阡宿草春。自憐何日去，望遠一沾巾。

七言律詩

丁卯會試院中次諸友韻

欲向青雲易白衫，區區別卻舊燈龕。方知取貴憑文字，可信封侯只笑談？直擬橫空輕似鶚，莫爲作繭老如蠶。不知鏖戰三千士，他日何人步斗南。

蹤跡飄蓬西復東，共來折桂向蟾宮。雲煙滿紙文裁錦，星斗羅胸氣吐虹。禮樂興隆千載後，人材涵養百年中。主文正擬公輸子，共喜無私別眾工。

長蘆渡江往金陵

春日三竿上翠屏，曉風五兩下蘆汀。水兼天去無邊白，山過江來不斷青。沙觜潮迴平雁跡，海門雨至帶龍腥。昇平不復後庭曲，睡起漁歌爛漫聽。

喜丁仲容徵君至

題詩苦憶城南郭，喜見歸來鶴姓丁。雙鬢野風吹汝白，一燈江雨向人青。志士長嗟靈壽杖，史官獨失少微星。瓊花照眼春無賴，明日酌君雙玉瓶。

送帖僉憲赴山北

大寧城郭枕江雄，前代豪華在眼中。山外貔貅閑夜月，海東鷹隼待秋風。天圍松嶺雲垂幙，霜下金源水若空。益訪民風上天子，忽忘家世是元功。

送完者僉憲赴江東

公家世踐台階上，江國新瞻使節來。一雨洗寃行列郡，諸星執法近崇臺。山川尚似玄暉賦，父老皆憐李白才。宛水敬亭如歷遍，裔雲高處是蓬萊。

送馬仲達秋試

杯酒秦淮初識子，虯髯玉面氣如虹。揚州杜牧詩偏好，梁苑相如賦最工。翠濕帆前楊葉雨，香飄衣上桂花風。送行已有金臺句，雙闕春雲五色中。

題劉商觀奕圖

松風冉冉羽衣輕，石上談棋笑語清。樵客豈知人世换？山童遥指海塵生。碧桃落盡又春去，白鶴歸來空月明。一着山中猶未了，人間流落不勝情。

題廣陵李使君園

最愛燕山李使君，名園草木有清芬。竹光夕度淮南月，松色秋連海上雲。九日登臨來此地，百年忠厚見斯文。酒闌懷我幽棲處，松樹蒼蒼猿夜聞。

題信州弋陽周竹窗嘉竹圖[一]

弋水徽君周竹窗，傳家累葉尚敦龐。高門即見朱輪十，瑞節先看碧玉雙。翠鳳並巢依積雪，蒼龍分影媚清江。徐公對此尤能賦，予欲東遊共酒缸。

[一]「弋」，《四庫》本作「戈」。

九日與王伯純登蜀崗

帝子樓前紫翠分，廣陵秋色起氤氳。泉涵巴蜀千年月，樹入荆吴萬里雲。宋玉登臨仍送客，魏牟流落豈忘君？明年五岳予真往，子有音書當遠聞。

丙寅鄉貢同寧德黄君澤韓去瑕侯鶴山登幔亭峯今十五年矣賦此併懷黄子肅同年[一]

憶共故人攜手地，幔亭絶頂賦遊仙。鵬飛起處三千里，鶴到歸時十五年。澄潭月上金雞響，古洞泉流玉幅懸。爲報樵溪黄石老，幽期長在白雲篇。

次李宗烈韻

倒着烏紗醉幾回，白鷗門外莫相猜。浮生萬古有萬古，濁酒一杯復一杯。椶葉響交風色異，豆花飛滿雨聲來。青燈獨似兒時好，一卷遺書自闔開。

坐來落葉兩三聲，野菊開時雨滿城。作客愁多仍歲晚，還家夢遠易天明。古時豪傑有遺恨，秋日溪山無俗情。君可歸歟吾未得，百年懷抱向誰傾？

[一]「去」，成化本作「君」；「侯」，成化本作「林」。

次李宗烈見贈韻

秋風同是天涯客，獨對黃花酒屢賒。報主力微憐老驥，念親心在愧慈鴉。故人漸少逢君晚，新句能多對客誇。每見詩來歡喜極，却愁吟罷轉思家。

題清隱圖

清隱山人行地仙，尋雲獨往不知年。鶴翻松子驚棋局，鷗蕩蘆花逐釣船。題句霜乾拈落葉，煮茶月靜掬新泉。塵中汗馬多如雨，一度看圖一惘然。

横陽草堂次謝疊山韻

迤邐中州二水回，參差傑閣五雲開。銀鉤透壁詩人去，鐵笛裂巖仙客來。竹度蟬風涼白帢，松翻鶴露瀉清杯。何時夜半梅花月，溪上吟篷帶雪推？

秋登九江廟晚眺

黄花開後葉初霜，紫蟹肥時酒滿缸。羈旅已知浮世淡，登臨未覺壯心降。天垂去鳥低平楚，水學驚蛇到大江。目極孤雲鄉思亂，煙波空想白鷗雙。

題安可久山水之間卷

大隱淮南思小山，班荆樹下聽潺湲。林泉自古亦云好，魚鳥何時相與閑！龍出戞金滄海上，鶴馴喚鐵白雲間。是誰手種三花樹，獨往玄洲勘大還？

嚴子陵釣臺

故人已乘赤龍去，君獨羊裘釣月明。魯國高名懸宇宙，漢家小吏待公卿。大回御榻星辰動[一]，人去空臺山水清。我欲長竿數千尺，坐來東海看潮生。

夜泊獨柳次韻王尹子懋

霽月中天見絳河，黄流滿地漾金波。荒陂野火兼漁火，短棹吳歌雜楚歌。去雁已連家信杳，閑鷗豈識客愁多！江南二月花如海，獨負歸期奈爾何。「雜」一作「和」，「已」作「竟」，「閑」作「眠」，「豈」作「未」，皆誤。

送僧遊杭

銅駞夜泣苔花冷，銀雁秋飛寶氣消。曾共殘僧披舊跡，尚憐故老話前朝。衲隨猿掛雲生樹，杯

[一]「大」，成化本作「天」。

趁鷗還月上潮。師去新詩如見寄，白沙翠篠赤闌橋。

高郵

長陂雲氣滿淮東，下隱蛟龍萬仞宫。潮岸樓臺連海上，水田秔稻似吴中。古藤酒醒春風在，甓社珠寒夜月空。四海昇平須進酒，賣魚柳畔見南翁。「南」一作「漁」。

次王伯純韻 並序

飲石室山房，醉卧。夜五鼓，雞始鳴，明星出未高，伯純秉燭攜詩來，行簡孫君擁被起，和之，相視一笑，亦人間奇事也。翠屏山人張以寧亦復倚和，共一笑云。

草亭夜静三人飲，起視乾坤醉眼昏。鶴警露光懸竹葉，烏啼月色滿柴門。抽毫昔對蓬萊殿，秉燭曾遊桃李園。天際形容今漸老，尊前懷抱向誰論？

題劉士行石林茅屋

瀟灑劉郎意絶奇，林西更好小堂基。石間青竹盡秋色，屋上白茅猶古姿。野雀巢簷羣就食，山精倚樹慣聽詩。東屯行處蒼苔滿，有客天涯獨夢思。

次韻答茅壺山

乾坤納納知音少，歲月悠悠行路難。老我南山仍射虎，何人東海與持竿。風前薜荔秋衣薄，露下夫容古劍寒，欲借茅亭無限月，攜詩滿意爲君看。

題安仲華秀實卷

我有石田南磵潯，十年不歸秋草深。羨君市隱少塵事，教子筆耕多古心。夜露上花垂白玉，秋風吹穗卷黄金。由來隴畝真足樂，何自細聽梁父吟[一]。

題石生仲濂所藏李克孝竹木

息齋之孫李公子，盡將幽意入經營。修篁石上生雲氣，古木山中作雨聲。年來好畫不忍見，歲晏故園空復情。烏巾掛在長松樹，吾欲巢居逃姓名。

登閶闔

獨步青雲最上梯，八閩如井眼中低。泉鳴萬鼓動哀壑，山飲雙虹垂遠溪。家近尚無鴻雁信，客愁復有鷓鴣啼。書生未老踈狂意，更欲崑崙散馬蹄。

[一]「自」，原作「白」，據成化本改。按：「自」字古亦省作「白」。

麋家店 廣陵。

睡起秋懷入倚闌，蟪蛄啼雨豆花寒。途窮俗眼尋常白，宦拙臣心一寸丹。平子四愁詩最苦，休文多病帶頻寬。吾親已老身仍繫，寫就家書閣淚看。

廣陵岳廟登瀛橋同成居竹賦

橋下波光緑染苔，橋前岳色翠成堆。鶴歸華表空中語，鰲負神洲海上來。瓊佩曉趨雲路響，琪花秋傍石闌開。唐家學士今何在？勸爾仙人酒一杯。

常山縣

喜近閩山南去路，樓臺兩岸水迢迢。不知曉店三竿日，猶夢春江半夜潮。吏少縣庭常闃寂，戍還驛舍尚蕭條。平安寫就無人寄，家在溪南第一橋。

次同年李子威御史韻呈康魯瞻僉憲

日麗鈎陳薄霧消，昇平有象見熙朝。堯階雲擁千官仗，楚分星回兩使軺。隼起青旻霜拂地，鴻飛紫海月當霄。仙舟此日登瀛近，春水花光已動摇。

昔陪飛鞚杏園塵，一落漳濱十見春。懶問榮枯煩日者，衹憐寂寞向時人。一驄獨顧蓬門靜，雙鯉能傳藻句新。昨夜東風過淮水[二]，柳眉從此不須顰。

題唐明府畫馮隱士像

能詩能畫唐明府，置子清泉白石間。秋色半林黃葉老，野心一片白雲閑。王維自愛欹湖道，李渤元居少室山。幾處溪山莫歸醉，扁舟留在月中還。

送葉景山掾史赴都

海上青山仙者家，飄飄雜佩上飛霞。牧之舊重淮南幕，博望今隨斗北槎。黃道夜平星合璧，紫臺秋冷雪成花。君行正及觀光便，五色雲中望帝車。

九日登蜀崗次王伯純韻

蜀崗崗頭秋滿天，醉舞黃花落酒船。一水白來飛鳥外，數峰青立遠帆前。梵王宮殿金銀合，帝子樓臺錦繡連。獨客登臨無限意，微紅塔杪夕陽懸。

送崔士謙侍親還嵊縣

剡中李白題詩處，我昔因之訪隱君。天姥樹低山似渚，曹娥潮上水如雲。懷人夜雪孤舟遠，送

[二]「淮」，原字殘缺難辨，此據成化本。

子秋風一雁聞。捧檄高堂須一笑，白魚青筍漸紛紛。

題遠遊卷

爲君歌徹遠遊篇，八極秋高神凛然。禹穴出雲藜杖外，軒臺飛雪酒杯前。昔人不見牛馬走，世俗寧知龜鶴年？子去遥憐滄海上，春來夢繞紫芝田。

題臨川王與可拂雲亭

桐岡岡前讀書處，虞公爲賦拂雲詩。鳳來明月星河近，龍起曾陰雷雨垂。終見汗青傳琬琰，時聞雜佩和塤篪。南歸定作亭中客，蒼雪風吹落酒巵。

送思齊賢調浙東掾

浙水東邊幕府開，扶桑朝景拖高臺。熊旗虎節層霄下，龍戶緹人絶島來。碧海清時稀警報，金天爽氣盛文材。君行長笑金鰲頂，須有聲名徹上臺。

次隨太守劉侯素軒韻

黄柳鶯啼鶯早春，白沙羈客又淹旬。喜逢鄴下劉公幹，曾識山陰賀季真。漠漠林巒開雪色，欣欣草木荷天仁。漢庭詞賦皆揚馬，薄技何因奏下塵？

送李遜學獻書北上 所藏父書。

恭惟聖代開東觀，詔選諸儒會石渠。金匱已抽司馬史，牙籤猶藉鄴侯書。獻芹耿耿心期在，汗竹依依手澤餘。從此墨莊淮左盛[一]，漢庭卜式意何如？

寄題琵琶亭

洲前亭子赤闌干，白傅唐時此謫官。渚花留客醉秋晚，江月向人啼夜闌。湓浦波濤三峽外，長安城闕五雲端。酒醒忽記東林路，鐘磬蕭條暮雨寒。

送姜知事湖廣掾

薇省恭聞吉語來，芙蓉幄下莫徘徊。詩題郎署星辰動，檄到蠻溪霧雨開。鄂渚暮濤喧鼓角，漢陽高樹出樓臺。飛騰此日中天近，定有文章徹上台。

寄廣西參政劉允中

重臣授鉞殿南邦，五月旌旗過上江。青帶碧簪環晝省，緑沈金鎖護油幢。峒丁萬笠春耕野，海估千船曉渡瀧。銅柱南邊相憶處，尺書難寄鯉魚雙。

[一]「莊淮左」三字，原本均缺右半，不易辨識，此據成化本。

初度日次人韻

垂弧夙志負生朝，濫點鵷行從百僚。風雪十年雙鬢短，山川萬里一身遥。君如黄鵠方高舉，我匪蒼松愧後雕。已矣劬勞嗟莫報，願持貞白奉清朝。

題采石娥眉亭

姮娥霜鬢未摧頹，李白騎鯨更不回。異代登臨悲賦客，百年淪落憶雄才。淮雲白白鳥飛盡，山日蒼蒼猿嘯哀。欲起錦袍吹玉笛，爲驅江浪入金盃。

送劉素軒作守

使君持節西南去，漢水東邊十萬家。每與儒生陳俎豆，閑隨野老問桑麻。雙旌曉出千原雨，五馬春行幾縣花。耆舊只今能有幾？一麾莫道遠京華。

送劉子昭歸杭省親

白魚青筍江南好，君去湖山知幾重？潮長河舩四五尺，烏啼門巷兩三松〔一〕。笑予霜點秋來鬢，極目雲飛海上峯。已把行藏付漁釣〔二〕，尚煩書信到疎慵。

〔一〕「烏啼門」，底本原字損壞，此據成化本。
〔二〕「行藏付漁釣」，底本原字損壞，此據成化本。

答張約中見問

衰遲久讓祖生鞭，寂寞猶存鄭老氈。金馬隱來人豈識？木雞老去我方全。坐移棠樹庭前日，夢到榴花洞裏天。多謝故人勞遠問，濫竽博士又三年。「竽」一作「巾」。

儀真范氏義門

澆風久矣變淳源，范氏猶稱古義門。四世於今千指盛，十年似爾幾家存？棠華煒煒宜兄弟[一]，竹筍攢攢長子孫。故里相從何日遂？秋風江上戰塵昏。

南窗竹影

錦闌花豔不勝春，翠袖輕寒寫更真。湘浦雲中逢帝子，天壇月裏見仙人。露痕稍稍疑將滴，風動差差覺未勻。最喜高人王禮部，烏絲臨出越精神。

太平太傅致仕

明公先葉國元功，兩正台衡保始終。喬木世家今絶少，黄華晚節古應同。平泉草木風煙外，杜曲桑麻雨露中。從此昇平歌帝力，爲農祇願歲長豐。

[一]「煒煒」，《四庫》本作「煜煜」。

次韻夜宿雙清亭

海子橋邊絲雨晴，水衡亭下縠波生。珠宮墜月醒龍夢，瓊島迴風送鶴聲。細數更籌憐夜永，遥瞻宸極願時清[一]。左丞綵筆題詩好，紙貴明朝滿鳳城。

元日早朝次馬彦翀學士韻　二首

雞竿紅日出晴霄，鷺序青春入早朝。治典新懸周象魏，頌聲盡入舜簫韶。稱觴冢宰容多喜，執玉藩侯禮不驕。今代總戎功業盛，承恩皆插侍中貂。

玉堂學士步青霄，金榜英名重聖朝。身近清光依帝座，手裁法曲和仙韶[二]。柳溝黄動鶯先喜，麥苑青回雉漸驕。新歲時平詞館好，客來呼酒費金貂。

次李左司明舉看田朱家垈韻

願豐亭前春事深，清時休日此幽尋。長思相覓飲君酒，亦欲即歸投我簪。三月風光開罨畫，百年交好契磁針。明晨擬看功成去，臈蟻開尊滿共斟。

[一]「瞻」字原脱，據成化本補。
[二]「法」，《四庫》本作「妙」。

和周子英進講詩韻

宣文閣下仗初移，講徹雞人報午時。風細芸香飄紫殿，日高花影覆彤墀。儒臣有戒陳忠藎，聖主無爲寶儉慈。薇幕上賓工補袞，垂紳早入鳳凰池。

次韻春日見寄

金水河邊一遇君，眼中天馬欲空羣。姓名未接心先熟，笑語纔濃手遽分。調古今難和白雪，才高昔有附青雲。薰爐茗椀何時共？細與論文到夕曛。

和劉公藝暮春有感韻

醉夢還家醒未歸，起尋墜蕚惜流輝。靜聞白蟻如牛鬭，閑看青蟲化蝶飛。日轉漸長添篆縷，雨來忽冷覓羅衣。卻思翠竹清溪路，曛黑兒童候竹扉。

恥向清時泣楚囚，長尋佳句擬湯休。碧雲千里隔春信，紅雨一簾生晚愁。袖手獨應憐郢斲，知心誰爲和商謳？卜鄰幸識劉公幹，新得詩聲滿壁流。

臘月夢還家侍親

喜著萊衣侍越吟，覺來猶未脱朝簪。五更霜月到家夢，十載風塵爲客心。山遠秭歸啼更苦，海乾精衛恨猶深。幾時萬斛潺湲淚，盡灑墳前栢樹林？

次韻感懷清明並自述　二首

雪落西樓虎滿村，鬢髭變白赤心存。徒薪肯信當時策，負米徒傷此日魂。啼老杜鵑山月苦，歸遲遼鶴海雲昏。早知只學東方朔，避世長依金馬門。

翠屏峰前溪上村，萬家兵後幾人存！十年上塚阻歸興，五夜還家勞夢魂。燕蹴柳花風細細，烏啼松葉雨昏昏。何時步屧青蕪路？月上山童候篳門。

桃源春曉圖

溪上桃花無數開，花間春水緑於苔。不因漁艇尋源入，爭識仙家避世來？翠雨流雲連玉洞，丹霞抱日護瑤臺。幔亭亦有虹橋約，問我京華幾日回。

舊刊七言律止此。

題山水圖次張蜺翁韻　以後七言律皆係新增。

粵王山前雲出門，疊嶂層峯萬馬屯。龍過怒濤翻石壁，雁迴飛雨暗江村。泉頭洗藥流花片，松上題詩濕蘚痕。長記釣船歸得晚，潮平沙白月黃昏。

題東坡淮口山圖

曾遊淮縣佩青綸，飽看東南第一山。烟雨十年詩夢外，風塵萬感畫圖間。斜陽應照客愁滿，去鳥尚如人意閑。遥想月明春樹緑，蘇仙長化鶴飛還。

追和楊仲弘饒州東湖四景詩上本齋王参政

梅花吹暖透重闉，紫馬朝遨湖上春。嵐影盡兼雲影濕，漲痕猶帶雪痕新。高人下榻來江表，神女鳴璫過漢濱。爲問棠陰今盛否，君侯遺愛在番民。

番君國裏水雲多，雨歇黄梅漲碧波。錦纜驚鷗穿弱柳，銀盤簇鱠裹新荷。佳人狎坐傳觴令，上客豪吟相棹歌。小范風流今有繼，新詩樂石待重磨。

使君曉命木蘭舟，霽雨湖光碧玉秋。樂妓並歌瓢小海，詩仙同載上瀛洲。蓴香白露嘗初薦，稻熟黄雲看早收。安得如公百元結，狂瀾今爲障東流。

龍堂貝闕水仙家，夜色清寒曉轉加。淰淰凍雲低草樹，娟娟晴雪照梅花。舊盟漚鳥依輕槳，新釣鯿魚出古槎。玉署詞人傳好句，絶勝圖與鳳池誇。

題雪窗墨蘭爲湖廣都事李則文作

君家詩好錦袍仙，蘭雪清風故洒然。金地禪僧留妙墨，木天學士寫新篇。香來筆底吳雲動，思入琴邊楚月懸。聖代即今深雨露，流芳千載遲君傳。

南宮校文次韻馬在新授經 二首

玉堂深鎖隔凡塵，夜合庭前月色春。剪燭焚香雲滿卷，開簾啜茗雪盈巾。慚無清鑒酬明主，願重巍科得偉人。覓句喜陪王左轄，老儒曾是幕中賓。

杏園飛鞚蹴芳塵，撚指而今四十春。辛苦向曾攜綵筆，衰遲重此岸烏巾。丹成九轉雲籠鼎，燭盡三更月近人。多謝能詩趙主事，自調大吕和蕤賓。

送謝弘道福建理問 豫章人。

江東謝掾舊風流，十載艱虞此壯遊。節概紅塵雙短劍，功名滄海一歸舟。粵王故國官梅早，楊子新墳宿草秋。君去望鄉煩問訊，可無高士重南州？

送孔伯遜延平錄事

闕里諸孫聖代英，作官去拜四先生。雷霆入地溪聲合，星斗羅空劍氣明。千載有傳文獻盛，三年無事紀綱行。薰風荔子丹時後，重待扶搖覲帝京。

送鐵元剛檢歸三山

公子高昌世貴家，佩懸明月弄飛霞。仙方舊授壺公藥，使節新乘博望槎。春幕日遲榕換葉，晝庭風細荔吹花。烏臺消息明年近，驄馬金河踏軟沙。

送趙文中南歸

憶飲黄山别酒時，潁濱汴上復京師。五千里外重來見，三十年中幾語離？碧海釣鰲君特達，紅塵騎馬我衰遲。過家遺老如相問，大隱金門舊小兒。

環翠樓爲危子繹作 樓在光澤縣鐵牛關。

新構清溪溪上山，天開罨畫翠迴環。欄横星漢高寒外，坐入煙嵐晻靄間。衣桁暖生雲浛浛，琴床清滴雨斑斑。癯儒夙有樓居好，歸欲從之結大還。

挽朱彦實母韓氏

晝錦韓家百載餘，清風猶及渡江初。曾從夫貴膺金誥，不待兒歸奉繡輿。墨暈帳昏秋閣冷，錦文機斷夜窗虚。儲山好並瀧岡秀，彤管他年更大書。

次張祭酒虛遊軒雨後即事韻並憶揚州舊遊

牆角紅葵一丈開，鵓鳩聲斷雨聲來。雨鳴竹屋詩新就，日度花磚夢恰迴。露蔓蝸行經午濕，風枝蟬語近秋哀。虛遊軒裏涼如水，自玩春秋著玉杯[一]。

百年何處好懷開？憶在揚州幾醉來。落日放船穿柳過，微風欹帽看花迴。即今盡減尊前興，憶舊寧堪笛裏哀。一笑廣文宮飯窄，論文那得酒盈杯。

次韻李明舉御史貢院詩

白晝春雷起劍池，魚龍爭奮應新期。銀袍照日光唐典，繡斧生風肅漢儀。願得羣賢扶世治，盡令四海轉春熙。昔年辛苦今衰白，坐聽寒聲漏箭遲。

次韻張祭酒新春詩

昕鼓聲遲日色暾，鵠袍如霧擁橋門。迎風栢葉翻雲影，過雨芹芽滴露痕。謾倚三年博士席，長懷百歲老人村。吾宗祭酒金鑾客，多謝新詩細與論。

[一]「玩」字原本爲墨釘，據成化本補。

都城春日再次前韻

卿雲絢綵捧晴暾，春滿皇都十二門。苑樹嫩黄煙着色，宫溝微緑雪消痕。秧分過社新鍼水，麥種經秋秀被村。願見年豐人飽飯，廣文官冷底須論。

送陳彦博編修歸省 成誼叔左丞館賓。左丞有積素齋。

紫薇老人積素翁，有客毫端飛絳虹。長吟北征窺杜子，忽跨東海逐任公。高風祈水波浪白[一]，初日榑桑天地紅。錦袍獨酌金鰲頂，笑睨一粟浮杯中。

我家神山海上頭，昔交先公三十秋。幾年不歸父老憶，萬里復送郎君遊。白魚青筍上親壽，紫蟹黄花銷客愁。明年老夫亦東耳，草堂小結並滄洲。

次韻成均春日答潘述古博士

芳時雨露被恩榮，六館英遊五百生。揖退花邊分佩響，講餘松外度鐘鳴。風微高閣牙籤動，日静深簾緑綺横。多羨材名潘騎省，題詩紙貴滿春城。

[一]「祈」，原本左半模糊，成化本作「祈」。

祭酒江先生見和再次前韻

先生稽古如桓榮，老我憂時慚賈生。六鰲共掣碧海動，孤鳳先覩朝陽鳴。青春深院梧桐暗，紅日高盤苜蓿橫。誓將絲毫効補袞，長願磐石安維城。

過潮州答子烜和韻　以後七言律皆係庚辰年南歸作。

擘破飛狐碧玉峯，奔河似電出盧龍。晴波落日金明滅，遠樹寒煙翠疊重。吟詩驥子新憐汝，返哺烏雛獨愧儂。溪上故廬何日掃？故人攜酒話奇胸。

同王趙二明府岸行裏河濱

御河行盡一千里，望入青齊樹際天。野水飛鷗魚舍外，關山歸雁客帆前。日明野氣浮層浪，風動川光漾細煙。客裏未能疏酒醆，春來聊復費詩篇。

過沛歌風臺

蒼梧帝逝薰絃絶，千古三侯慷慨歌。豐沛故鄉宜有感，韓彭猛士惜無多。英雄老去臺空在，魂魄來歸意若何？楚舞尊前鴻鵠起，大風幾動漢山河。

與趙德明談丁仲容作此寄之

江左詩人丁叟在，淮南木落看青山。尋僧野寺秋風去，送客溪船夜月還。八口艱難新歉後，廿年落魄醉吟間。城南郭泰能攜酒，得伴先生杖屨閒。

沽頭

日上河隄歸興濃，閘頭南望見遥峯。春城草木浮元氣，中土園廬尚古風。桑眼科餘黄蠢蠢，菜苗挑出緑茸茸。平生性癖耽幽静，擬築團茅淮水東。

徐州霸王廟

長洪聲動楚山虚，太息彭城霸國餘。父老更堪秦暴虐，英雄空爲漢驅除。苔移玉帳蛛絲暗，柳繞黄樓雁影疏。獨有春風虞氏艸，魂歸爲汝一沾裾。

范增墓 爲盗所發。

鴻門已失秦天下，千載彭城恨滿襟。亭長空驚撞白璧，中郎還解摸黄金。乾坤不庇英雄骨，霜露誰爲怵惕心？獨有彷徉塵垢外，穀城飛去白雲深。

戲馬臺 項王築，劉裕登。

當時衣錦去關中，天地移歸隆準公。空使秦人悲故舊，更憐劉裕愧英雄。荒臺落日蜚鴻沒，春草連雲戲馬空。太息重瞳千載少，艤舟不肯過江東。

燕子樓

楊柳青青汴水流，昔年歌舞侍君侯。城頭落日鴉聲起，樓上春風燕子愁。黄壤詎能留富貴？白雲無復夢溫柔。更憐山下虞姬草，煙雨年年恨未休。

黄樓

蘇子徐州憂國疏，丹心百載尚依依。青山昔日黄樓在，赤壁何年白鶴歸！西絶峨眉那復得？東還海道已相違。羽衣吹笛人何處，疏柳啼鴉自夕暉。

吕梁洪

禹鑿猶存灔滪根，彼蒼設險壯彭門。山形奔過黄河怒，水氣陰來白日昏。賈客經營隨雁集，舟人祭祀識龍尊。時平四瀆無波浪，笑指青簾買酒樽。

邳州

輕帆飛度下邳城，兩岸青山鷁首迎。風約河聲歸海近，雲低樹色傍淮平。子房流落編書在，玄德驅馳髀肉生。欲弔古人無處問，飛蝗過後雁哀鳴。

吳門懷古

曾見吳王歌舞時，遺臺廢苑不勝悲。春風雁唼菰蒲葉，夜月烏啼楊柳枝。有客買舟尋范蠡，無人穿塚近要離。館娃宮外繁花發，遊女長歌白紵詞。

過吳江州 己巳歲過此，孔世平州判今在廣東。

三高堂下綠蘋風，十載維舟兩鬢蓬。范蠡無書留越絶，張翰有夢到吳中。雲開笠澤浮珠闕，月出長橋動綵虹。長憶故人心斷絶[一]，五羊南去少飛鴻。

錢塘懷古

荷花桂子不勝悲，江介繁華異昔時。天目山來孤鳳歇，海門潮去六龍移。賈充誤世終無策，庾信哀時尚有詞。莫向中原誇絶景，西湖遺恨是西施。「是」一作「似」。

[一]「心斷」，底本原字破損，此據成化本。

富陽南泊驟風雨

征夫直北厭風埃，南下蒲帆此日開。山遠蒼龍趁海去，潮喧鐵馬蹴江來。雲昏白日林如失，風約青天雨却回。短髮相欺予漸老，孤舟獨宿意難裁。

烜次草萍壁間韻同作

浙東路入江東去，酒醒籃輿幾處山？桑柘葉光朝雨濕，棠梨花盡午風閑，青雲在昔同攀桂，紫氣如今獨度關。只合溪頭垂釣去，故人多在紫宸班。

七里下舟至鉛山州旁羅店[一]

懷玉山前似葉舟，卧看帆影晚悠悠。雲飛梨嶺先南去，水匯鄱江倒北流。煙堵白花迷晚蝶[二]，風林碧葉應啼鳩。去年此日隋堤柳，馬首青青客正愁。

過辛稼軒神道弔以詩

長嘯秋雲白日陰，太行天黨氣蕭森。英雄已盡中原淚，臣主元無北渡心。年晚陰符仙蠹化，夜寒雄劍老龍吟。青山萬折東流去，春暮鵑啼宰樹林。

［一］「旁羅店」，原本卷首目錄作「房羅店」。
［二］「堵」，疑爲「渚」之誤。

題關上

黑崖削鐵立雲根，絶頂東西石峙門。兩戒山川分百粵，八州珠玉過中原。曾峯熳日迴羣雁，灌木高風嘯一猿。蕞爾海隅民力困，瀝肝誰爲叩天閽？

過武夷

羽節霓旌蔽紫氛，幔亭高宴武夷君。虹橋一斷青冥隔，天樂多傳白晝聞。巖掛玉機虛夜月，洞函金骨熳春雲。紫陽見説今猶在，拜乞刀圭儻汝分。

至建陽文公宅里

河南夫子騎箕去，建水重生蓋世翁。昔日中原知侍講，清朝四海學文公。山藏劍履人如玉，壁出詩書氣若虹。卜築何時隣此地？詠歸溪上舞雩風。

建寧府雨中登玉清觀

雙溪南下緑灣環，碧瓦參差細雨間。水繞玉清來九曲，雲歸滄海近三山。鐵獅晝伏聞鐘鼓，白鶴宵飛認佩環。欲結紫霞塵外想，不堪回首近鄉關。

宿大橋

橋畔人家水半扉，題詩柱上十年歸。青松落子風驚帽，紫楝吹花雨滿衣。澗水遠隨楓樹去，隴雲多傍筍輿飛。舉頭仰望長安日，一個啼猿響翠微。

至瓜州

江流島嶼碧灣環，兩岸樓臺晻靄間。細雨春帆來楚峽，遙天曉樹見吳山。嵐光去鷺半明滅，雲氣與鷗相往還。欲訪鄉僧心已倦，十年爲客鬢毛斑。元庚辰年作七言律止此。

安南使者同時敏大夫登舟相訪獻詩述懷一首就坐走筆次韻答之以紀一時盛事云 以後律詩洪武二、三年作。

殿閣涼生雨霽秋，紫皇晨御翠雲裘。仗移日轉雙龍闕，詔下雲開五鳳樓，英蕩熒煌頒授節，羽旌雜遝擁鳴騶。詞臣垂老斯遊壯，風送龍江萬里舟。

再次韻答之是日微雨大風

五兩風高江上秋，粵南使客木綿裘。望雲舉酒思京闕，對雨裁詩倚柂樓。燕語檣頭催去棹，馬行果下待歸騶。到家爲說天恩重，早辦新春入貢舟。

過小孤山

交趾江頭指壯遊，小孤山下見新秋。天鑱雙柱維南極，海作重門鏁上流。使者星馳英蕩節，神妃風送錦帆舟。來春二月停歸棹，好薦芳馨杜若洲。

廣州贈同時敏

明詔金門天上開，使人銅柱日南迴。九江煙浪看廬阜，五嶺雲山過越臺。嘉惠遠岷煩聖慮，宣風絶域仗奇材。吾家博望風流在，絶喜乘槎此日來。

南昌行省迓至驛舍同安南使宴於省廳參政京口滕弘有詩次韻答之

緹騎傳呼出近郊，寵臨公館饋烝殽。衰齡愧選光華使，盛禮欣逢道義交。劍倚西風明左竹，旗開南霧導前茅。春歸江右重相見，欲結雲松此地巢。

過南昌

平生未踏南昌土，垂老經過駕使軺。徐孺洲前花寂寂，滕王閣外草蕭蕭。瑤臺月墮鸞聲杳，鐵柱雲生蜃氣銷。獨喜西山青似舊，昇平猶得見新朝。

萬安邑令馮仲文家全椒與予舊識鮑仲華提舉有瓜葛之好傾蓋情親戀戀有故人意君渡江舊人有惠政得民心

萬安縣前小駐船，逢人盡說令君賢。風雲沛邑今幾載？冰雪魯山經五年。墨綬近民心樂易，綈袍贈我意纏綿。御屏風上書名姓，即見紫泥下日邊。

舟中望贛州

虎頭城外水周遭，四望羣峯湧翠濤。帶雨布帆隨去鳥，牽江黄帽接飛猱。清秋度嶺君恩厚，永夜還家客夢勞。欲問交州何處是？五羊南去萬山高。

贛州城下

番禺北下險秦峭，章貢西邊近楚郊。五嶺氣來蒼霧合，雙溪聲動玉虹交。山郵傍岸多攢石，野屋緣城半覆茅。細雨舟中無一事，新詩吟就手重抄。

南雄即事次牛士良韻

行盡梅關不見梅，凌江南起畫屏開。山連桂廣迢遙去，水合湞昌浩蕩來。秋冷嶺雲收薄瘴，時清溪雨應餘哀。吾家相國祠堂在，明日臨風酹一盃。

平圃驛中秋翫月用牛士良韻

平圃驛前端正月，金鱗萬疊水光開。嬋娟幾見他鄉共，老大寧期此地來？星漢夜摇旗影動，江山秋入笛聲哀。病夫懶坐那禁酒？喜看頻傾舉玉盃。

舜廟詩次韻牛士良

蒼梧落日百靈悲，韶石清風萬代思。洪水一從咨禹後，深山幾見避秦時。鳥耘歷歷傳遺跡，雞卜紛紛異俗祠。白髪舜弦峯下路，老儒獨詠卿雲詩。

峽山寺僧慧恩溪邀觀壁間舊題因誦宋廖知縣一律有雲猿棄玉環歸後洞犀拖金鎖占前灣予謂其切實類唐許渾賦以繼之

瘴嶺風煙勢漸開，喜尋筇竹步莓苔。江環列嶂天中起，峽拆流泉地底迴。靈鷲飛來蒼磴老，怪猿啼去白雲哀。軒轅帝子應猶在，爲奠南華茗一杯。

廣州贈溫陵龔景清鄉人

家住三神海上峯，秋風同聽禁城鐘。離居自喜鄉音好，别去長悲客意重。雙鯉水寒難遠寄，五羊城晚忽相逢。來春此地重攜手，共采仙蒲花紫茸。

封川縣次韻典簿牛士良

記取今年重九日，封川水驛掛帆過。秋風嶺外黃花少，暮雨尊前白髮多。起接野僧談梵典，臥聽溪子和蠻歌。少遊歘段成何事？·至竟男兒是伏波。

梧州即景

蒼梧南去近天涯，六十三陳昔此家。水合牂江通漲海，山來桂嶺接長沙。祥光夜認司空劍，爽氣秋迎博望槎。擬欲朗吟亭上客，春風歸看碧桃花。先生自注：「劍光迺漢趙佗埋劍之所。司空張華、博望侯張騫皆吾家故事，今借用之。」

烏巖灘馬伏波祠

烏巖江上古祠宮，傳是征南矍鑠翁。丹荔黃蕉長盛祭，綠沈金鎖尚英風。灘聲夜帶軍聲壯，嵐氣秋隨劍氣空。莫羨少遊鄉里好，封侯廟食丈夫雄。

次韻士良子毅登雷破巖劉大王廟唱酬

紙掛高枝濕暝煙，乞靈多是往來船。雷轟古石猶遺跡，雨濕荒祠不記年。護羽翠禽低隱竹，搖花白葦遠黏天。封侯萬里吾今老，早辦扁舟別計然。

立冬舟中即事

一灘一灘復一灘，輕舟蕩槳上曾湍。三秋嶺外雨全少，十月邕南天未寒。露岸葦花明白羽，風林橘子動金丸。如何連夜還鄉夢，不怕關山行路難？

我家溪上白柴扉，久别兒時舊釣磯。兵後故廬悲茂草，夢中慈母念單衣。千年汗竹何多錯？萬里浮萍未暫歸。佇立悲風揮血淚，此身元不爲輕肥。

龍州答迎接官何符

帝念南邦遠貢琛，頒封特遣老臣臨。皇華諮度尊君命，炎徼淹留豈我心？人日預占晴景好，使星還照瘴雲深。暫分莫灑臨岐淚，頭上青天見素襟。

又答請命官阮士僑

使星南照破曾陰，咫尺天威儼若臨。銅柱迴看雙白鬢，觚稜仰望寸丹心。我留夢到雲霄迥，子去恩沾雨露深。到日鐘山煩一問，清溪何日濯煩襟？

又答

白髮飄蕭老翰林，故鄉長憶越山陰。客程牛渚星槎遠，吟思龍江煙浪深。多子出疆迎蕩節，顧予爲國抱葵心。行看洱水堤邊柳，滿馬春風拂醉吟。

次韻羅復仁編修

棹歌聲起洱河濱，君着先鞭我後塵。山上安山猶遠使，客中送客是愁人。心隨初日葵花轉，眼看薰風荔子新。細數歸期同把酒，龍江梅信定先春。

情事未申視息宇内劬勞之旦哀痛倍深悲歌以繼慟哭所謂情見乎辭云爾呈閻初陽天使牛士良典簿

一身絶域已淒然，三處離居更可憐。中歲恨孤蓬矢志，暮齡忍誦蓼莪篇。愁深鳶墮蠻溪外，夢斷鵑啼宰樹邊。悔不阿奴長在側，盡情家祭過年年。先生自注云：「老親未即土，二寡婦攜孤兒在閩，十口在金陵，皆貧困。一子與婦在松江，與安南爲四處，何以堪此境也！」

予少年磊隗負氣誦稼軒辛先生鬱孤臺舊賦菩薩蠻嘗慨然流涕歲庚辰過鉛山先生神道前有詩云云見南歸紀行藁後會贛州黄教授請賦鬱孤臺詩復作近體八句亡其舊藁因念功名制於數定材傑例與時乖自昔不遇若先生者蓋亦多矣然猶惜其未能知時審己恬於靜退幾以斜陽煙柳之詞陷於種豆南山之禍今二十九年矣舟過是臺細雨閉蓬靜坐忽憶舊詩因録於此見百念灰冷衰老甚矣云

鬱孤臺前雙玉虹，一盃遙此酬英雄。風雲有恨古人老，天地無情流水東。精衛飛沈滄海上，鷓鴣啼斷晚山中。清江不管人間事，煙雨年年屬釣翁。

安南即事

刺竹岡頭過亂村，白藤渡口出平原。雲南嶺盡江光合，林邑潮通海氣暄。緑舞稻苗風剪剪，青肥梅子雨昏昏。炎方風物新春異，吟罷長歌擊酒尊。

洪武二年、三年所作律詩止此。

七言律詩拗體

次韻安慶汪仲暹超然亭

超然之亭舒水上，絶景迺得天公偏。石柱秋開金菡萏，星河夜落玉觥船。獨騎麒麟上倒景，下視蠛蠓空飛煙。舞雩人去忽千古，令我望之心惘然。

送李叔成遊茅山

山頭丹光湧日紅，不盡幡幢來碧空。李白獨騎一赤鯶，茅君導此雙青童。纖雲上衣槲葉雨，墜雪撲帽松花風。仙人笑指海水落，相約蓬萊之上宫。

竹軒

門外紅塵一丈深，開門碧霧秋陰陰。十年對雪守漢節，三月不肉聞韶音。風高常與鶴同夢，雨作或聽龍一吟。淮南大隱人所羡，令我不樂思故林。

平野

北來羣山亦已無，曠望元氣春模糊。雲低不斷滄海去，樹遠欲盡青天俱。何人胸吞九雲夢，尚恨水有三蓬壺。巨靈不爲鏟疊嶂，長使詩人心鬱紆。

雪石

峨眉之西古時雪，削玉娟娟嵌太空。山川只今留夜月，草木爲爾回春風。閉門洛下謝過客，授簡梁園米老翁。梅花滿樹百壺酒，我欲枕石於其中。

泊龜山 詩中之景，指洪澤屯也。

白波滉漾青天垂，我行但覺官船遲。微微樹短水盡處，慘慘日薄風來時。椎牛掛席打鹽客，射鴨鳴弓踏浪兒。漫郎頭白不稱意，沽酒龜山歌竹枝。

自挽 按：先生生於元辛丑，終於安南，洪武三年五月四日也。臨終自作此詩，是日而逝。蓋享年七十矣。

一世窮愁老翰林，南歸旅櫬越山岑。覆身粗有黔婁被，垂橐都無陸賈金。稚子啼饑憂未艾，慈親藁葬痛尤深。經過相識如相問，莫忘徐君掛劍心。

五月十三夜夢侍讀先生枕上成詩 牛諒，翰林典簿。[一]

出使艱虞萬里同，歸期日日待秋風。寧知永訣蠻江上，才得相逢客夢中。岸幘尚看頭似雪，掀

[一] 此詩爲牛諒作。《四庫全書》本有此詩，故保留。

鬚猶覺氣如虹。起來拉淚憑欄久，落月啼螿繞殯宫。

七言長律

濟南寓公程鵬翼耀彩亭

濟南山水似江南，耀彩亭前緑滿潭。萬柄高荷風娜娜，兩行弱柳露毶毶。絳綃仙子籠新浴，翠蓋佳人倚半酣。色静每於心獨契，香清長許鼻先參。剪筒瀉酒留人醉，采葯分茶與客談。風景不殊時事異，即令看畫意何堪！

分韻得覃字送中丞張叔静之西臺

西臺執法雪盈簪，奉詔之官駕兩驂。玉節秋霜飛渭北，錦衣晝日照終南。道迎背緌遺民集，庭列腰刀大將參。花外小車行處好，棠邊茇舍種來甘。清時有象今重見，聖澤無私正遠覃。莫憶山中黄石約，五雲天上近台三。

送林崇高廣西都事

清江材子請長纓，風雨南荆萬里行。組甲夜馳貙虎窟，帛書朝奏鳳凰城。公車已見登臣樂，幕府旋聞用子荆。照海錦帆津吏報，轟山銅鼓峒人迎。檄來篁竹霜都静，詩到梅花雪共清。上日桂林延父老，爲言析木泰堦平。

中書右司提控秋霽軒

西山收雨紫嵯峨，爽氣如秋右掖多。省樹靜移雲影度，官簾徐轉日華過。粉闈寓宿青綾被，黄閣朝隨白玉珂。圜靜雞竿稀布令，邊清虎革漸包戈。盛時三語俱材掾，休日相從足雅歌。紅藥紫薇春信近，更吹新律作陽和。

五言絶句

泊十八里塘

繫舟古柳根，一犬吠柴門。欲記詩成夜，問人何處村。「詩成」一作「來時」。

渡江

幾載途中月，窺愁酒半酣。送人楊柳色，今日是江南。

題道士青山白雲圖

仙館白雲封，青山第幾重？道人時化鶴，巢向最高松。

長愛青山好，行行入翠微。今朝山頂上，下看白雲飛。
行到溪源盡，青山無俗氛。道人拈鐵笛，吹起滿川雲。
只道溪源盡，遙聞鐘磬音。却尋流水去，行盡白雲深。
雲氣曉來濃，前山失數峯。道人夜作雨，呼起碧潭龍。
林秋紅樹出，溪曉白雲多。此景江南有，江南今若何？

賀李孟豳中丞壽四絶

十日書雲後，窗中影漸長。好將五色線，爲補舜衣裳。
春信到琴邊，聲成意已傳。須裁太古曲，天上和虞絃。
清曉寫詩成，飛英點玉觥。爲傳梅信好，聞早入調羹。
暖到牙籤早，芸香已報春。鳳毛新可喜，臨得晉書真。

次張仲舉祭酒詠花

槐花

黄露結青枝，風吹散秋雪。憶昨馬蹄忙，壯年心未徹。

葵花

日出赤城霞，瑤臺宴萬花。酒闌朝絳節，整整復斜斜。

水紅花

穗長仍葉密，紅粟綴枝鮮。種秫今年熟，相將買酒船。

木槿花

朝昏看開落，一笑小窗中。别種蟠桃子，千年一度紅。

玉簪花

月女烏雲滑，瑤笄墜許長。花神藏不得，清露一簾香。

和拜明善韻 並序[一]

翰林都事康里拜君文善，以貴介之胄，嗜學攻詩，與寒士角其能。歲嘉平月十八日，文善攜二詩過予明時里之寓軒。時雪新霽，微月在空。誦詩再三過，命酒四五行，翛然覺人世塵土俱空。因念天壤間清致，喜不可多遇。昔人有月夜泛渚、雪夜訪戴者，不知視今茲爲何如也。遂次韻爲四首，備他日佳話云。

聽雪裁詩就，詩將雪共清。不緣心境淨，那解聽無聲？

[一]「明善」，成化本、《四庫》本同，但原本、成化本及《四庫》本序中均作「文善」。

雪裏跫然至，人間無此清。瑤田今夜鶴，下聽誦詩聲。
憶踏江南雪，看梅領好春。酒醒燕月白，惆悵未歸人。
竹樹庭前雪，松花瓮面春。徘徊今夜月，應是爲詩人。

太和縣

曉掛船窗看，蒼茫暝色分。前山知有雨，流出滿江雲。

揚州廣成店

潮落邗江夜，先將夢到家。揚州無賴月，獨自照瓊花。

七言絶句

題月落潮生圖

參横天末樹陰收，風響蘆根海氣浮。笑語漸聞燈漸近，誰家江上早歸舟？

雨中縱筆書悶

飄零不奈木腸何，錦字淒涼雁字過。猶有思親千點淚，秋來較似雨痕多。

題顧善道山水

洲前老樹似人立，巖際頽雲如水流。夢著滄江歸未得，醉來渾欲上扁舟。

題崔元初醉翁圖

春雲石上蒼苔冷，芭蕉風動綸巾影。仙翁醉著人自扶，花落花開幾時醒？

題小景

雀啅江頭秋稻花，顛風吹柳一行斜。漁舟細雨獨歸去，白石滄江何處家？

同徐元徵錢德元酒邊即席題壁間山水

白雲垂柳露毿毿，聽徹金雞月滿潭。千里汴堤塵拍面，夢從淮左過江南。

題桃花圖

溪上桃花春可憐，赤欄橋畔憶遊仙。若爲飽喫胡麻飯，看到三千結實年。

書所見

浦外青山浪作堆，淡雲將雨送秋來。停舟荻岸西風裏，閑愛野花無數開。

題扇

陰陰古木精靈語，慘慘長風蜃鰐驕。有客扁舟秋睡起，笑看滄海月明潮。

衢州詠爛柯山効宋體　二首

人説仙家日月遲，仙家日月轉堪悲。誰將百歲人間樂，只換山中一局棋？
洞裏仙人笑客癡，斧柯爛却忘歸時。人間宇宙無窮事，只似山中一局棋。

憶六合

江北淮南三月時，水煙漠漠柳絲絲。好花一夜霜都落，却是春風總未知。

題畫貓

繡茵睡起飽溪鮮，半臥閑庭日静前。憶在牡丹花下見，雙睛一線午晴天。

題畫白頭公　二首

日暖花開海上洲，飛來青鳥話閑愁。三生莫爲多情煞，惹得春風白了頭。
蜀魄啼時清血流，斷雲荒樹不堪愁。山禽不管人間事，也向春風自白頭。

題錢唐春遊卷

銀鞍白馬少年遊，十里朱簾上玉鈎。爲問别來新柳色，春風得似舊杭州？

戲作杭州歌 二首

吳姬鮲冠望若空，淚妝眼角暈嬌紅。染得羅裙好顔色，西湖新柳緑春風。

西陵渡口潮水平，十十五五發舟行。樓中燕子慣見客，不怕渡頭津鼓聲。

存恕堂卷

存恕堂前種杏家，絳光夜夜發丹砂。别來爲問揚州月，開到春風幾度花？

浙江亭沙漲十里

重到錢唐異昔時，潮頭東擊遠洲移。人間莫住三千歲，滄海桑田幾許悲！

灤陽道中次韻李伯貞中丞李孟豳參政 二首

共騎官馬取長途，爲愛佳山每緩驅。剪剪水風牽草帶，疏疏沙雨長松鬚。

杏園飛鞚忝同途，天驥羸驂不並驅。曉起灤陽成獨笑，燕霜渾白少年鬚。

王叔周山水圖

重重疊疊水南峯，五五三三石上松。釣艇恰歸春雨至，草亭猶自白雲封。

浙江潮圖

浙江亭下彩舟開，雪滿青天白晝雷。聞説秖今亭上月，夜寒長照暗潮來。

雲巖詩爲傅元剛題

千巖翠色曉紛紛，遠樹微茫路不分。應是林端飛瀑布，春風吹作滿川雲。

劉元初桂花圖

醉上淮山唤八公，白鸞騎到廣寒宫。滿身香露銖衣濕，十二瑶臺月正中。

二馬圖

草軟沙平日暖天，相摩相倚最相憐。無端走上長楸道，噴玉爭先掣電邊。

錢舜舉畫

紫茄

江南垻裹紫彭亨，票致錢郎巧寫生。憶得故園秋雨過，新炊初熟飯香粳。

絲瓜

黄花翠蔓子纍纍，寫得西風雨一籬。愁絶客懷渾怕見，老來萬縷足秋思。

次翰林都事拜住春日見寄韻

日高睡起小窗明，飛絮遊絲弄晝晴。忽憶金河年少夢，柳陰騎馬聽流鶯。

墨蘭爲湛然上人題

雲林蒼蒼石齒齒，一花兩花幽薄底。遠香自到定中來，道人湛然心不起。

和同年馬仲皋詠文韻 四首

斯文萬古日當中，僭續遺經恐未公。辛苦河汾亭上叟，將琴直欲和南風。

妖香冶豔底須誇？絶好姚黄魏紫家。一種天然清水上，愛花須讓愛蓮花。

風月庭前草色春，魯東門後一儒真。圖書古奥遺經似，愧殺辛勤倒學人。

聽着啼鵑早慘神，談經那復昔儒醇？黄茅白葦秋風急，曾與夷門起戰塵。

題北山蘭蕙同芳圖

秋露春風各自妍，幽香併到雨華前。道人不是騷愁客，慣讀南華第二篇。

題雪窗蘭蕙同芳圖

春來騷意滿江干，轉蕙風光更泛蘭。睡起老禪閑一笑，月明香雪竹窗寒。

題李文則畫

陸羽烹茶

閱罷茶經坐石苔，惠山新汲入甆杯。高人慣識人間味，笑看江心取水來。

蘇公赤壁

赤壁江寒葉漸稀，黄泥坂靜露斜飛。洞簫聲裏當時月，應照十年化鶴歸。

淵明送酒

五柳門前秋葉衰，南山佳氣滿東籬。白衣人到黄花外，正是先生述酒時。

逸少蘭亭

蘭亭佳處憶曾過，已較前人感慨多。修竹茂林今在否，畫中一看意如何？

題邊魯生墨竹爲汪大雅

白沙舊遊邊魯生，鳳城今識汪大雅。忽見此君如故人，滿室清風共瀟洒。

題畫

棠梨幽鳥

揚州舊夢隔天涯，曾醉春風阿那家。幽鳥豈知人事恨？依然啼殺野棠花。

梨花錦鳩

一枝新雨帶啼鳩，喚起春寒枝上頭。説與朝來啼太苦，洗粧纔了不禁愁。

次韻廉公亮承旨夏日即事 六首

金杯緑酒薦菖陽，玉手輕調雪盌涼。猶憶舊家重午宴，釵頭符綴鳳雙翔。

葵花向日獻紅芳，不見隨風柳絮狂。睡起竹窗清似水，胡牀獨坐午陰涼。

柴門細雨曉慵開，緑樹陰籠一徑苔。老子眼花今日較，起尋枸杞點茶盃。

盡情好鳥隔窗呼，牆角新苔上酒壺。却羨承平無個事，看花酩酊老堯夫。

文章閣老舊名門，玉署清閒醒夢魂。應憶廉園花似海，朝回會客酒千尊。

翠屏山下水清泠，茅屋荒苔緑滿庭。不是不歸歸未得，移文誰與謝山靈。

夜過陵州

河隄月上水迢迢，臥聽陵州夜渡橋。腸斷江南二三月，落花蝴蝶上蘭橈。

東昌

暖日初抽宿麥芽，東風吹草緑平沙。江南開老春多少，二月東昌見杏花。

梁山濼

風正吳檣去不牽，雪融汶水緑堪憐。菰蒲渺渺官爲市，楊柳青青客上船。

泊沽頭

楚客歸心河水流，三更月暈長年愁。沙河雨漲催開閘，半夜櫓聲無數舟。

邵伯鎮

廣陵此去無多地，煙柳堤邊一萬家。已有小舟賣新藕，便思攜酒看瓊花。

揚州

誤喜維揚是故鄉，故鄉南去越山長。越山三月花如海，倚門應說到維揚。

過觀州悼阿仲深狀元

麒麟墮地天不惜，流落荒郊魯叟悲。白髮杜陵憂國淚，臨風獨詠八哀詩。

聞同年劉子實盧可及訃

江湖菰蔣岸莓苔，矰弋如雲鴻雁哀。麟鳳半歸天上去，玉京羣帝獨憐才。

道中

花飛芳樹碧毵毵，已過西湖三月三。草草青簾人買酒，常州北畔似淮南。

子烜買紅酒

吳江紅酒紅如霞，憶着故園桃正花。羊角山前幾回醉，女嫛嗔汝未還家[一]。

嘉興有感陸宣公事

官家忘却奉天時，歲晚忠州兩鬢絲。今日北來車馬客，夕陽祠下讀殘碑。

[一]「嫛」原作「鬏」，据《四庫》本改。

夜泊雩浦

雩浦四更潮已平，蕩舟月落唱歌聲。山中應是夜來雨，流出落花春水生。

過桐廬

江邊三月草萋萋，緑樹蒼煙望欲迷。細雨孤帆春睡起，青山兩岸畫眉啼。

宿新站

銀漢迢遙白露盈，錦屏咫尺隔深情。溪風夜冷鴛鴦起，獨自推篷看月生。

玉山縣店見壁間黄山林獻可詩次韻

淮水風高雁影微，澄江潮細鯉魚稀。客愁正怯江東雨，花落青林聞秭歸。

宿南嶺書 二首

緑竹月明客夜行，青山雨過人春耕。閩中富庶天下少，千里山川東錦城。

今朝初聽鄉人語，八載淮南此日迴。江東白酒不醉客，爲渠歡喜盡殘杯。

過崇安宿赤石水澀不下舟

兩岸青山下建溪，筍輿軋軋坐雞棲。人間最是吳兒樂，一枕清風過浙西。

科舉以滯選法報罷士無有爲錢若水者何也予於膠西張起原坐上聞此語悚然予獲戾甲戌冬而乙亥科舉罷徒抱耿耿進退跋疐此古昔有志之士所以仰天淚盡者也感胡永文事賦廿八字凡我同志當爲憮然

竹實離離紫海春，高飛鸞鳳出風塵。哀鴻不作青冥想，空向江湖怨弋人。

到建寧贈星者蘇金臺 庚辰年所作止此。

博望乘槎斗牛去，蜀莊簾下獨沈冥。金臺五緯光聯璧，何處江湖有客星？

南京早發 自此以後洪武二年使安南所作。

大隱金門三十載，壯懷中夜每聞雞。今朝一吐虹霓氣，萬里交州入馬蹄。先生自注云：「蘇老泉云：『丈夫不得爲將，得爲使折衝萬里外足矣。』」

晚泊石頭城下明旦發龍江

江口帆開五兩飛，海門遥望樹依微。若爲得似千年鶴，東向三神島上歸。

過大聖港新河口

佳氣蘢蔥紫翠間，人家百萬繞鍾山。新河亦似知形勢，流入龍江第一關。

蕪湖

忠臣解體將離心，一鼓蕪湖九鼎沈。遺老尚談前宋事，惜無人解説王琳。

泊月子河望三山

三神仙島隔歸期，長夜京華夢見之。明發開帆成誤喜，青天三點見峨眉。

焦磯廟

碧殿紅欞翠浪間，江風縹渺動煙鬟。神雞不逐雲中去，啼殺清秋月滿山。

過采石

重過峨眉訪舊遊，三山無恙水東流。若爲喚起青蓮客，共醉西風亭上秋。
天塹西邊牛渚磯，燃犀誰敢照朱衣？而今蕩槳平如掌，薄暮漁童買酒歸。

月子河阻風

洱江萬里此朝東，入貢舟航四海同。明代百神都受職，爲言休作石尤風。

有感

馬首桓州又懿州，朔風秋冷黑貂裘。可憐吹得頭如雪，更上安南萬里舟。

爲舟人萬氏題象圖

雪白雙牙雲滿身，日南萬里貢來馴。遠方奇物真堪畫，却是中州有鳳麟。

舟中望廬山

重過廬山三十秋，西風催送上湖舟。若爲借得仙人鶴，飛到香爐峰頂頭。
老無傑句對廬山，紫翠遙看霄漢間。羡殺倒騎牛背客，買田長佔落星灣。

過臨江望閤皂山

閤皂山青瑣夕霏，仙翁舊館尚依稀。歸來倘似遼東鶴，愁殺千年老令威。

懷故人鄧南皐

夕陽獨立楚江邊，不見南皐二十年。欲寄平安無處問，津頭風急起官船。

遇故人胡居敬臨江府送至新淦

共酌簷花細雨前，凄然重見此江邊。停舟莫怪難爲别，能幾人生二十年？
翠竹蒼松映白沙，清江西畔是君家。明年歸路重相問，分食東陵五色瓜。
早逐浮榮老未歸，便歸生事已全非。人生只合藏名姓，白首青山一布衣。

過臨江 懷劉原父、孔文仲諸賢。

江右流芳墨作莊，氣雄文古壓歐王。平生却爲多稽古，憂殺平南狄武襄。
三賢江右起聯翩，洙泗支流迴有傳。聞説九京英爽在，臺章深悔到伊川。

吉水縣違新淦二十里濱江一帶皆丹山無草木因憶予鄉云

文江佳處似吾家，碧水丹山映白沙。誤喜霞洲歸路近，不知南去尚天涯。

安南使令上頭翰林校書阮法獻詩四絶次韻答之

封王賜印出天家，授旨臨軒遣使華。遥想南交迎詔日，望雲羣拜六龍車。

窮髮雕題已一家，日南使者覲京華。君王親校燕山籍，駕出金根白象車。

騎馬成行醉插花，天恩賜宴賞枋華。知君無限傾葵意，長向南邊望日車。

十行天詔出江關，百尺雲帆下碧灣。慚愧風姨聽帝令，霎時天外過三山。

銅柱南邊石作關，海門鎮外碧成灣。喜君心似朝宗水，直過千重萬疊山。

小孤廟下海門關，五老峯前星子灣。多君萬里斯遊壯，看到東南第一山。

來時四蜀三韓使，奉表遙同馬若飛。歸到安南應説與，皇恩天覆萬方歸。

四十餘年金榜客，玉堂人詫筆如飛。君王親重儒臣選，肯受南方一物歸？

十月南荒暑氣微，洱河驛外葉初飛。遙知夾岸人爭看，入貢中朝使者歸。

秋風吹海送仙槎，夜色新涼曉轉加。歸日阮郎應一笑，小春洞裏又桃花。

安子山前使者家，桄榔椰葉翠交加。知君來歲重修貢，飽看皇都二月花。

乘軺萬里已忘家，客思逢秋陡倍加。大庾嶺邊東去近，惜無驛使寄梅花。

予己丑夏辭家客燕二十年江南風景往往畫中見之戊申冬來南京今年六月二十九日奉旨使安南長途秋熱年衰神憊氣鬱不舒舟抵太和舟中睡起煙雨空濛秋意滿江宛然畫中所見埃壒爲之一空漫成二絶以志之時己酉七月二十四日也

風飄萬點濕秋雲，萬葉涼聲睡起聞。翻憶東華衣上汗，向人揮作雨紛紛。

家住翠屏溪上頭，思蓴空結半生愁。今朝初洗紅塵夢，煙雨西江滿意秋。

舟中覩物憶亡兒烜

誤我虛名已白頭，可憐望汝紹箕裘。烏牛舐犢斜陽裏，忽見潸然老淚流。

海内名人儘望渠，豈知意廣卻才疏？老來只願兒癡鈍，解種先疇讀父書。

別時叮囑忍能忘？憶着潺湲淚萬行。復恐老年悲太甚，痛來無奈罵疏狂。

草深北嶺暗寒煙，白骨無人瘞九泉。留得虛名詩滿篋，可憐亂後落誰邊？

二十七日晚到萬安縣縣令馮仲文來問勞翌日登岸觀故宋賈相秋壑所居故址左城隍祠右社稷壇中爲龍溪書院其後二喬木鬱然云賈相生於此書院舊甚盛田多於邑學今歸之官獨舊屋前後二間中存先聖燕居像右四公木主徘徊久之當宋季年君臣將相皆非氣運方興者敵襄樊無策可救江左人材眇然無可爲者譬之奕者不勝其偶無局不敗是時有識者爲崔菊坡葉西麓無已則爲文山李肯齋可也而癡頑已甚貪冒富貴國亡家喪爲千載罵笑而刻舟求劍者乃區區議其瑣瑣之陳迹悲夫因賦二絶如罪其羈留信使之類皆欲加之罪之辭也

木綿菴畔瘴雲愁，猶戀湖山一壑秋。從道黄粱俱一夢，幾人解上五湖舟！

頹垣葛嶺草煙中，富貴薰天一霎空。惟有西江精舍舊，至今猶是素王宫。

夜聞雨

田家望雨今年少，水驛逢秋夜半聞。更喜朝來晴未穩，山頭着帽盡生雲。

南康驛丞王珪文玉嘗逮事故郎中顔希古求詩爲走筆書一絶[一]

芙蓉江上曉維舟，雨洗波光碧玉秋。來歲維舟應憶汝，春風杜若滿芳洲。

[一]「珪」，原本作「窐」，據成化本改。

晚到韶州

雲斷蒼梧隔九嶷，九成臺畔草離離。山中不是無韶石，千載何由起后夔？

帝舜廟

姚江禹穴會稽東，少日登臨一夢中。白髮南來身萬里，欲登韶石和薰風。

張文獻祠

兒時長誦八哀詩，遺誥相傳自昔時。空料白頭祠下拜，曲江煙雨讀唐碑。

余襄公祠

名在東京四諫官，曲江日照寸心丹。只今遺廟年年祭，可是功名久遠看！

發廣州

照海紅旗送使舟，鳴笳伐鼓過炎州。斯遊少吐平生氣，巨浪長風萬里秋。

題畫馬

滿身雲濕出滇河，九折羊腸抹電過。天廄飛龍今百萬，儘渠飽臥夕陽坡。

代簡周幹臣廣東參政　二首

馬人龍戶集衙時，篁竹風清化日遲。海角亭中官事了，晝簾小草寫新詩。
眼昏頭白尚天涯，戀闕心勞不憶家。何日五羊江上驛，一尊同對刺桐花？

代簡楊希武右丞安南驛書懷　二首

荔枝花發雨蕭蕭，睡起春江又早潮。長憶午門紅日上，聖恩寬許紫宸朝。
花滿皇州春尚寒，天香縹緲五雲端。遥應夜夜觚稜月，照見臣心一寸丹。

廣東省郎觀子毅翩翩佳公子也讀書能詩甚閑於禮以省命輔予安南之行雅相敬禮予暫留龍江君與士良典簿先造其國正辭嚴色大張吾軍今子毅北轍而予南轅家貧旅久復送將歸深有不釋然者口占絶句四首以贈詩不暇工情見乎辭云爾

江頭一别兩躊躇，半載相從千里餘。君向番禺我交趾，若爲頻寄幾封書？
東原典簿好斯文，能賦能言更有君。白髮老夫猶絶域，羨君歸去上青雲。
道傍迓騎走繽紛，旗旆飛揚鼓角聞。到處聚觀天使貴，老儒何以報吾君？
閩山灌木翳先廬，七十炎荒更久居。君倘朝京煩一問，老妻弱子近何如？

予以使事留滯安南安南人費安朗以隱宫給事其國親貴近臣家老而彌謹預於館人之役朝夕奉事甚勤拜求作詩懇至再四口占二絶予之一以志予念鄉之感一以對景自釋焉

抱珥江邊春水流，遠從東海過吾州。若爲寄得雙魚去，直到玉灘溪上頭。

拍拍鳧鷗睡滿河，鯉魚翻子跳晴波。怪來天上乘槎客，將到春風有許多。先生自注云：「昔蘇長公云：『齊魯大臣，史失其名，而黄四娘洒以杜子美詩傳於世。』不知予詩之果傳乎否也，漫書以爲一笑。」

代簡廣西參政劉允中

五嶺宜人獨桂林，梅花雪片一冬深。遥知華省文書暇，飽看奇峰碧玉簪[一]。

蜑雨蠻煙嶺外州，乘槎何事此淹留？龍江風土差高爽，衰老天教一壯遊[二]。

論詩

富貴辭夸奈俗何，清虚趣勝亦詩魔。白雲瑶草紅塵外，終勝黄鶯緑柳多。

（明宣德本《翠屏集》卷二止此）

［一］自「一冬深」至「碧玉簪」十七字底本破損，此據成化本。

［二］「壯遊」二字底本破損，此據成化本。

詞

江神子送醫官石仲銘攝邵伯鎮巡檢得代

謝公埭上緑成圍，楝花飛，子規啼。簇簇弓刀，白馬擁驕嘶。一樹棠梨開透也，春正好，又分攜。草萋萋，望中迷。衣錦歸歟，家在海雲西。種杏明年功又滿，還捧詔，上金閨。

廣州省治南漢主劉鋹故宫鐵鑄四柱猶存周覽歎息之餘夜泊三江口夢中作一詞覺而忘之但記二句云千古興亡多少恨揔付潮回去因檃括爲明月生南浦一闋云

海角亭前秋草路，榕葉風清，吹散蠻煙霧。一笑英雄曾割據，癡兒卻被潘郎誤。寶氣銷沈無覓處，蘚暈猶殘，鐵鑄遺宫柱。千古興亡知幾度！海門依舊潮來去。

詩集·跋[一]　石光霽

先師張先生，三山之古田人，幼而聰慧，長而博學，未壯，登李黼榜進士第。與其同年黄子肅、江學庭諸老，俱有聲當代，而先生之名尤著。宦途中阨，留滯江淮。光霽獲從之遊，昕夕聆誨，爲益不少。素欲壽其遺藁，以報萬一。近罹多故，散逸罕存，僅得其雜詩百篇，姑鋟諸棗。餘俟求之，次第刊行，非止是而已也。時洪武庚午二月初吉國子監博士淮南石光霽再拜謹書。

[一] 題目《詩集·跋》，原本無，係整理者所加。

卷三

序

春秋經說序

《詩》有序乎？古無有也。《春秋》有傳乎？古無有也。爲無有也，《詩》有序，《春秋》有傳，則定於一矣。

四《詩》三《傳》，何其言人人若是殊乎？古者，《詩》以誦不以讀，以聲歌不以文義，其無序故也。《史記》曰：魯哀公十四年，西狩獲麟，孔子作《春秋》，十六年壬戌，孔子卒。《春秋》者，聖人晚年之書乎。定、哀之際多微詞，游、夏之徒不能贊一詞。當其時，傳宜未之有也。當其時未之有，則傳之者後之人也。《春秋》者，聖人之心也。聖人，天地之心也。生殺萬物，天地之心無心也，至仁焉耳矣。賞罰萬世，聖人之心無情也，至公焉耳矣。天地也，聖人也，惟聖人能知之，能言之，游、夏且不能與，而謂後之人若左氏，若公、穀氏能盡知且言之乎？後之學焉者，弗據《經》以說《經》，顧任《傳》而疑《經》，噫！其亦惑矣。

繇唐、宋以來，能不惑乎《傳》而尊《經》者，啖、趙、孫、劉、歐陽發其端，河南邵子、徽國朱文公闡其微，至我朝草廬吴文正之《纂言》集而大之，今參政大梁張先生之《經説》翼而備之，而後聖人之心庶其白乎？且聖人之作《春秋》，豈徒托之空言，將以見諸行事，撥亂世反之正耳。先生難進而易退，其仕也以道，其言於當世，壹皆深明治亂之原，欲爲國家建萬世不拔之基，君子以爲深知《春秋》、善學孔子者。

以寧忝以是經第有司，而用世實甚迂，恐終湮微而無聞也。讀先生之書，惕然愧以思，惟當棄去微官，以相從畢力於羣經，庶其可以附所見而或有傳乎？

經世明道集序

天地元氣之精英，鍾於人而爲文。作者固甚難，選者尤難爾。何難乎爾？蓋詞與理俱而無遺憾之難也。六經之文非有意於爲之，而二者俱至，焕然天地之文。後之極意而爲者，終莫幾及。非吾聖人刪之定之，贊而修之，詎臻是耶？

後乎經者，文之正莫如孟軻氏。後乎孟者，文之盛莫如韓愈氏。善論者以文之聖稱之。觀其自述爲文之本，具在《進學解》中。其傳爲李翺氏，而論文於《畣進士王載言書》者詳矣[二]。非司馬遷

[二]「畣」，应作「答」。《四庫》本作「答」。「王載言」，应作「朱载言」。並见《李文公集》。

爲史氏一家言，而理或倍於經之比也。後乎韓者，周、程、邵子以道鳴近代，則周似經，程、邵類孟。德之盛也，固言之至，又非韓氏因學文而見道之比也。至其專以文名數大家，或學韓未至而有心於小變，或格致效劉向而漢初之氣衰，或出於史而短於經，或慕乎經而反鑿乎經，曾弗能以具體，而況於支離猥瑣降而季世者乎？故嘗竊謂今之爲文宜倣韓氏之有本，以經傳子史之文，發孔、孟、周、程之奥。選文者當法真西山之《正宗》，裒爲一書，根柢之於《六經》、孟氏，斡之以韓氏，推而上之於先秦、漢、唐之作者，而後華葉之以近代諸賢之衆作，別爲續集，仍真之舊，庶幾義理文章會於兩得，俾聖師一貫之旨復明，而道術不至於裂，蓋有志而未就焉。

浦城徐君宗度，使來京師，以《經世明道集》示於予。蓋君生真氏鄉，而學真學，是集因《正宗》而增廣之。其選起自武王踐阼之書，而終於濂、洛、考亭諸儒之立言。精粗不遺，去取不苟。其名編兼邵、程氏，志在扶世植教以大其所關。其論柳非韓匹，劉原父豈出歐下，蘇明允於文最桀然，而王介甫偏駁而多詖遁，皆卓然與人意合。

予受讀之，喟然歎曰：「斯文也，而有斯人也。予鄉先爲有光矣乎？」遂因君之徵言而發予之極論，僭以附於願學孔子之義云。

陳漢臣文集序

傳稱久而不朽者有三焉，而立言居德與功之次。古之立言者，豈易然哉。後其言而先其德，其德盛則其言醇。其言醇則其傳永。德不至焉，而蘄其言之至而後之傳也，否矣。

六經而後，能言者衆矣，取其謂吾無間然者，具可睹也。詎非天之所甚嗇，而不輕以畀諸人耶？夫既或畀之矣，顧此之畀而彼之嗇，或困於屢空，或阨於不遇，遇而不達，或不予之以年，或痼之以疾，顔、冉而下，若此者亦衆矣。竊嘗疑憒憒者之忌斯文，何其至是也。徐而思之，與其炫耀於人人，孰若見知於君子；與其誇詡於一時，孰若有聞於千載。是數者，天固授我以玉成之具，而予我以不朽之資，其篤之也至矣，而又奚以疑？

予覯於長樂陳漢臣氏益信。初，予友其父德初君於三山，漢臣始總角，拜予，予固喜其資之穎悟。其後，予歸三山，漢臣與予遊滋稔，予又歎其學之贍敏，其文之瑰異，且亟稱之。今別予寒暑十有三，而漢臣使以詩文凡三帙來京師，請予序。予讀之，則又驚其愈老成而甚古。雖以予之不武，且退三舍而避之矣。既而聞漢臣以一文學掾而遽痼於士安、鑿齒之疾，且屢空。予是以初而疑，終而釋然。信乎！天之所以玉成吾漢臣而將不朽之者至厚也。蓋其退處之餘，致專於書，靜以瀦之，裕以居之，不自畫於今之能言者，志自附於古之能言者，其學而造於是固宜。使繇是而益務於德而不已焉，是誠古之立言者已。其傳焉可必也，其遇焉未可知也。

予也少而居三不幸之一，壯而志於功不果也，中而更憂患。予之志，漢臣之志也。今老矣，而德不加進，惴惴焉惟棄乎天之與我者是懼，故於漢臣乎發之，並以致交勉之志云。

思存藁序

古之人善於文也，非直古其詞，必先古其道。古之道何居？曰奉先思孝也，曰事亡如事存也[一]。蓋君子之孝於其先也，思諸心，存諸目。思於居處，居處存焉耳；思於飲食，飲食存焉耳；敦牟巵匜焉而思，則存乎敦牟巵匜；琴瑟書册焉而思，則存乎琴瑟書册，至於其嗜慾，其笑語，其志意，無斯須而弗思，則無斯須而弗存，匪獨齋祭爲然也。是道也，履諸其身則爲行，吐諸其口則爲文。吾誠有其本也，豈徒枝葉云乎哉？

朱旴伯良氏攻文若詩，而請於予曰：「昔唐詩人一飯於君不忘，士至於今宗焉。竊不自揆，慕古之一舉足、一出言而不敢忘父母者。弗腆敝藁，名以思存。承旨張公賜之序，於詩文之法詳矣。思存之爲義，願先生幸以告我。」予以古之文不爾辭，請益力，則爲言曰：今夫纂組勝者，飾之傷。雕鏤巧者，玉之病。人恒云《六經》未始有文法，抑豈知夫未始規規於有法，而未始不妙於有法者，斯其爲文之至者也。惟詩亦然[二]。伯良蓋知志於其本者乎？傳曰：天下有道則行有枝葉，天下無道則詞有枝葉。伯良蓋志於行有枝葉者乎？予於伯良之志而喜斯世將復古，海内將復治。治必自台始，唐韓子之言殆合於今矣。

[一]「事亡」「事存」，《四庫》本作「思亡」「思存」。
[二]「詩」，《四庫》本作「思」。

台之黄巖，予始仕而獲友其士之賢者伯良，台秀也。故於予乎請，而予序之也，以志予喜。其詩文若干篇，用心亦勤矣，覽者必有以識之。

甑山存藁序

儒學莫盛於前代之宋氏，大要尚道義而下詞章。而始以學古倡者，則已崇理致，黜崛奇而主平易，忌艱深而貴敷暢，蘄以復古之作者。又恐沿襲而少變焉，是以其詞紆餘而曲折。及其後也，融之以訓詁，發之以論説，專務明乎理，是以其詞詳盡而周密。其於詩也亦然。蓋不爲秦、漢以來之傑然者，而隱然爲宋氏一代之文矣。

婺爲郡儒先東萊吕成公之里也，近何、王、金、許氏，得勉齋黄公之傳於徽國朱文公者，以經學教於鄉。及學士黄公、待制柳公諸賢輩分出，又以詞章仕於朝，而故太常博士古愚胡君寔同一時，後先倡和，其源流之所自，蓋可睹矣。

太常之子瑜，兹來京師，以寧曩獲交於太常而見焉，因得其文與詩而盡觀之，其於太常君何其克肖也。既而以序請。蓋昔者切聞之，《六經》至矣，後乎經者，惟韓於文，猶杜於詩。善論者俱以聖稱之，而猶於杜之文、韓之詩有説焉。稽之周、程二夫子，其爲書，其爲詩，甚簡奥醇古。其興起歆動，幾《魯語》而契《雅》《南》者，誠非虚車也。而輅輪之飾，亦豈以詞章名世者所能至哉！噫！學於古者可以悟矣。《記》曰：温柔敦厚，詩教也。龜山楊氏，學程者也，亦曰：爲文貴有温柔敦厚之氣。二者固不同也，而有同焉。噫！溫柔可學也，敦厚難能也。以寧不敏，願與君子共學焉。

瑜字季城，以任子仕而益學，薦浙江亞榜，擢照磨杭州。恥屈藩侯，航海而來。復以流寓貢於大都，待試於南宮。蓋志於忠孝者，故爲述理學源流之自婺者期之。甑山，其居也，君以名其集焉。

包與直雲泉漫藁序

古之以文與詩名者，豈漫然爲之哉！譬猶雲出於山，布護蜚揚[一]，膚寸而族澤於八荒[二]；泉發於地，汪洋澎湃，百折而達匯於四海，其根本盛且大也。苟不能然，吹塵埃野馬之遊氛，道蹄涔汙瀆之流潦，則亦忽然而泯，暫然而止矣。彼且惡所成哉？大抵不厚其養，奚敏而長？不豐其殖，奚碩而實？蓋古之名能詩文者，莫不皆然。

今會稽包君與直，名其文與詩曰《雲泉漫藁》也，其爲言曰：「某之爲是名也，非若山澤之臞，棲雲以爲居，弄泉以爲娛者。蓋自束髮就傅，則如讀四聖人之《易》。洎壯，以是經貢於鄉，歷校官而佐郡幕。俛焉惟學殖之落是懼，不腆爲詞。竊有慕於雲行水流之義，恥模刻掇拾者之爲。」予聞而嘉其志乎古也。且知君以孝肅公之裔，昆弟五人，同居四世。縉紳詩其棲蕚之軒，予亦與焉。斯其友弟可書者。在郡幕日，藩侯有不義事，君毅不肯署牘，棄而去之。臺辟爲掾，力辭不就。而承

[一]「布護」疑应作「布濩」。
[二]「族」，《四庫》本作「施」。

委督漕以來京師，不告勞勩，又其貞潔可書者。蓋君之學行有根本也若是，故其樹立設施若是，其發揮著見於詩與文者又若是。嗟乎！古之人豈特文與詩爲然哉！不期於倖功而功以遂，無意於僥名而名以成。方今事會之來於天下者固未止於此，君子之當爲於天下者而亦未止於是也。君其益務盛大其根本哉。予見君之若雲之族[一]，若泉之達，名成而功遂也已，然後退歸山澤以尋雲泉之樂也。詎晚乎哉？

予職史氏，尚當爲君屢書之，序以贈其行，且書於《漫藁》之首。

黄子肅詩集序

散乎高下皆詩也。古之爲詩者，發之情性之真，寓之賦比興之正，有常有變，隨感而應，一是悟言而已矣。其爲用也，協之律吕，播之聲歌，抑揚而反覆，詠歎而淫泆，以感發而歆動之。至其賦以言志，援之以釋經，皆不膠乎章句之中，而有會於言意之表。是故孔子曰：「興於詩。」「詩可以興。」程子曰：「興於詩者，有吾與點也之氣象。」吟哦諷詠，姑訓釋而使人自省。皆言悟也。後乎三百篇，莫高於陶，莫盛於李、杜。大抵二《雅》賦多而比、興少，而杜以真情真境精義入神者繼之；《國風》比、興多而賦少，而李以真才真趣渾然天成者繼之，而爲二大家。陶之繼，則韋、孟、王、柳之得意者，精絶超詣，趣與景會，多出於興，然於《風》《雅》概有悟然。至乎近代，陳氏學杜者，論者謂如

［一］「族」，《四庫》本作「施」。

參曹洞諸禪，不犯正位，切忌死語，迺以禪諭詩。又其後也，昭武嚴氏痛矯於論議援據、爛熳支離之餘，亦以禪而諭詩，不墮言筌，不涉理路，一主於悟矣。然而生宋氏之季，其才其氣其學，類未能充其言也。君子惜之。逮於我朝盛際，若樵水黄先生，噫！其志於悟之妙者乎？

蓋先生之於詩，天稟卓而涵之於靜，師授高而益之以超，由李氏而入，變爲一家，其論具《答王著作書》及《哀嚴氏詩法》。其自得之髓，則必欲蛻出垢氛，融去渣滓，玲瓏瑩徹，縹緲飛動，如水之月、鏡之花，如羚羊之掛角，不可以成象見，不可以定跡求，非是莫取也。噫！何其悟之至於是哉！以寧與先生皆薦於杭，試於京師，自杭歸閩，復自淮如京師，歸於閩，同舟而共載。又明年，復見於京師，好踰弟昆。而中年久於别。予留於揚，先生喜予詩，以書來。其後先生薨於鄂，予哭以詩甚哀。今年其孤某來京師請曰：「先君以詩鳴於世，知先君莫如先生，序亦惟先生，且先志也。」予不敢辭，泫然予涕之無從，因悉發古詩之道以序之。噫！世之不知先生者蓋亦衆矣，不知予之詩其果悟否乎，其果知先生之詩之深否乎？

先生名清老，泰定丁卯進士，累官翰林國史院，終湖廣行省儒學提舉。「泫然」一作「惡夫」。

李子明舉詩集序

文孰難？曰詩難。何難爾？《詩》，《六經》之一也。《詩》已删，無詩矣。非無詩也，有詩焉不古也。古其詩奈何？非徒古其詞爾。詩者，性情之發也。性情古，則詩古矣。性情不古，欲詩之古焉，否也。古之君子，仁義忠信焉耳矣。學焉者，淑乎一己以古於身；仕焉者，行乎一世以古於人者，純其心焉耳矣。其心純，則其性情正。其性情正，則其發於詩也，不質以俚，不靡以華，淵乎其厚以醇。《記》曰：「一唱而三歎。」有遺音者矣。於古也，其庶乎？

予之友李子，其志於古也甚矣。其志於古者何？心乎仁義忠信也。心乎仁義忠信矣，是故性情之發於詩焉者，古無難也。古者，誦其詩，尚論其人焉。若李子，可謂古之君子矣。予患世之不古，志於古未能也，是故於李子之詩，序之也。序之者，大李子之將行乎世以其道，而古斯人也。李子者何？今丞相掾河陰李明舉氏也。

釣魚軒詩集序

詩於唐贏五百家，獨李、杜氏崒然爲之冠。

近代諸名人類宗杜氏而學焉，學李者何其甚鮮也。嘗竊論杜繇學而至，精義入神，故賦多於比、興，以追二《雅》；李繇才而入，妙悟天出，故比、興多於賦，以繼《國風》。闖其藩籬者，秖見其不同，而窺其閫奥，則謂其氣格渾完，骨肉勻稱，浩浩乎若元氣坱圠，充兩間，周萬彙，而厚且重者，適兩相埒也。學杜者固誠未易及，而間學李者，率喜於飄逸，弊於輕浮。蓋知李之傑於材，高於趣，而於學之卓者猶未悉之識也。昔者考亭朱夫子疑孔壁後出，《書序》不類西漢文，蓋以格致輕故也，予於學李者亦云。

廬陵龍子高氏來京師，出其詩示予，予多其學於李而獨得，其不輕而重者有異於人人。子高自言爲樂府甚多，惜予未盡見也。噫！詩至於李，幾於聖而不可知者，豈若有意雕飾，涉於筆墨蹊徑者之爲哉？觀其詩，所謂清水出芙蓉者，可想見也已。予妄意學焉，未闖二氏之藩籬者也。子高其有會於斯言乎？子高之詩題曰《釣魚軒集》，於其歸，語之曰：「子之於詩，蓋將掣鯨鯢於碧海者矣。尚其繼見，益有以發予望洋之歎也夫。」

馬易之金臺集序

詩至於唐而盛，蓋其選無慮五百餘家，人各不同，而固同於爲唐。唐之大家，首稱杜陵氏。善學杜者，必本之於二《南》《風》《雅》，榦之於漢、魏樂府古詩，而枝葉之以晉、宋、齊、梁衆作，而後杜可幾也。蓋必極諸家之變態，迺能成一家之自得。不然，則恥於踵人後，志於成一家，而卒不先於古人，而愧於所謂大家者。觀於近代，可鑒矣。昔唐韓子稱文章之尤，曰學西漢而爲之。予謂詩亦然。何可以不學古人，而學焉者，豈摸擬其形似而已耶？

葛羅魯氏馬君易之，以詩聞今世。予得其《金臺集》而讀之，五言短篇流麗而妥適，七言長句充暢而條達，近體五七言精縝而華潤，皆欲追大曆、貞元諸子之爲者。而《潁川老翁》《新鄉媼》《芒山》《巢湖新隄謠》諸篇，又以白傅之豐贍，而寓之張籍之質古，不淺而易，不深而僻，蓋學諸唐人而有得其得焉者矣。

予識易之於京師，踰十五年，及覩君之遊兩都，歷鄧、郟而歸吴越，其之官絶巨海而北上，其出使凌長河而南邁，其遊覽壯而練習多。予知其詩雄偉而渾涵，沈鬱而頓挫，言若盡而意有餘，蓋將進於杜氏也乎。君以予在詞林，而徵予序。夫善爲詩者，固實甚難。而果識其詩爲某家某家者，亦良不易。予多君之穎出於其國人，而我朝詩道將復盛於唐也。作而爲之序。

宋氏族譜序

族有譜。譜者，原其本之所自出，而别其末之所由分，以傳諸其後也。夫天下之族，其來久矣。今欲譜之於世代緜邈、圖籍廢缺之餘，而求悉焉，於是有妄認他人之祖爲己祖，以詡於人，以誣於己，而誣其祖者，其可乎哉？

前代眉山蘇氏，始效「禮」大小宗爲次以譜其族，不譜其出於高陽，蔓延於天下，及唐長史味道之子孫留於眉者，而獨譜其高曾祖以降焉，示尊親且傳信也。

今宋氏之祖居於廣陽者，其族逮五世而始著圖於霜崖君致詩，於祭酒正獻公本、内翰文清公褧，皆其六世孫。而譜始於七世孫主事君彍，成於今八世孫蕃，分大都、永平爲二派，凡十世。緜三世而上其跡略，緜四世而下其事詳，紀其所可知，闕其所未備，又效蘇氏意而增益之。

以寧忝正獻公之門生也，而請序所爲作者於其端。竊悼古者宗子之法壞，合族之道廢，而譜諜與焉。晉、宋以來，官世掌之，噫！亦重矣。然而公卿貴族降而爲庶，爲皂隸，使其先德泯泯然而亡傳者政何限？獨唐宰相表系以貴傳，前代蘇氏與歐陽文忠公世譜以賢傳。蓋世族之興替，譜系之傳否，存乎其人，豈直宗法之壞爲可歎哉。且宋氏自尚書公之仕也，嘗去燕而江漢矣。正獻公之昆弟，能不懷安於脂骨之自潤，而惟上世之宅兆是念，卒返其鄉，以文學致身通顯。而廣陽之宋一日大聞於天下，其族譜遂與前代之歐、蘇二氏比，庸非以貴且賢故傳歟？爲宋氏之後者，其必若二公之篤於其先焉，庶乎傳之克永也已。《詩》曰：「無念爾祖，聿修厥德。」以寧請爲蕃誦之。「三祖」一作「已有」，「二派」一作「三房」。

歐陽氏族譜序

族有譜，尚矣。

歐陽氏自亭侯蹄受姓，而後其族布濩於天下。其最著於世者，在唐則太子率更令詢，史所紀勑定家譜圖之併府者是也。在宋則參知政事楚國文忠公修，今集所載譜圖併序及譜例是也。其在我朝，則翰林承旨乙卯進士冀郡公及廬陵安福府君萬之十九世孫周孺忠立父，各有紀。以寧肅觀而竊慨焉。繇漢、晉來，千乘之族以博士顯，渤海之族以堅石顯。其後千乘之後遂絶，而渤海獨傳。然而中間失其世次者再，蓋自質至景達七世而始見，自琮至安福府君又八世始復見。文忠公晚居潁，子孫分散爲中州人。嗚呼！歐陽氏之先出於禹，禹功大矣。當黄巢時，以廬陵大族率鄉人捍賊，賴而保全者千餘家，子孫宜被其陰德。文忠既位宋執政，爲時文宗。至爲譜序，猶自謂不足以當之，而有望於後之人。今承旨公又位極品，爲文宗。繼前代文忠公，天道信不誣也。忠立父積德成學，隱居不售。其子復以學行爲國學上舍生，嘗詣闕上書，極陳當世事，特旨嘉獎，賜酒慰勞之。意文忠公所謂其子孫必有當之者，將不在於復乎？公之言有曰：有其人，雖歷千載不絶。其人無稱，其世輒沒不見。以寧敢重書以勉之。

楊氏世譜序

黄岩爲台附庸於浙水東，實今望郡，前代文獻之邦。予始登泰定丁卯第，佐是州，因悉獲交其縉紳逢掖之賢者。於時釋氏之聰明識道理、攻文詞曰夔一叟者，亦與焉。遊從之暇，詢其先世之居，在州西之楊谿。五峯玉立，下磅礴爲暘谷，境絶勝，系出漢太尉震、唐京兆尹虞卿、吴越相國巖、常侍大本之後。自五季徙居於是，族最蕃，顯人聞士，昔不絶書。迨於今深藏不售，蓋猶多隱君子焉。

别二十餘年，其歲己丑，始見巖士楊子益於京師。今年夏，嗣見於胄學，出其先世譜，再拜請予序。予受而閲之，迺知君爲楊谿之産，常侍公十五世孫。予向所與遊夔一叟者其伯父，諱喜叟、號觀松子者，其先君。又予向所聞深藏不售隱君子者蓋其人耶？惜予未之逮見。譜則歲泰定甲子一叟師所輯也，子益得於其族人，又昌表而出之，源遠流分，親疎有敘，可謂不誣其祖，賢矣。予德薄，念去巖且久，巖人當不復記。第予之思弗置，見子益能無情乎？又念中原前代屢更兵燹，故家族譜多放失。國朝下江南，號爲兵不血刃，楊氏之譜猶掇拾於殘缺之餘。於今視昔，時方多艱，其能益無感乎？

予觀子益好學而甚文，多交當世貴族聞人，將遇且顯。異時乘駟車、懷章綬，過家上塚，以合其族。楊谿之上，五峯之下，必有麗牲之石穹然而屹立。予雖老，尚能爲大書之。楊氏之譜，又因子益而盛其傳也夫！子益名必謙。

胡太常歲月日記序

《歲月日記》者，東陽胡瑜記其先太常府君純白先生出處本末之詳也。書年，書時，書月與日，而事繫焉者，猶年譜也。不謂之年譜，而曰《歲月日記》者，以唐李、杜、韓、柳氏，宋朱子各有譜，避而易之名也。

年譜之作，李有薛氏，杜有吕氏，韓、柳有洪氏、文氏，朱子則其高弟李氏。而此瑜作者，承父志也。其承父志何？府君自著《純白先生傳》，且遺言勿丐人狀其行、銘其墓，瑜從先訓也。而徵予序何？以予忝泰定丁卯進士，時東原王公繼學參大政，與文事，府君館於其家，而予獲與於交好也。序者何？序其所爲作者之意。瑜之意何？《記》曰：先祖有善而弗知，不明也。知而弗傳，不仁也。紀其父出處本末之詳，藏之祠堂，傳之後世，使之思其居處志意樂嗜，一舉足、一出言而不至於忽忘焉，孝子之志也。府君之善何？見諸《記》者詳矣。今執政危公之應奉翰林也，稱先生以爲學問之淵懿，文詞之雅正，履行之清白，惜其才不登顯榮，而歎其知義命之所安也。世稱之以爲知言，而瑜著之《記》之首也，予何以贅於云云也。第惟自丁卯逮今三十有六年，同年同志凋淪殆盡，予於先生能無慨然以感也？而瑜也又能世其文學，將以襲前人之美，予又焉得而已於言也？

瑜字李成，今杭州路架閣，恥事藩侯，而航海來京師，是尚義也。予者何？晉安張以寧也。

秋野圖序

畫與詩同一妙也。昔之善詩者必善畫，自唐王摩詰諸名人皆然。不寧惟是，凡知詩者必知畫，蓋其人品之超邁，天機之至到，脱略於形似之粗，領略於韻趣之勝，其悠然有會於心者，固不異而同也。秋官貳卿東原吕君伯益之適吾閩也，臨安張君師夔圖山水以贈，題曰《秋野》，君甚珍而愛之。夫臨安山水清絶妙天下，昔稱傭人、販子皆如冰玉。師夔號名士，且善詩，其畫品之造詣固宜。東原山水既佳，吕君筮仕於閩，遊歷東南，山水又最佳。是圖以《秋野》名，夫氣之至清者莫如秋，境之至曠者莫如野，至清且曠，君於是宜必有會於心矣。不然，何能甚愛若是耶？蓋君文獻故家，以政事、文學躋通顯，而尤善詩，其人品，其天機，予知其以善詩，固知畫也。

君徵予詩且序之，予也魯，雖非知畫，而頗知詩，不自知其有會於心如君與師夔否也。抑吾閩武夷之清，視臨安未多讓，予先世家於是固久，君與師夔亦久留樂其山水。今君方大用於朝，未獲遂登臨之樂。若予之迂，不堪用世，方將乞身告歸，與師夔爲二老，往來澗谷，吟弄雲月，以既其妙，然亦未之能也。慨然爲序其卷，而繫之詩云。

述善集序

《述善集》者，紀唐兀象賢氏世德行事之實，而象賢彙錄之册，示不忘也。記、序、碑銘、字説、詩文、雜著，幾爲篇廿九。其十有二皆故禮部尚書魏郡潘公作，餘則僉憲愚庵顔先生洎名薦紳逢掖之爲。詞，象賢所自著。而中書、禮部、郡侯、縣大夫之旌勸而褒嘉者，舉在是焉。

予受而讀之，歎曰：象賢之先，自賀蘭而澶淵，爲善之積，蓋四世矣。夫其龍祠鄉社有約，藍田吕氏之範也。精舍論堂曰「崇義」，曰「亦樂有名」，睢陽戚氏之規也。祀先之廟曰「思本」，肄業之齋曰「敬止」「知止」，則考亭《家禮》、横渠《東》《西銘》之訓也。敦武之法濬有銘，昆弟之敬名有説，孝感有記，於是見一家父祖子孫世濟之美。順樂之堂有記，觀德之會有文，爲善最樂有説，先世質劑有誌，又見君提身正家之有本[一]。而書院錫號具載始末，尤以見爲下者捐己以紓國家之急，爲上者褒義以敦風化之源，甚盛舉也。既而復有感焉，古者田爲井，授之世，聯之以鄉黨州閭，淑之以學校庠序，習之以詩書禮樂、干籥弧矢，正之以君臣父子、朋友長幼，協之以友助扶持之義，而掖之以敬業樂群之序，是時士無不善也。自夫經界壞，教典廢，而上之善治，下之善俗，始咸無焉[二]。斯近代儒先區區修補，蓋心古人之心，而象賢氏拳拳景慕，又心近代儒先之心者乎？

[一]「提」，《四庫》本作「禔」。
[二]「咸」，《四庫》本作「成」。

於戲！誠使人皆象賢，則世之隆古，是集將無述也。而世之人人顧有能心象賢之心者乎？蓋有之矣，而鮮克以直遂也。然則是集苟傳，秉彝好德之同然必有感發而作興者，於斯世或有助云。時象賢避地自澶淵而京師，實某年之嘉平月。

張氏父子善行序

世恒言曰天道遠，善積者必召慶，孝純者必感天。何遠乎哉？予觀載籍，蓋班班可徵，以今聞於國子司樂趙彦林言廣平張公父子事，益信。

公諱彬，字文質，廣平之磁州武安縣鼓山人也。世業野氏，獨奮力儒者事，服劬經史，絶意榮禄，以孝義聞。至順庚午，挈家來京師，掩關不出，訓子遵古力讀書，以敦行務實爲修齊之要，勿爲聲利動。又以善人稱，集賢院賜静樂處士號。至正乙酉八月，病終於所寓之仁壽里，年七十有三。

遵古念父齋志，懼不獲從先人之宅兆，迺力貧奉柩歸葬於其鄉之安子山。以戊子孟春廿又四日發引就道，涉千里，歷四旬始至，時三月四日也。窀穸有期，顧誌石尚闕，亟謀攻石之工成彦村氏，議必得石高四尺，闊二尺有四，厚四寸，趺高一尺有五[一]，始中度。衆咸艱之。遵古謹齋戒以筮焉，

[一]「趺」，原作「跌」，據《四庫》本改。

遇《豫》之六二[一]，繇曰：「介于石，不終日，貞吉[二]。」迺廿有二日，偕弟某行，禱於西山。抵其麓，里人穆中器地之南，見地有裂紋，露微紅隱隱如鈎然。掊土去尺餘，見屹然若蒼壁，高下廣狹厚薄與議合，無少異，即其材而用焉。通高四尺有五，上圓，厚四寸；下方平，闊二尺有二，衆乃咸異之。噫！豈真宰劖削，靈祇閟藏，顓爲德人設，以待孝子出耶？不然，何其渾然天造，不假人力如是哉？遂以某官趙子期書「靜樂處士張公之墓」，某官某志文，某官某書，某官其篆額，鑱而樹之墓所。

予謂滕公石槨、沈彬漆燈，從昔信有之。非張一家翁季積善純孝，天祐厥衷，殆未易致兹。彥林，太學上舍，先正文敏公之諸孫，其言宜不誣。予也魯，其敢泯人之善，庸書以勸焉。遵古字從野，力學善行，嘗陪胄子於成均。

李氏善行序

高平李氏昆弟何以序？書友也。何以書乎友爾？示勸也。

李氏世本富，居高平之粮山。今名克敬字仲恭者，昆弟三人，仲溫、仲良，恭其季也。父母早棄養，伯兄亦不祿，惟叔季同居。良始持家，服賈行四方，夙勞於外。恭既冠，則代兄，凡田園邸舍之斂集，米粟布縷之賦輸，官私之政，一任其勞。凡喪祭、冠婚、慶吊、賓客、飲食之大小，則必請於良

[一]「二」，原作「三」，《四庫》本同。據清抄本改。
[二]「貞」，原作「真」，據《四庫》本改。

而後行。其事良定省溫清，如事其父。出入必告，飯必親授匙箸，食必共案，不適私寢。每至自遠賈，不入於私室，不與室人言，登堂拜兄畢，罄橐中歸焉，無一毫私貨賄。自束髮至白首，無間言及幾微色。娣姒、子姓薰其善，悉相親睦。至正辛卯，良有疾，恭賈於鄂，以心動急歸，睹兄羸瘠，泫然涕泣以悲，兄亦悲。迺拜醫嘗藥療治，祈兄必愈。問飲食進否、服燠寒，晝夜扶持，衣不解帶。雖甚倦，則一假寢。良病雖劇，飯每上，必爲弟勉一食之。是歲冬，良竟不起，恭衰麻哀戚，棺絞斂稱家如禮，必以誠信，弗奢弗儉。遠近觀者咸啧啧歎曰：「賢哉！李氏昆弟也。」

予謂孝友之於人，大矣。古者大司徒教萬民而賓興之，一曰孝，而友次焉。其不友者，則有刑，民烏得而不勸哉？下之世化衰習弊，愛移於妻子，欲熾於貨財，日滋月浸，視同氣如行路、如寇讎者，皆是也。於是有一卓行焉，則旌於官，傳於史，於以扶頹綱而激流俗，是亦古之遺意已。嗚呼！若李氏昆弟者，誠足嘉哉！太學公議自出也。予忝國子師，懼其鬱而不聞，故序而書之，以俟夫有司暨史氏旌且傳之以勸云。

袁氏善行序

仲溫子三人，士宏蚤棄，長士賢，季士亨，皆好賢而幹蠱。仲良子希賢，嗜讀書，遊輦下，以吏進調陵州稅使。恭子六人，士祥、士禎、士謙，曰尹、曰質、曰某。尹，國子生。君子知李氏之門將大也。

昔周官大司徒教民六行，曰孝、友、睦、婣、任、恤，教成而賓興之，以示勸也。不如教者，刑以糾之，以示懲也。示勸則民樂於爲善，示懲則民恥於爲惡，隆古治教之章明固如此。自夫教法廢而公論微，士之立行自見者，必稱於逢掖，聞於縉紳，迺得旌而表之以勸。不如是，則上之人無自而聞之，而天下後世亦何自而傳之。故曰：名譽不聞，朋友之過也。

今新安袁氏之家，五世矣。其高祖祿隱於農，曾祖得永以善稱於鄉，既歿而其配李氏能守節，教二子。其祖敬溫，洎兄敬良，並敦善讓，善事其母。母既歿，而立祠堂，樹碑刻石，事亡如存。朝廷表其閭曰「孝義」，復以年德俱高，旌其門。溫子二人：曰琳，字鍾美，以儉勤起家，以寬而有容、積而能散薰其里，平居盡禮以延賢者，歲饑爲粥以活殍者，而壽不克永；曰珍，字鍾實，能兢爽以輔成兄志。珍之子汝楫，又能内睦同氣，外交勝己者。嘗念里人假貸父祖之貲，貧不能庚者，火其券。更新其門閭舊旌表者，俾勿壞。考其行，蓋六者略具焉。

於是薊丘宋蕃著其事，而高陽王希哲請予文，皆其友也。宋叔祖祭酒，予座主；王，鄉貢士，學於予，故信其言，爲序之，是亦古者示勸之道也已。汝楫尚勗於而躬，訓於而子孫，篤行而世守之，使可傳於天下後世，而予言爲可徵。予太史也，他日將傳之，與古之孝友卓行者並焉，尚其無怠！汝楫，字巨川，用材推擇省書佐，今嚮用云。

李氏四節婦詩序

予讀《詩》三百篇，見節婦一人焉，不以夫亡而易其志，曰衛共姜。讀《春秋》二百四十二年，又見節婦一人焉，不以國滅而廢其祀，曰紀叔姬。夫周之東，文、武、成、康之遺澤蓋猶未沫也，而列於《詩》，筆於《春秋》，爲吾聖人所深取。若斯二人者，何其寥哉闊焉之若是也？豈非節義萬世之大閑，固天之所甚靳而世之所甚罕者歟？

國子生劉本、王景仲爲予言，今李氏一門而有節婦四人焉。予喟然以歎，乃今知我朝德化之盛，雖隆古猶不逮也。李氏世居河間路之山鹽縣，長茂德配張氏，次仁義配孫氏，次興祖配張氏，次希賢配陳氏。昆弟有四，皆蚤世。娣姒有四，皆蚤自誓，稱未亡人者廿餘年。茂德妻今五十，子勉學，六歲孤，今三十。興祖妻今五十有五，子志學，八歲孤，今廿四。希賢妻今四十有五，子敏學，在腹而孤，今廿一。仁義妻無子，今六十矣。其家素貧，紡績以資生，詩書以教子，其同居終無二志焉。

嗟乎！方李氏昆弟繼沒時，世孰不悼其不天也。亦孰知天之所甚靳，世之所甚罕，而所謂萬世之大閑者，迺萃於其一門，豈非真盛事哉！予聞天之所甚靳者，天之所甚佑也。世之所甚罕者，世之所甚重也。今李氏子皆將力學以振其家，則其盛事蓋益未艾也。二生皆以文學選上舍，其言不予欺也，是以序。

潞陽會文序

學貴乎靜，不靜則知昏；業貴乎專，不專則志怠。然而漸摩誘掖之功，匪友則無所資。其居靜，其習專，其友良，則其業精，其學成無難焉。

都城東四十五里爲潞陽，商旅之所凑集，貨財之所化居，其俗尚蓋久。有生曰崔彬文質者獨不然，闢一室爲齋，居幽闃而清曠，市井之聲不接於其耳，靜矣。非讀經史，綴文詞，他無所營，紛華之習不入於其心，專矣。有友七八人，予所知者伴國子讀張天錫升暇、上舍生文昌奴彥彬，計其餘皆良也，勿惰而窊[一]，勿嬉以荒，益矣。予又必其學業精且成，嗣是而裒然彙進於春官也已。生以予兩師國子，而請爲之言。予嘉其當艱難之際，承凋弊之餘，處闤闠之中，而能有志若是，是誠有異於流俗者。抑予觀生之學，今之所謂進士之業也，古之學蓋不止乎此也。國初設科，學主程、朱，亦豈僅以此望於生輩哉！其偏也有自，其敝也有端，生其由今之學而進於古，豈不與流俗益異哉？予深有望於生也。古之學亦必本於靜且專，暇日予當爲生更僕悉言之。

山林小景詩序

畫猶詩也。夫爲詩者，非摸擬剽掠以爲似也，非瑑雕刓劀以爲工也，非切摩聲病、組織纖巧以爲密且麗也。必也渙然而悟，渾然而來，趣得於心手之間，而神溢於札翰之外，是則詩之善也。於畫亦然，是故古之善畫者必善詩。非獨善畫者之善詩也，蓋凡知詩者莫不知畫也。不然，譏雪中芭蕉以爲不類，譏風吹柳花以爲無香，是惡知畫且惡知詩哉！

進士齊張道亨有善詩聲，間以畫小景示予。崇者爲山，平者爲川，窪者爲谷，鬱而秀者爲林，淡

[一]「窊」，《四庫》本作「窳」。

而遠者爲雲、爲室廬、爲人物，覽之令人有出塵之想。道亨諗予曰：「是畫也，趣之具，神之完，作者豫章羅君小川，詩者諸名人，而藏之者某君，請序焉。」

予也魯，於畫非知而能者也，然頗知詩，於是知某君之必知畫且知詩，惜予未之識也。曷日相與爐熏茗椀，望西山之雲而共商略之。

送劉濬廷任五河教諭序

海陵胡先生，當宋氏初教授蘇湖學，學徒以千數。其學之要，大抵明體而適於用，先經業後文詞，本道德仁義，不苟趨於祿利。其徒既敦尚行實，而先生又嚴條約，以身爲之先，雖寒暑禮不懈，益虔。去而教於太學也亦然，是以劉彝執中之徒用其道，炳炳烺烺聞天下。當是時，濂、洛、建之學未出也。嗣是而興，一變至道，取漢傳註、唐聲律詞章之習一洒而空之，上以接洙泗。是雖周、程、朱數君子摧陷廓清之功莫大，然甘以受和，白以受采，實海陵之學爲之地。嗚呼！先生之烈豈小哉。海陵距揚僅數舍，予恒願拜祠下，想其流風遺韻，以求其緒論，未能也。

今年秋，識中山劉濬廷[一]在於揚。覿其容充然，聆其詞亹然，詢其筮仕，則司訓先生之精舍，而今升教於泗之五河也。未幾別，徵予言爲贈。予謂學也者，非世之呻佔畢，繡鞶帨，蘄以華其身而止也。將以潤澤生民，歸於皇極，若胡先生明體適於用之云者是也。惜乎其體具諸身，其用不大

[一]《四庫》本作『劉廷』。

施於當時也。朝廷設科目，期以經明行修得真儒，其意胥是焉取，於是昔之不大施者，今班班然行矣。予行淮東西，覩其土厚以深，其俗厖以質，而其士多急義而強仁，蓋其去中原之文獻不遠而近也則然，矧五河邑當淮之北而尤近者乎？意其敦尚行實，所謂受和而受采者，蓋有其體矣。以之日月刮劘，其經業文詞之先後，其道德仁義利祿之趨舍，必有以辨之，繇蘇湖學達於濂、洛、建，以泝洙泗，而爲國家異時用者，亦豈難哉。抑海陵予未至，未知丘園寂寞之濱，抱遺經，蘊瑰奇，忠信材德之賢，復有深藏而不市者乎？先生之流風遺韻，其尚有存乎？

劉君仕而寓其鄉也久，必有概聞其緒論也。成君居竹又言其叔君楚遊國庠，擢鄉舉，而方辟掾淮憲。淵源所漸，其有聞也益信。予將見五河之士偕劉君相與有成，異時將得人爲科目賀也，尚無俾劉彝專美於前哉，劉君勉諸！

送王伯純遷葬河東序

余遊於揚贏十年，骨體素不媚，性踈直，與人出語輒傾倒，不識時忌諱，仕又齟齬，無氣勢軒輊人。揚多俊彥，士多不鄙與予友，坐是三者故，卒多不近以踈。其最相知而忘年者，得數人焉。其一曰河東王伯純甫。

伯純蚤孤，自樹立，購書萬卷，作亭曰「青雨」，覆以白茆，植竹百箇，梅菊青松列數行，有鶴縞衣朱頂，翹然而長鳴。每與予坐，講孔孟程朱氏書，誦《史記》《檀弓》，旁及《經世》《參同》，抵掌論古今事，率月東出、夜漏下數刻迺散。隙則賦詩飲酒相娛樂，興未盡，往往抱衾同宿。或詩成，夜半持燭來。余歸自汴，舍於伯純者期年，交益稔，知益深。今年九月，忽告予以行，蓋弟妹婚嫁畢，則將持三喪之淺土者，泝長淮，亂黃河，過崤函潼關，以藏於汾水之曲，石室之趾，不謀於室人朋友。噫！是亦人之所難爲者矣。余因慨然思，以余之踽於世，顧有知余者，不若伯純知余之深也。伯純之學甚敏，材氣甚卓犖超邁，而義甚高，年方富，與人往[一]還甚簡。人孰不知伯純者，不若余知伯純之深也。余之知伯純，伯純之知余，與伯純自知之，自知之而不能自言之也。

今別予而歸也，余不能言也，而不能不言也。余聞古之人，人之知不知，不計也，蘄乎古人之知，天之知而已。伯純之心，夫天既知之，古人知之矣，則自茲而掇巍科，攄素志，其能辭於人之知之也乎？伯純請予言，以永其別後之思也。覩於是言，而謂予媢夫人者，非知予二人者也。

送李遜學獻書史館序

曹南李時中教授，有志士。嘗兩辟省臺掾，輒棄去。慕漢朱雲尚友古時豪傑人，著《江居集》自見。每酒酣，慷慨泣數行下，慕賈誼、唐衢。既沈鬱不克施，則捐千金，聚經若史諸書數萬卷，以遺諸子，慕丁度、劉式。

曩予聞嘗奇之，來淮南，讀張仲舉氏所爲文，信然。今朝廷有詔修宋、遼、金三史，遣使購前代

[一]『往』，《四庫》本作『𨑒』。

異書江淮間。其子敏出父所藏宋逸史，爲卷若干[一]，獻之館。有司韙其志，驛送以聞。昔太史公留滯周南，自傷不獲從登封。其子遷紬金匱石室書，成父志，稱後世良史。時中暨敏，雖自弗敢望太史公父子，然其志亦豈異哉？

嗟夫！方時中在時，奮欲自樹立，決不與草木同腐，不克施以歿。至身後迺能使其書不泯没，有補於世，其志白於天下，時中爲有子不死矣。士之生，誠有補不泯没於世，豈必當其身際遇哉？設使時中身際遇貴富於一時，而聲光遂昧昧，非君之志也已。

予於敏之行有感也。嗟夫！士之有志，幸生昭代，困且窮，曾未得少見薄技，於時中何如也？世之君子，其亦有感於斯人乎，其亦有感於斯人乎！

送曾伯理歸省序

《詩》三百篇古矣，漢蘇、李五言及十九首次之，建安逮陶、阮又次之，謝宣城以下盛極矣，君子所不敢知也。唐數大家，振六朝而中興之，然視古寧無少愧乎？予蚤見宋滄浪嚴氏論詩取盛唐，蒼山曾氏又一取諸古選，心甚喜之，及觀其自爲，不能無疑焉。故嘗手鈔唐以上詩，繇蘇、李，止陶、阮，鈔七言大篇主李、杜二氏，近體專主杜。竊庶幾志乎古也，然而學焉終未得其近似也。

來廣陵，因燕李叔成識廬陵曾伯理氏焉。聽其論，因獲悉觀其爲詩，蓋恥爲唐近體，一以十九

[一]「爲」，原作「馬」，據《四庫》本改。

首爲準，而人以爲似焉者也。予於是有愧矣。昔真文忠公作《正宗》，唐律雖工，壹不取，抑伯理有聞於是乎？予烏得不喜。然予聞真私淑於朱者也，陋於希世，又尚友古之人，豈徒詩乎哉？志欲高而心欲卑，識欲遠而行欲邇，此古之人大過人者也。伯理之詩概言忠與孝，今復以三百篇「陟岵」之意寧親於鄖，予又烏得無深愧乎？

於其行，故申古之道以贈之。

送奚子雲歸吴江州序

予佐黄巖日，善進士曲阜孔君世平。己巳之冬，乘傳過吴江。君倅是州，觴予，登垂虹，履明月，斫鱸釃酒。醉則歌范成大《三高堂招隱詞》，引睇而望，水雲晻靄，飛鷗明滅。意昔鴟夷子及吾家季鷹、唐天隨子皆仙而不死，嘗往來其間，冀或一遇之，而不可見也。又意其地扶輿清淑之所鍾，必有瑰奇材德之民生其地，惜予之行役匆匆，而不獲識之也。别去十五年，世平官廣東，予滯留淮左，思世平不可見，不知世平思予乎否也。

今年寓廣陵，與奚生子雲同旅舍。詢其出處，繇胄監生而筮仕於是。訪其居邑，則吴江之濱，三高清風峻節猶存之地也。夫以予與世平好如此其篤也，别如此其久也，予之東西南北，思之而不得見也，今見吾子雲，將不如見世平乎。莊周氏曰：「適千里，見似人而喜。」詎非此謂耶？生之姿，瑩乎玉雪之相也；生之文，炳乎雲錦之章也。夫以扶輿清淑之所鍾，意必於是乎？在予不獲識於前，而喜乎今之遇也。他日跨騄駬，上青雲，予之思之，庸知非若之思世平者耶？鴻飛冥冥，俯仰陳跡，知他日思廣陵之寓舍，非若今日譚吳江之昔遊者耶？臨文當復爲之慨然也。

奚生念親之老，捧檄有期，舉酒言分，序識其别。

送劉廷脩調安慶路詩序

舒爲郡，淮奥區也。其鎮皖灊穹崇而秀特，其浸大江演迤而前陳。其産有竹木之饒，魚波之富。其俗厚靖而不浮，無懷牒珥筆之嚚，縉紳之宦遊者咸樂然。今年夏五，予自匡廬艤舟城隅，顧瞻山川，懷不能已。

十二月，中山劉廷脩繇揚府史適調是郡，求予言。予觀揚劇郡，甚非舒比也，守以王邸，臨以二司，水陸走集，南北驛置，轂相擊而蹄相劘也，市廛叢賈儈，其民鮮地著。平旦，兩造立庭下，如絲棼而糜沸也。噫！官於是者，亦煩且勞矣，況司簿書而業筐篋者乎？然予聞廷修之在是府也，人稱之曰能，曩嘗疑其何以得此聲於梁楚間。先八月，送君弟廷在教諭五河。歷詢其家乘，見全椒少府，其父也，前貢士今淮西憲掾君楚，其季父也。君遊京師，歐陽内翰諸名人贈以詩盈卷。乃知所漸者如是，故能視煩且勞者無難也。今去而之舒，譬若庖丁之刀，批窾郤、游肯綮而芒刃若新發硎，蓋無全牛矣，予誠爲劉君樂之。雖然，以少府爲之父，君楚爲之叔，重以内翰諸名人之知，吾恐君之升自此而不屑留於舒也。

予浩然有卜居志，君行訪龍眠之山，石峯之洞，復有昔時隱君子，倘爲予先寄聲焉。

送鄭伯鈞序

予以歲己丑至京師，旅食而舄吟，蓋㷀㷀垂十載矣。常思吾八郡繇晉永嘉後，士皆中州衣冠之裔，號稱海濱鄒魯。歷李唐、迤前代，家簪綬而人縉紳，遂寂於東南，獨於今何寥哉闊焉若是也？豈其嚮者發泄過盛，而數有乘除，若先正西山蔡子之語徽國朱文公者耶？抑其地有水竹禽魚之樂，故其人多不樂出仕，如昌黎韓子序歐陽詹生所云哉？不然，則築滄洲、廬夾漈，懷抱道德深藏而不售者，尚多有之也。

去年秋，同郡生鄭伯鈞始來見予於京師之胄學。今年夏，授官主閩清簿以歸。蓋伯鈞前代之仕族也，居長樂之紫薇山下，班荊而讀，植杖而耘，若不屑於斯世者。一旦於江河阻絶之際，桂玉艱難之秋，迺能奮然駕長風航巨浸，以覲於上國。又能散其積聚以紓國家之急，取一官如拾芥，予無蹙然之喜乎？既壯其爲，朂以漢釋之、卜式之事功也。

於其别，重語之曰：方聖明時，廓八紘之罝，以收天下之士。有藏不售如前所云者，尚爲招而出之，曰國家方自愧始。

贈李君南歸序 號樵隱

豫章西山之麓，有樵隱者居之。出而馳騁四方，遇翠屏山樵叟效金馬之隱者，相語於燕市之中。時相過，命尊酒，出囊琴爲叟鼓一再行，如風晴日煦，聞幽谷樵丁丁然，斧聲與歌聲互答，使人悠然與世而俱忘也。

留歲餘，而徵言於叟，叟語之曰：予與子皆樵也。今夫樵者伐菑翳，翦條枚，爲薪爲蒸，以爨以釜，以烘於煁。設其有用者，則以植儲胥之幹，椓猿狙之杙而止矣。子之樵，予知之。牛山之萌蘗，培塿之松栢，有弗顧也。蓋方求鄧林之木，氣幹雲霄，聲挾風霆，其陰庇車且百兩者而樵。然蹶深根，踣危巔，芟繁梢，取其幹與枝之巨者，將以爇函牛之鼎，飫萬夫之飡，而供十年之爨。擇其材之良者而售之，以備建章、未央千門萬戶之用焉。其子之志也乎？時方急才，豹林谷之隱者豈樵夫也耶？若予之迂，明之時聞古之樵有折若木以拂日如屈子者，有欲斫月中桂盡爲寒者薪如君家供奉公者，輒慨慕之。顧志甚長而斧柯短，不適爲世之用。今老矣，第將問伊川之樵，如無名公而優游以終歲。雖然，予豈敢恝然於世哉！

瀕行，更命酒引琴，爲樵隱之詞而和之，以相其志。隱者湖南照磨李則文氏子，客歲序以送之者。叟則晉安張以寧也。

送曹判官序

其歲癸巳，廷議即京畿便近地，闢水田，藝秔稻，如三吳法，以實天下本，備渭海之不虞。迺郡縣豪傑士有能募丁力孱其功者，視數多寡，授官有差。是太康曹德輔擢爲真州判官，敘從七品。

初予在維揚，德輔與予游，予固器之。其年富，其材長，其學攻程朱氏《易》，如川方至不可禦，其志慨然，奮欲以功業自著者也。人勸之仕，不答。及是命下，遂起。予留京師，德輔亦來京師。每過予，論學不少置，然見予若有不懌然者。

會以職事之薊州，予知德輔者，因釋之曰：子何以不懌哉？子其病子之治田耶，則水利科將不置乎？抑亦病子之進身耶，則以舅氏任子者將不仕乎？斯二者，昔之儒先弗病也，德輔顧病之乎？且子不見乎虞周之盛乎？播百穀者，夫豈病其於禮樂；爲禅官掌邦土者，亦豈病其於治教爲鄙事哉？九其官，六其卿，亦一其儒之實而已矣。世嘗多漢氏猶有古之意，而病乎魏晉以降古意之日非也。眩汝虛而槽本實，以高下分其品，以清濁别其流，使僞者得以匿其實，巧者得以剽其名，甄别滋嚴，防檢滋密，而名實滋戾，天下之事滋不治。昔之儒先所病者，固有在也。而德輔奚是之病乎？方當國家用材之會，子勗哉！其以功業自著也，子往哉！薊之左，海之濱，其有昔之耕且釣否也？如有之，而爲國家招而出之也乎？

德輔，名時泰。

送吳賓暘之泰興教諭序

曩予始至揚，與朱方吳君子和相好也。出其子旭拜，眉睫朗徹，誦朱氏書如貫珠。後十餘載至焉，則君窆既宿草，而旭亦能自樹立爲人師矣。詢其出處，蹙然曰：「旭不敏，賴先人教，用部使者薦錄淮安郡學，繼受江都邑文學，以兩憂皆不果上。今幸調泰興，以服制未終者三月，又不果上。」予聞惘然，曰：「天於子和既豐其善而嗇其榮矣，顧於其子迺若是，意其果瞢瞢者耶？」今夏則來告曰：「旭也始以制未終不果上，既終矣，以貧不克預於選。方將杜門讀父書，無復有意矣。忽有踵門持文書來，曰：『今分憲姚公以泰興邑曠教官久，不可，故移文以請。』辭不獲，且行。公不鄙先人之同門也，既爲之序，願先生一言更羽翼之。」

予慨然以爲姚公身居風化之任，匪直私於子。是舉也，豈不足以厚倫紀而敦風俗哉？一邑文學之微，於吳子未足多也，然於此其有思乎？方吾子之憂患而杜門以居也，詎意夫縉紳先生垂德於不報之地哉？今若此，皆先大夫之善也。天豈果瞢瞢者哉！烏乎！爲善者亦可以勉矣。古之人耕築漁鹽，無意於功名，而功名每每自至，後世望之以爲不可及者，皆是也。然而往往殫其智以求，幸而得其命之所固有者，則詡詡於人以爲能，其視古之人何如哉！吾子尚勉之，外以教於人，內而學諸身。孳孳焉，矻矻焉，壹偹其在己者，而惟在天者之聽，則功名之至也有日，堪無負公與予之望於故人子者，詎一邑文學之微而止也。

遂爲序。旭，字賓暘。

送錢德元教諭盱眙序

至元己卯，予泝淮適泗，同年納君文璨時長泗之盱眙，握手道間闊，因獲覽觀都梁之勝，蘇子瞻、米南宫諸賢之大書深刻照映人耳目。詢州故治所在，遺氓老校猶能言往時。氓皆知忠所事，不肯恇怯爲奉頭鼠竄計。蓋其壤淳厚，俗質果，易以義駈[一]，難以力怵。距中原不遠而近也，則宜治平百載，生聚浩穰。文璨之爲政，又能因山川之奇勝，故孔太守之遺跡作爲精舍，欲與嶽麓、石鼓相雄偉，匪規簿書者比。夫世之君子嘗病繇郡縣而後，教典弗傳，治法日密。人惟知畏害就利，緣法律爲詆欺，俗日孅以薄。儒者循本持論，重爲世姍笑。今文璨之爲，顧卓卓然如是，因竊歎今之科目豈爲乏人也哉！

暨來儀真，識錢君德元焉。儀真據江淮之會，號繁華美麗之區，士鮮不爲習尚移者。德元坐一室，被服經史，出而與遊，皆縉紳章縫。今兹夏調盱眙文學，告予以行。予見今世多慕漢卜式穹官豐禄，人競歆豔之，詎謂有能呻呫畢、味虀鹽，不能詵詵棼棼以饕利達，如吾德元者乎。嗟乎！豈不亦卓然與人異趣者乎？

予因感文璨之事，言焉。文璨今起而爲時用矣，盱眙之風土如彼，國家之崇勸如此，長人者安

[一]「駈」，《四庫》本同，清抄本作「驅」。

知無如文璨君者乎？必有以重子矣，德元往哉！教官職雖卑，方百里之地，顓掌教典，與令長分其任，古意厘厘存者有此耳，其責顧不重矣乎，德元往也，金穀之出內，公而無私也，自重其身也；經史之漸摩，勤而無怠也，弗鄙其民也。若是，教官之職得矣。異時予復適汳，過第一山，當持酒相屬，賀君教之有成也。

舊刊序文止此

送方德至漳學訓導序

莆士之文而最者，方德至氏。德至蚤能讀先世書，長而求諸三古四聖人，及宋程、朱二儒之經之傳，沈潛厭飫，豁然以通。慨念先世履齋公嘗游朱氏門，曾大父烏山公、大父石巖公皆勝國嶄然名進士，烏山嘗守於泉，而石巖迄以前太常簿終，則曰：「吾不可以墜吾先也。」迺益工文辭，應進士舉，累進累不利，然名烜然日以彰。

至正八年冬，漳之知事張君子璡以中州彥道於泉，一見而心悅。既上，而九年之正月，卑辭厚幣，走請君訓導其郡學。君適偕予坐，獵纓正襟，論經義文事亹亹不自休。使者至，予喜贊之曰：德至君往也。蓋昔者常觀察、韓刺史延歐陽詹生、趙德氏教於閩、於潮，由是有進士。吾漳昔北溪先生道德之里，而今林君唐臣實始薦於鄉，正於郡學，文風翕然，非昔閩暨潮比。知事君斯舉又甚盛，君之教其有成乎？一宜往。昔者漢匡衡射策數不中其經，以不中，故明習，後竟中丙科，爲師教授，不出長安門，十年驟致位尊貴。今君往而教業益廣，德益光，而名益彰，他日變化比昔人與否，未可知也。一宜往。矧夫士者達而化民俗，窮則淑諸生，使以行其志、達其道焉耳。君亟往，毋猶豫爲也。至幸爲我寄聲漳諸君。

於是天雨新止，驪駒候門，酒再行，序以别之。

桐華新藁序

昔者王道盛而《雅》《頌》興，帝功成而樂章作。世隆，詩道固從而隆也。我元德邁於周、漢，覆載之内，血氣之倫，仁涵義浹，百有廿年於兹矣。士之沐浴膏澤，詠歌泰和，若蟄之於雷，奮不可遏，則詩焉而復古之道也宜哉。溫陵故文獻邦，今尤爲樂國，縉紳之所廬，冠帶之所途。地又多名山水，能言之彦，穎然於決科外致力爲詩，邕舒襟靈，蜕去塵坌。暇日輒會於城西南之隅清果寺，寓公遊士，俊異咸集，僧之名者亦預焉。

余讀之而三歎曰：大夫士幸得生盛時，目不覩金革事，能聲於詩以自著，不自菲薄，亦猶古之道乎，治世之音乎，是宜聞於世。

乃粹爲編，自錢侯雪界以次，九十有八人，樂府暨諸詩若干首，燁乎若珠聯而璧合。清源林先生則嘗長郡幕，而適遊於兹者也。郡古今善詩者，蓋多未遑及。既成，題曰《桐華新藁》，以地志也。

羣公謂余辱游，徵余詩。余粹是詩者，固以辭，不可，則掇南遊近述，贅乎右云。

草堂詩集序

聲由人心生，協於音而最精者爲詩。縉紳臺閣而詩者，其神腴，其氣縟。韋布於草澤而詩者，其神槁，其氣涼。故昔之善覘人之榮顇豐約者，類於是乎見。蓋得於天者則然，豈人之所能強者哉？

草堂孫君彦方翩翩治世之佳公子也。以左丞參壯敏公之孫、萬戸侯竹樓公之嫡，先世之勤勞，實在竹帛。生長貴冑，陞庸計臺。而能妙年養恬，屣視榮勢。川遊巖觀，風哦月謡，清新而壯亮，雅麗而韻度，蔚乎其霧散，浩乎其濤湧，信乎材趣之卓乎天出者異也。余昔始第，見其伯氏、今南雄二守彦周君於轂下。

茲遊溫陵，始見君，獲其詩，讀而起敬曰：「微哉乎，其似臺閣也。蓋君之覽河華，遊京師，客平津而館，翹材之日久矣，所養所漸之盛，宜若是。韓子所謂歡愉之辭難工，窮苦之言易好者，豈其然哉，豈其然哉！君其晉而詠歌明時之休禎，然後返君之草堂，賦君之遂初，未晚也。」君笑而不答。遂掇而列之《桐華新藁》，仍序其全篇之首焉。

趙希直詩集序

溫陵，前代南外睦宗院在焉，竹泉趙君希直族舊也。里第藏書嬴於卷，希直能讀之，尤以善詩聞。予粹《桐華新藁》，讀焉而歎其才之富、思之藻，而氣之盛也。短章清妍而妥適，長篇滔滔汩汩簡斷而思溢，人不足而已獨多也。至其近作，又將落華歸實，亹亹然志追古製而不侈今目矣。迺掇其英列於卷。

洎別，徵叙其全集，余訂之曰：夫闊波瀾者難窺，窘邊幅者易裁，徵之杜甫氏論，子非蘭苕之翡翠也，抑可進於碧海之鯨鯢者乎？然而風不培，則夫翼不能摶扶摇而直上也。莊周氏之言豈偶哉？麗而抗之使其壯，雄而沈之使其渾，光而葆之使其幽，遠而使之勿離，深而使之勿僻也，培之至詩之昌也。且子獨不見前代世禄之家湮没者衆矣，獨子家盛而且賢，蓋子之先之培之厚若是也。希直益培之哉！非獨昌其詩，且昌其家。

遂爲序。

蒲仲昭詩序

詩必問學乎？詩非訓詁文詞也。詩不必問學乎？詩莫善乎讀書萬卷之杜甫氏也。去古逾遠，詩不復列於工歌矣。漓而淳之，浮而沈之，返古之風，完古之氣，以追其眇然既隊之遺音，捨問學何求矣？然而論議之蔓，援引之繁，堆積於胸，寖不能化，若兵移屯亂，橐盈地文，且不可爲，況精華而爲詩者乎！故問學者，貴乎融者也。譬如大冶聚金，銷而水之，百爾器備，惟所欲爲。又如投鹽於水，掬而飲之，止見其味，無有鹽跡。此杜甫氏之詩，方之衆作，超然驪黄之外，而投之無不如意者也。嗚呼，其難哉！

余倅溫陵諸詩，得蒲仲昭氏，歎其長於問學也。蒲爲泉故家，自其祖心泉公，已以故梅州守，察宋國危，遂隱身不出，讀書泉上，遺詩若干卷，宋尚書劉克莊所序者具在，蓋學有原委矣。仲昭既世其業，而游居於泉，以詩鳴者陳衆仲氏、阮信道氏、王玄翰氏，或師或友，皆薰其所長以自益。故其詩視唐人蓋善，粹然無疵，充而進之杜甫氏之域，余見其亹亹乎維日未已也。

予有志乎詩而謭焉問學者也，仲昭於予詩知最深，喜最甚。故其徵予序其詩，而予之序之也，奚敢以淺言？

送地理鄭隱山序

昔者子程子之爲葬之説也，而曰：古之卜其宅兆，蓋卜地之美惡，非陰陽家所謂禍福也。其地美則神靈安，子孫盛，其惡者反是。以寧嘗讀而深擊惻焉。

夫以子程子之所處所見者，風雨陰陽之所交會，土厚而水深之地也。然且驗其土色之光潤，草木之茂盛，則其地何如也。今夫人之居於江嶺之南，山水之叢雜，壤地之庳濕，非土中比。苟不擇其可葬者而葬焉，則是委其親之體魄於大風之隧，泥淖之瀦，而螻蟻蛭螾之窟穴也。比死者可能一日安，爲子者獨安能不痛心而泚顙哉，而何假禍福之論也。是故子朱子爲《家禮》，必曰擇地之可葬者，而郭氏《葬書》於卜法不傳之後，固不得而廢之也。

古田張氏自光祿公由固始來，寖明寖微。先大父德積而奮，以寧祗服義方，濫竊科第，而罪大釁深。風霜夏隕，三兄無祿早世，先宜人棄養，而吾父承事公繼之。不肖之孤忍死視息，實以綿綿延延之遺緒，在於眇然一身者，無二人任。是用夙夜憂念，以圖安厝，烏敢不用其誠也。顧世之葬師往往昧於郭氏之本旨，不淺則誣，鮮與意合。天實憫之，使幸而得長商鄭君隱山焉。隱山遇異人而傳其書，超然於九星八卦、山運塚心之外，得郭氏旨，簡易而精微。避五患用灰隔，内必誠以信，外不侈以夸。又合於朱子之禮，不使人子溺於拘忌而久不葬。蓋明於理，非徒陰陽之術者，予甚感焉。予家以仕而貧，隱山盡心焉，不以我爲貧。予友鄭令尹大有貧類予，君方孜孜爲之擇地。予友蔡判官居仁身沒而子幼，家又貧，君每以喪在淺土，言及輒泫然。則重於義，實亦士大夫之所罕也。

今將去予而游於臨漳，予方儼然縗絰之中，言之文不敢，亦不暇。然於君也，義有不得辭，於是乎序其行卷之首。

送南海知縣吴允思序

洪武二年春正月，制以建安儒士吴生允思知廣州府屬縣之南海，謂予同其鄉且長也。將軷，請爲言。予諗之，由唐制嶺以南爲管五，廣府爲最大。廣屬縣七，南海爲最大，地甚重也。宋制，不歷知縣，不得改京官；不得監司四舉削，不得陞知縣。陞知縣即躋顯官，如取諸室中，任又甚重也。今皇帝建官，懲循資弊，用惟其才，生以一逢掖起家；宰一同秩六品，恩甚渥也。蒙甚渥之恩，而當甚重之地之任，報稱宜何？生作而曰：「某弗敏，竊聞先生長者之論。三季而降，治法張而教典廢。讀城旦書，視載籍猶芻狗，心甚悼之。故自束髮即知猒舉子業，從閩縣恐齋陳先生求洙泗、濂洛之緒言。於家用朱氏禮，於鄉遵吕氏約，屏異端，崇正學，誠不自揆，將少裨於世教。屬時改物，叨辱誤知，其曷爲仰稱德意？第以平日聞於父師者黽勉從事，庶不獲戾於官箴，而敢有他冀！」予韙其言而贊之曰：「昔古靈陳公居予鄉四先生之一，僊居之教，具載朱氏小學書，夫豈徒治哉。生能允蹈其言，皇帝明見萬里之外，嶺服雖遠，生豈三年淹者？將見儒者之用大白於世，而予海濱鄒魯之鄉未乏人也已。」生謝曰：「敢不勗諸！」

生名蒍，世儒家，以總兵大臣蒞建者薦，上於南京，入覲於奉天門下，命議刑於大理，尋佐官收圖籍於燕山，授集賢院校書郎。三省不果立，遂有今擢，蓋材選云。

潛溪集序

世率言《六經》無文法，是大不然。六經之文固未始必於有法，而未始不妙於有法，斯其爲文之至者。後乎《六經》，孟子輿氏之醇，司馬子長氏之雄，弗可企已。後乎二氏，則唐韓退之氏牢籠並包，靡一不具，正取諸孟而奇取諸馬爲最多。譬海之鉅潮無涯涘，氣和景明，萬里一平，纖瀾弗驚，力傾喬岳，畜之沈沈而自然。其文層波鱗鱗，渙散紛紜，乍合俄分，千姿萬態，巧莫能繪。浩乎一與風值，則浪波起伏，如山如屋，魚龍並作，怵人心目。此其無心於變也。故善論者以謂惟韓能然。

以寧曩在燕，得金華宋景濂氏《潛溪集》讀之，多其善學近代數大家。比來南京，始獲見於史館，受其《後集》，雋永之，矍然起歎曰：先生之文，其進於韓氏之爲乎！其言理直而不枝，其敘事贍而不蕪。鹵踈而極嚴縝，恣縱而甚精深；簡質而自宏麗，敷腴而復頓挫。非有意於爲艱，亦奚心於徇易。所向而合，靡事鑱削。旁通釋老，咸得其髓。蓋夫韓之於文，始乎戛戛陳言之務去，成於渾渾然覺來之易。先生之進於韓，其有悟於是乎！嗟夫，是豈一朝夕之積也哉。集義以養，其氣孟也；游覽以壯其氣，馬也。而韓亦云氣盛則言從，猶水之於物，小大畢浮。先生天稟特異，所居又邃幽。嘯歌山林，脱去汙濁，得以博究羣言，窮探衆賾，瀦而涵之，既厚既深。其志靜，故其氣完，其神昌，其造詣至於是也宜。走也不武，亦嘗竊有志於斯矣，而弊弊世故，日耗以衰，惝若入海望洋，駭汗而卻走也。

聞金華富名山水，前代多磊落豪傑士，長思翛然獨往，琴松風，觴蘿月，盡滌胸中之塵坌，然後悉讀《六經》以既吾事。明年乞身倘得請，將並先生而卜隣焉。

送周參政行省廣東序

唐以領服之南分五管[一]，獨節度府治廣州爲最大。入宋，置廣南路經略安撫使。元立宣慰司元帥府，隸江西行省。皇帝一海寓，乃損益前代舊制，洪武一年三月，肇建山西、陝右、福建、廣東、西中書行省五。親選有文武材器重臣五人，爲參政事，省各一人，凡兵民重寄咸屬焉。便章、左右丞皆虛位未授。以謂疆埸廣袤，弗資藩省，徑達中書，則稽文牘而緩事機。官屬具備，則初郡鮮民，必困於供給，見異言殊，或至於矛盾。以故簡之慎，託之專，而責之重，睿謨深遠矣。

[一]「領」，《四庫》本同，清抄本作「嶺」。

於是保定周公幹臣，繇御史臺治書鑄印開府，蒞於廣東。將軷，翰林張以寧言於公曰：廣誠大府，然隸府之州懸隔山海。蠻夷悍輕，易怨以變，好則人，怒則獸。當[一]海外雜國以萬數，得其人則盡治，不相賊殺，否則不幸往往有事，其利害具韓子《送鄭尚書序》中。公剛明而練達，嚴正而寬厚，博稽前聞，亦既悉之矣。今之往，予見其刑德並流，方地數千里，山行海宿，不識盜賊，有如韓子所稱孔右丞者。予奚云！皇帝明燭萬里外，頌聲上聞，必將陞中書，秉大政，又有如唐相國廣平公著於張燕公石刻者，推其惠於一方者，均之四海，公其懋之哉！

公之先公預謀創業，爲國三老。公歘歷清要，作時偉人。走也忝交公翁季間，有斯文好，於是乎喜之至，期之深。是月己未序。

送南寧攝守焦侯序

洪武元年，征南副將軍參政朱公耆定南服。念南寧古邑也，爲五嶺極邊，控二江要地，當三十六洞之口扼其吭。方扶傷起憊之餘，非剛明廉敏之才，曷足以鳩斯民、固吾圉也？迺選於衆，得前湖廣郎中懷慶焦侯仲才，承制授官，命守斯土。

侯既上而歎曰：「攻病於未瘳固不易，理病於新愈爲尤難。」慨然以招來綏集爲己任，警以秋肅，照以陽休，流逋四歸。遂辟草萊，樹官府，修三皇、孔子廟。驛有良駟，步有新船，能譽洋洋乎嶺

[一]『當』，《四庫》本無此字。

海之南矣。踰年代者至，侯遂行。耄倪載道，咸謂：「昔侯未來，千里宿莽；今侯戾止，百廢具興。侯真不負朱公之知哉！明天子見萬里外，必知侯，且重任侯也。吾儕小人，方冀侯之撫我育我教我，以終惠我，不虞侯亟去不我留也。」羣遮馬首，致其辭曰：「昔侯良牧，有延有光。易我鱗介，化爲衣裳。請以爲侯頌！維宋名卿，曰靖曰沔。自我炎徼，致於融顯。請以爲侯祝！」言已，南溟海運，培風萬里，搏扶摇而上翍，顧雲鵬其知已遠。

於是史官晉安張以寧奉使道是邦，摭輿人之誦而敘之。洪武二年十月五日序。

劉可與紀行詩序

詩與畫相類，在乎氣之完，趣之詣。故妙於畫者，必千巖萬壑全具吾胸中，而後解衣盤礴，沛然縱筆，急追其所見，乃能脱凡近而入神。昔拾遺公所歷半寰宇，今讀其紀行諸詩，宛如親行秦隴間，身在天然圖畫中。古云詩得江山之助，信然。

梧通守劉君可與之仕於廣右也，發錢塘，過苕川，絶具區而朝建鄴。遂泝大江而西逾文江，上十八灘，越章貢，涉庾嶺，貳守於始興。尋沿曲江，度英德、清遠之峽，又西覽古端、康二州，以涖政於邕。今復自邕而梧，以里必殆萬而羸。風哦月謡，逸興巡發，攬擷奇秀，積成卷帙，題曰《嶺南紀行》。

予奉使道邕，得而讀之，歎曰：富哉詩乎，宰物者之助於君也弘矣。由是以往，涵而融之，則其氣完而趣詣，有不進於拾遺公之製作者乎！

嗟歎之餘，序於首簡。

月波亭詩序

越王臺之山走平地，當南浦東偏，前永春尹、今秋浦真公之别業在焉。相其流泉，匯爲清池，涵渟演迤，與天同碧，微波汎月，動摇金光。池之旁有亭，曰「寒碧」、曰「小盤谷」者數十，茲以「月波」扁者，最專其勝焉。

公爲宋参政西山先生文忠公之四世孫，抗志林壑，辭榮簪裳，詠觴於茲，浩乎不知其老之至也。歲遷人逝，往跡寖淹，亭仆扁存，嗣者斯惻。迺嫡孫汝善字長卿，少倜儻有異材，長益幹蠱用裕。念先猷之未遠[一]，慨堂構之在予，迺即所居之後，相去不數舉武，作亭五楹，繚以欄檻，奇石暨，嘉木列，視昔有加焉。不忍舊扁之廢也，揭而昭之。於是先世手澤之存，心之目之，朝斯夕斯，油然而孝敬之心生矣。凡在士友，詩以美之，囑予爲序。

予以謂古之汾曲先廬，賢者所保，平泉草木，名臣垂誡。長卿是舉也，於秋浦公嗣守之勤可嘉也已。抑君之游焉息焉之於是亭也，顧名推義，仰觀俯覽，悟容光之必照，觀瀾之有術，慨然上以探乎西山先生所傳之遺緒，則繼述之美，又莫大焉。衆咸謂然。遂書於簡。

（以上明成化十六年刻本《翠屏集》卷三）

[一]「先」，原作「失」，據《四庫》本改。

卷四

雜著

説

應制鍾山説

洪武二年正月三日，伏蒙聖恩，賜見前殿。特承睿旨，命爲鍾山之説。

臣以寧惶悚不知愚陋，伏稽地志，玆山金陵之鎮，舊以「鍾」名，後避孫氏之諱，改爲蔣山。前臨大江，天設巨塹；北俯中原，萬里一目；下爲沃野，原隰衍平。磅礴太空，渾涵元氣，黄雲紫光，輪囷葱欝。蓋蜿蜒扶輿，起坤抵乾，歷數萬里者至是而融結。昔諸葛孔明，振古之豪傑也，以謂龍蟠虎踞，帝王之宅，豈不以洛陽天室，左伊洛，右瀍澗。玆地之勝，東直滄海，中涯吴會，有如洛陽。而是山左右拱揖，儼然處尊，彈壓東南，陵跨西北，其勢有固然者矣。三代而後，楚王埋金，秦帝鑿地，徒知厭勝之術，豈測造化之機。既而吳大帝開其基於前，六朝主繼其踵於後。其間雖有宋武之英雄，終莫臻於統一。良猶未得風氣之渾全，是以僅爲閏位，不足以當甚盛極隆之昌運也。南唐李氏，曾不能北向發一矢。獨宋氏末年，金華陳亮以儒者之傑，勸移蹕於此地，勿都錢塘，規爲恢復之計，實有先見之明。惜乎闇君庸相不能聽從，志士至今惜之。

詎知幾千年鬱積而未泄者，始大闡於今日。皇上以英武聰明，首出庶物之資，適應其期。首據形便，植爲本根，芟夷羣雄，奄有四海，前代帝王之所未有也。雖由天授，匪自人力，而山川神明，雄偉瑰奇，有待而發。百靈會合，擁扈扶持，信有非偶然者矣。陛下仰承天意，建爲南京，與汴並峙，至盛典也。然以臣之膚謭，以爲臨濠重地，鍾宙天險，迺陛下啟聖之帝鄉。所宜易號中京，立之宮闕，如漢南陽。俟天下悉平，民力完富，迺營關洛，別爲西京，連亘相望，歲時行幸。蓋創業於此，以乘方來之望氣，並建都邑，以開永久之宏規，以承中華之正統，以衍億載之丕基。

伏惟陛下神謀睿算，必有處矣。豈臣管窺能覩萬一。茲蒙清問，敢罄愚忱。若夫鋪張山川之奇秀，馳騁文辭之綺麗，竊計非英主所望於微臣，而鍾山之英靈，亦當咈然而一哂也夫。

靜壽説

仁之體靜，匪專於靜也，故動靜皆靜。仁之功壽，匪蘄於壽也，故殀壽皆壽。異説不然也，灰心槁形以爲靜，深山之木石也；載營抱魄以爲壽，大澤之龜蛇也。非吾所謂靜與壽也。真定武君以仁父字，以靜壽名齋。志於仁者也，非異説也。

澹雲説

雍陽趙君從周，以平江路教授需次於家，憲府交辟，名籍甚，方嚮用矣。予遊澇，與遊，若平生歡。以其號澹雲，徵爲説。

予復之曰：君知雲乎？夫雲，泊乎其容，忽乎其蹤，若虚若沖，倏西而東。彷徉乎巖石，徘徊乎林木，而悠揚乎太空，澹乎若無心於世也。及乎膚寸而起，瀰漫萬里，濃然而陰，黝然而深，蔽虧日光，沛爲甘霖，人之顒然以望也，欲無心於世，得乎？今君文學之彬然，材氣之純然，功名之方至而浩然也。世方蘄君若太山之雲之雨天下也，而君方以此號而於世無心也，可能乎？然予聞得失重者智慮惛，嗜欲深者天機淺。古之君子，功名違違隨之不舍者，是皆無心於功名者也。繇君之號，觀君之藴，吾知君之不能不爲雲之出也。若予之迂，薄於世腴，方將巖石林木之與居，而雲之與徒。君之號也，於予則宜，君何爲而奪予之鳳池乎？

君拊掌一笑。遂書以爲説。

劉漢子昭字説

天臺劉漢氏，質敏而學勤。將氏以敬其名，迺揆諸禮，求師命之。氏則爲端篋以筮之，遇《乾》

之《賁》，貞悔皆吉。其繇曰：是天文也，倬彼雲漢，煥乎有章。昭回於天，旁燭無疆。大人則之，追琢其相。維賢企焉，觀天之行。自昭明德，有輝煌煌。利見大人，觀國之光。字爾以子昭，往乃有慶。

既字而問其說於晉安張子。張子曰：吾聞夫水之積氣在地，而雲漢上浮於天。人之積行隱乎暗室屋漏，而善惡應乎千里之外。詩曰：『潛雖伏矣，亦孔之昭。』其此之謂歟？子昭尚敬之！冥冥乎其潛之深也，闇闇乎其藏之密也，渾渾乎其養之厚也，則夫昭昭乎其文之著也，其發孰禦焉？雖掞河漢而耀星辰，殆未足以喻子矣。不然，己之昏昏，顧欲使人昭昭，吾弗知之矣。子昭尚敬之，以無忘師之命。子昭曰：諾。

遂書以貽之。

徐清甫三孫字說

儀真攝百夫長徐君清甫，其孫三人，請於予命之名若字。予疲於卯申不少暇，請數數不置，則爲言曰：士生而桑弧蓬矢以射四方，古之謀帥，則惟禮樂詩書之尚，文武蓋一道也。後岐而二之，始相矛盾。名一在伍符尺籍，則頡頏作氣勢，視文儒士若敵仇，不娼嫉則姍笑者幾希。今君介胄士，逢時治平，迺知景慕縉紳，求美其孫名若字。又請之數，出於誠，豈不與庸衆人異哉？夫禮，士冠而序三加之服，皆祝以德，責成人焉，匪徒美觀而已矣。遂爲名其孫長曰鎮，圭之有鎮，昭其瑞也，故字之曰德瑞。仲曰鏞，音之有鏞，節其成也，故字之曰德成。叔曰鑑，器之有鑑，尚其明也，故字之曰德明。

又知美其孫之名若字，予蓋期君之孫之美其德，且以禮樂詩書望於君之後也。自冠禮廢，字始輕，美其字而踐其實者，世之所罕也。戒而諸孫尚德哉，勿忘迺祖曁予所命之意。

定峯説

天下之至定者山也，夫孰得而動揺者哉！而峯者，山之拔然最高者也。予觀齊州之山，太華爲最高。然而洪河坼之，大氣礫之，若《齊諧》所志巨靈奮手以擘之者，山之兩峯爲之劃焉而中開，卻然而欲摧，形之剛，固不能勝氣之柔者也。至於大雄氏之説也，奇哉！以爲天地之中，有山曰須彌，又最高，四洲奠其足，二曜經其要。八風勁，震撼而舂撞之者窮日夜，曾不以動其毫毛者，其定力大也。是以其教自習定入，而援是山以喻。

夫性者，數然也。嗟夫！生而靜也，人性何嘗不定也。醉生夢死，狂走而顛實不定者，何其不也。豈非以坼之礫之，震撼而舂撞之，有以撓其定者衆耶？有能脱然悟彼之不定，而我之未始不定也。毅然立大者以定之，則彼之宿至叢來，紛挐膠轕之不定者，帖然而自定矣。然後起而觀其説之濩然若無所當者，無疑也。

海陵彌陁寺之學佛者立公，以定峯爲號，因予弟子石仲濂請爲説。予借其説曉之曰：「須彌非有，在於汝心。不惑不驚，巍然崒然。現在汶前，寶藏出焉，汝用無盡。汝不能定，慧河以生。跨海覓山，了不可得。」語未竟，仲濂請曰：「吾之教曰仁者樂山，曰定而能靜，曰靜亦定，動亦定，與斯説將毋異同乎？」予笑而不答。

心雷説

心雷者，廣陵鄧齊賢氏之所自號也。齊賢有道術，習瓊管玉蟾君致雷法。既請河東、趙郡二先生爲之説矣，予交雷敬芳，復於予乎求言。予無以言也，嘗試爲強言之：

夫陰陽搏而爲雷，轟焉虩焉，震萬物焉，欻乎而龍騰，烈乎而山傾，是天地之所以神也。而人也者，能使之由吾心生，是非異也乎？人之其心，一太極也；之其身，一天地也。嘘而風，呵而露，噓而爲雨，視而爲日月，而皆爲陰陽之爲也。則夫轟焉虩焉而爲雷者，烏乎不起於寂然閴然之吾心也乎？然則理也，非異也。有道術者知其然，是以窺天地之微，握陰陽之機，而致其然也，果且有異乎哉？雖然，《易》窮理之書，於《復》静以閉關，於《無妄》於《豫》動，以對時育物，以作樂薦帝。《屯》以經論，而《震》以恐懼脩省，他若《大壯》《噬嗑》不一而足。聖人觀雷之象，何莫而非後天，而奉之焉者先天。天且不違，聖人豈顧不能哉？弗爲耳矣。若吾齊賢氏，其幾於窺天之微而握陰陽之機，深於道術者乎？予何時與之語《易》哉？

敬芳者以告齊賢，韆然曰：君之言焉，仰吾教亦然。太上以道，其次以術。淵默而雷聲，吾嘗莊氏之游乎其天也。致雷而使物，世殆見吾衡氣機也。雖然，王方平有云，吾老矣，漸不喜此，將寂焉闃焉，洗心以藏於密乎。若無庸言。

予遂書以求正焉，是爲説。河東張仲舉承旨、趙郡蘇昌齡編修。

無外説

己丑夏四月，玉清無外藺敬師别予富沙，徵予説以爲别。予交於無外餘二十年，知之深。人以謂無外之號濩然大也，予知無外其猶強名乎。且夫無外之爲説，九州之外，九州復九州也，其外莫能既也。萬古之外，萬古復萬古也，其外莫能窮也。彼以爲有外者，陋矣。彼以爲無外者，未知夫内外之相待，有無之相形。無外矣，而猶有無外者存也。尊師方將解塵埃垢濁之機，乘沖虚漠泊之車，以遊無何廣漠之野，而駕汪洋廓落之説，予何足以造之，而何足以言之。顧予閒獨自惟，以眇然稊米之軀，而茁乎群然逢掖之倫[二]。予生於兹，惡乎外形骸？予處於兹，而惡乎外天地。當静而居乎一室，斂乎方寸，寂然不動，漠然無朕。九州之鉅一握也，萬古之長一息也，何有何無，何内何外。吾河南夫子亦書曰：與其是内而非外，孰若内外之兩忘也。與尊師之旨其將毋同乎？

言未半，尊師粲然笑曰：予亦惡乎知之，惡乎知之！授簡命書，握手遂别。

[二]「群」，原作「郡」，據《四庫》本改。

閑極説

余觀涪陵譙先生作《牧牛圖》十。其始也，繩以馭之，箠以懼之，手之目之，心之腹之，唯恐其縱逸而蹂躪也，夫安得須臾閑哉！及其久也，人牛熙熙，繩箠不施，其閑可知也。其極也，渾淪一白，人牛無跡，閑又不足言矣。余因歎曰：是與潙山叟看水牯之説其合乎？

泉之開元閑極靖上人與余游，將别，徵余説，遂以此贈之。且謂曰：至道難明，流光易徂。遑遑汲汲，如救頭燃。上人未宜遽閑也。余亦方競，辰閑得乎？晤言有日，會觀其極。任重圖遠，惟善努力。

月林説

予既爲通守劉君可與記蒼雪之軒，君繼請於予曰：「某也曩仕於秀，時秋正中，觴衆客於宴舟之亭。清樾扶疏，金景摇蕩，灝色如水，侵人襟袖。若邀吴仙於廣寒之府，青冥沆瀣，桂影盡濕。若從蘇子過黄泥之阪，木葉脱落，人影散亂，不知有人間世也。因自號月林道人，願一言以發其趣。」

予笑曰：「子名軒取諸蘇，自號取諸杜，專堪輿清氣而有之，甚矣浙之人之尚清致也。秀，浙郡也，其有此固宜。今自邕而梧，介在南服。炎歊所蒸，月色爲黄，瘴雲稍興，林影俱黑，向之清趣，不其墮無何有之鄉乎？」

君笑而不答，予爲釋之曰：「昔之韻人清士，娟娟乎冰壺之秋月，倏倏乎瑶林之瓊樹。趣之所寓，固於其人，不於其境。子之月林，焉往而不在，奚間乎秀與梧之分哉！」

君視予而笑，予亦笑，曰：「古之人，蓋有觀於月之爲陰體、借日光者，而吾虚之以受益；觀於木之起拱把、秀穹林者，而吾積之以成大。是皆取於物以成諸己，則其光霽之無邊，生意之惡可已，而范文正公所云名教之樂地在我矣，夫豈徒玩物以適情於一月林之清影而止哉？公亦渊産也，子其企而！」可與謝曰：「敢不敬早夜以從斯言。」遂書爲記以貽之。

雪崖説

廣東行中書省左右司員外郎王君克廣，自號雪崖。予使安南，道五羊，君請爲之説。予曰：美哉！君之爲號也。今夫淒然爲露，潤物而易晞；肅然爲霜，殺物而過嚴。惟夫雱然而爲雪，同雲一色，纖埃不生，皓月交輝，夜若晝明，蓋堪輿之一氣，無以加其至清也。於是時也，起視曠野，萬里一平。至於千崖競秀，嶄絶而崢嶸。其氣蕭爽，上通窈冥。天風颯至，飄粉飛瓊。若登仙人之瑶臺，玉京琪樹，森列而晶熒，然後盡天下之奇觀者矣。宜君以是而爲號，蓋雪取其清，崖取其高，誠世間之美名。此其靈臺虚白而朗徹，殆將無絲毫塵俗之意。其所企慕，與人人固相逕庭矣。昔之披鶴氅行雪中、訪故人於雪夜者，皆君家故事。清氣在堪輿者，王氏固專之矣。抑予聞轉寒而燠，生氣滃然，雪非露霜比也。廣東數千里大方面，由唐置節度使爲大府。今皇上肇立藩省，選治書周公參大政獨任之。君以材諝貳贊畫幕府中，託於君甚重也。蠻煙蜑雨，人且病暍，其望於君何如哉。君其洒胸中之古雪，舉巔崖之蒼生，洗滌炎瘴而生之，非徒專清高於一己而止也。以是惠其民，實以報吾君。公曰：敢不敏諸！

遂書以贈。

贊

德淵贊 德淵黄君，三山人也，山之樵人張以寧爲之贊。

致虚而極，積水而淵。季咸見鯢桓而驚走，河伯望海若而茫然，是曰玄之又玄矣。必也起蛟龍，出雲氣，雨八埏，使物不疵厲而屢豐年，夫然後謂之德全。君其問諸黄石之孫，三山之仙。

銘

遠齋銘 爲焦仲和攝守作。

勿爲一身之謀而慮周乎四海，勿爲百年之計而志垂乎千載，是之謂遠，德業可大。若迺身坐一室，心馳八荒，目窅冥而恍惚，神眩瞀而飛揚，以茲爲遠，騖於無何有之鄉。嗟乎，萬里之遙，起於足下。九萬扶摇，安所稅駕。我銘遠齋，君請擇於斯二者。

題申屠子迪毀曹操廟卷

使世皆申屠駉，則漢不蜀，魏不帝矣。管寧賤，孔明夭，駉生也後，天也。嗚呼悲夫！

書虛谷記後

其歲丙子，河中張君所中過予堂邑。班荊而飲，擊尊而歌，若有獲於予心者。曁來揚，日益親，今年予歸自泲，則君之墓既宿草矣。予泫然悲，會其子自牧號虛谷者求予言，予不覺喜故人之有子也。

老氏之書曰「致極虛」，曰「上德若谷」，言以虛受益也。進士夏太虛既爲記之矣。抑予有感於二者之云，於《易》所謂「地道變盈而流謙」之旨其合乎。君少年時擢憲史閩海道，世已聳其風裁。同升者皆顯庸焜赫，已獨死於命，不獲少見其毫末之奇以沒。予之悲之，庸非以其材羸而位詘者耶[一]。嗚呼！鬱於前必鬯於後，已不獲見，子孫必食其報。嗚呼！地道之流謙者，將不自牧在乎。

荀卿氏云「弟子勉學，天不忘也」，自牧其念之哉！予當爲故人子屢喜也。

[一]「羸」，《四庫》本作「羸」。

跋廣州守徐煥炳文堅白齋記後

在《易》乾爲天，爲金，爲玉。何也？乾也者，天之性情也。天下之至堅者金，至白者玉也。其堅其白者，其天也。堅而或磷焉、白而或緇焉者，以其人間其天也。人能全其性情之天者，學也。《易通》之言學，曰一也，無欲也。苟至焉，則明通而公，溥體用全矣。

廣太守三衢徐炳文氏，仕優益學者也。齋以「堅白」名，故予道其本於天者以相之，多其學者自孔氏也。

題宋寧宗爲狀元曾從龍改名遺翰其孫光溥所藏

以寧肅觀是卷：宋家禮士之隆，曾氏祖宗文學之盛，子孫嗣守之賢，皆可見。則知覩李衛公故物而擊惻者，不獨韋端符也。嗟乎，後裔尚永念之！

題盱江李復禮詩藁

予在維揚，見蔣師文所編復禮詩。至溫陵，見《南轅藁》。嘆其氣格老成，如仙人王方平，已不喜作狡獪矣。最後讀《桐華藁》，爲之拊掌大笑曰：麻姑過蔡經家，固不能擲米成舟乎？因題而歸之。

題湛源卷

佛氏之道，柳子所謂合主而靜者，一吾心之真源，湛然不動者也。一波之動，萬波隨之矣。明極上人以湛源號照藏主，而元極上人説之，不幾於推波助瀾乎？翠屏髮僧，請爲伊截斷衆流。意斯言亦多矣，強書於卷而歸之。

題慧上人照心卷

我觀於明月，照大瀛海水。天上有一月，海中亦復然。上下互相照，照見恒河沙。爾時何以故，海波不動故。若還一波動，萬波亦隨興。了不見月已，安能照一切。復有執着者，謂水月非真。物我種種生亦不能寂，照心法應作如是觀。比丘意云何，聽我説偈言。

題雷子於縣尹所藏山谷書杜詩後

古之賦詩者，類皆斷章取義，引詩亦然。予觀於傳記，而知詩之用也。寥寥古意，於黄太史是帖僅見之。嗟夫！

題牧牛圖

西域荼師禹出所藏畫卷，視之蓋古物也。嘉木之蔚然，豐草之茀然。其牟然長鳴返首而顧者，一牛也。其仡然却立曳牛鼻而迴之者，一牧童也。

師禹徵余書其首，則爲言曰：古者聖人之教人以乘馬服牛也，之二物者，非不隆然高、厖然大也。然馭者牧者絡之穿之，不過尋丈之繩而已。而二物者俛焉聽命於其首其鼻，東西南北惟人所使，是何也？制之之道誠得其要也，是豈聖人私意爲之哉。牛之不可以首而絡，猶馬之不可以鼻而穿也，聖人一順乎二者之天而已，初何容心哉！

理心理人之術亦然。是故凝冰焦火神明不測者心也，而自牧者持之以敬則存；怨寒咨暑從欲易動者人也，而牧人者範之以禮則治。然亦豈聖人之所容心哉，蓋亦順乎其天而已。嗚呼！由乎聖人之教者，將以牧人，必先自牧，詎可不明其要者乎？

師禹之先公嘗監福堂之古邑，持己以廉，而使民也惠，民至今頌之不忘。余，邑人也。玆游沈水而見師禹，其古人所謂愛甘棠，而況其子者乎？故因其徵言而推古人自牧以牧人之道以告師禹，其懋繼先烈哉！

雜記

昔歲予授徒明時里，承中書命校文汴梁省。諸生皆憂予南士不善騎。時同事賀方、許寅先期往三日矣。予至真定追及之。

歲丙申，忝助教，復校文遼陽。時未畢，丁巳同事者梁庸又先往。一生規予從騎，謂予不善騎，且踰漁陽嶺，奚霤故地，皆難行。予燭其情，不之許。亟追至大寧，又及之。

噫！世之不知予者，奚止於茲一細事而已哉？世之不知人者，又豈予而已哉？予爲世道憂也夫！

記

天長縣興修儒學記 代淮東僉憲楊惠子宣作。

淮安郡泗州之屬邑，曰天長。背淮腋湖，面大江而履平楚，彌數百里。自前代爲朔南交地[一]，事會助勸文教率未遑。我朝統四海而一家，興學設科，勵精爲治。至正紀元之六年，實河間郝侯偁宰是邑之明年，政孚聲著，廢舉滯興。顧瞻邑黌獨圮弗治，大懼無以稱上旨意，亟圖新之。會金陵孫尚忠主文學，力以是請擔任其勞。侯慨然謀之官，聯而合，迺捐己之餐錢以倡，蠲籍儒之力役以勸。衆志胥悅，景從響應，攄志陳力，鳩材庀工，化腐而堅，易撓而隆。禮殿儀門，論堂齋廬，東西之廡，丹碧黝堊，舉以其度。復建文昌之祠於廡之左。始九年夏，迄秋落成，爲工五百，緡以五千。先是，縣爲社三十有六。社有學，鞠爲蔬圃，具文相治。侯始擇民之童子可教者，立宮置師，弦誦相聞。又東鄉氓有某者，佃田一十二頃四畝有畸，碑壞籍去，奄爲己物，租入於學，僅三之一。強貪弱懾，

[一]「自」，《四庫》本作「有」。

久莫能正。侯躬率僚吏暨文學履畒畝，覈隱匿，出田爲頃者七，爲畝一十有九而羸[一]，遂籍於版，用垂永規。既事，分淛憲僉劉君遵道來請記。

予爲之言曰：士生三代時，畊有恒産，學有成規。考之德行道藝，不以佔畢詞章，而興賢有定制，隆古之治，於斯爲盛。後乎是而有志者，嚴廟祀，使儒知所尊。崇室廬，豐廩稍，使士有所居所養。日肆月稽，較其藝，拔其尤，使賢者有所階，而士法視古甚詳也。然而教失而學厖，文彌而實喪，材茲不逮，治亦隨之。君子觀於唐、宋氏，蓋有嗛云。今昭代慎選長民，以還古治。郝侯祗奉德意，以舉學政爾邑，起百有餘載因仍之舊，用心寔勞矣。矧其地去中州而近，水土厚以深，風氣質以愿，有受和受采之地矣。爾游爾歌，相規相誨，陶成於詩書，興起於禮樂，尚克副侯所望哉。於乎！教育之不具者，令之責也。自脩自養之不力者，士之過也。甄賢能，勵風化，茲非司風憲之職乎？矧予忝科目進，故不辭而記，既以勸理人，又以儆爲士者。

侯字子榮，官承務郎，先鈞州同知，以治稱。大父企，中大夫、異樣局總管。父克敬，亞中大夫河南府路總管，世有令名。

靜怡精舍記

靜怡精舍者，武林李叔成僑而讀書之室也。室在廣陵之闤闠，不隘以陋，不侈以華，疏櫺豁如，

[一]「羸」，《四庫》本作「贏」。

素壁淨如。叔成藏修而游息，吟諷而歗歌，怡然自樂其樂，不知戶之外輪相擊，蹄相齧，而茫乎野馬之吹人也。既扁以今名，而命晉安張以寧記之。

以寧知叔成者也，爲言曰：夫喧寂存乎人，非境之謂也。戚忻由乎我，匪物之謂也。叔成先從其先大夫復初公尹江陰，已能滌去紈綺，卜築川郭之南。圃有泉石松筠，室有經史子集。其忘年友澹齋劉侯題之曰「泉谷小隱」，而泉石王先生序之，江浙右轄韓公叔亨暨海内名士皆詩之。後居京師之思戊里，又能屣視軒裳，構草堂以燕處。雖夜風雪，必延朝士之知己飲酒賦詩不輟也。故淮西憲僉王公繼志題之曰「聽雪齋」，仍爲記焉，而禮部尚書王公師魯及朝行之舊故，亦皆詩焉。斯二者，皆靜怡之實者，今茲之於廣陵亦然。豈必效深山之木石而後以爲靜，待隴上之雲月而後以爲怡哉？子知其趣與境俱融，樂隨物而寓，非有得於問學者，曷足以臻茲。

叔成名繹，仲方按察先生之孫，可與大參張公之甥，今翰林學士承旨元朴公則其舅也。其家世問學，淵源蓋有自云。

泉石山房記

錢塘山水佳麗甲江左，其地爲勝國故都，民物繁夥，閭閻櫛比，置圃無所，而吳山屹立闤闠中，兼城市山林之秀，其佳麗又甲於錢塘。

士人郝思道即時築室焉。崇石於庭，釃泉及霤，白雲時來，皓月下侵，玩而樂之。仍效晉人枕石漱流之旨，顏其藏脩游息之居曰「泉石山房」，繪而詩之。介其友虎檢閱大舉請予文。予謂吳山固甲於錢塘，然而世多豢酣富貴、汗血聲利者，鮮克領其趣而顓其樂。惟尚志讀書，弗味世腴，寂寞以爲徒，澹泊之與娛，然後能有而樂之，與人人殊。予聞思道先世居莒之沂水，幼侍先大父御史南行臺、父正卿掾江淛行省，因僑於是而居焉。以鐘鼎之家，膏粱之習，顧能翛然於泉石之好，茲固世之所尤罕矣。

予家武夷三山之曲，縻禄京塵，寢負歸約，其愧思道何如也，遂以大舉之請爲記之。

石室山房記

石室山房者，晉人王伯純甫名其僑於揚之居也。石室者何？晉屬邑洪洞之鎮也。居揚而名晉者何？禮不忘其本也。

按志，晉於今爲平陽郡，石室山距郡三十里而近，邑治在焉。天黨之所蔓延，河汾之所盤繚，穹崇而茀鬱，氣欲壓關左，其狀蓋類嵩、少二室，故云。伯純之先，邑巨姓，家於其麓。自父始僑居於揚，將四十年矣。念揚信樂，然非予土也，迺築迺構，扁以今名。床有橫琴，架有古書。每坐於斯，奮懷故宇，心馳而神往，徘徊而戀嫪。煙朝霞夕，翠蒸藍滃，恍乎浮動几席杖屨間，不知身之越河山而旅於斯也。徵予記，示後俾弗忘。

嗟夫！古者於鄉不去也，有故而去，則哭於墓而行，重之也。蓋夫子父母魯也，而恒稱曰吾宋人。先世所本，豈遽忘之哉？後之世田弗井授，士無土着，縉紳左丘隴，東西南北，託處始弗常。唐韓公昌黎，燕人也，而家於鄧。宋杜祁公，越人也，而家於睢陽。吉之歐陽，眉之蘇，而於潁、於常，若此者皆是也。概以古之道，其有惻於其心者乎？故周元公之僑於南康也，南康無濂水也，公以舂陵之水姓其溪焉，則猶夫子意也。

伯純取以爲法，是豈不古歟？雖然，以予觀於伯純，材超卓，氣英邁，類古人之學，又甚文。計日當嶄然掇科第，懷章綬，過家上冢，擊鮮會族里，聲光燁燁然。晚歲名遂，幅巾西歸，指是山曰："吾先人所釣游尚無恙，如古人之不去其鄉，未可知也。記無庸亟作，可乎？伯純請益堅，則書以遺之。

山隱記

海陵石君玉名閏，居之室曰「山隱」，遂以自號，蓋繇字以起義也。其侄光霽從予游，因見其子子驥焉。其貌溫溫而習於禮也，其言恂恂而敏於學也，予嘉焉。子驥以山隱請爲記。

予歎曰：子之嚴君之居於斯也，取義於斯旨哉！今夫玉之藴於石而隱於山也，溷於燕璞，伍於楚珉，含章體素，泯然未顯，人豈知之哉？然而孚尹旁達，虹氣上昭，律律然，煜煜然，光澤乎崖崿，照燭乎林木。然後荆之善工始攘臂而睥睨焉，山乎烏得以隱之也。藴諸中也深，則夫發乎外也著，宜也。火之烈也，豈不赫然可怖哉？然其燄方赫然於其上，而其色已晻然於其內矣，固不待爲煙爲燼，而其氣已索然矣。是故以粹然至溫之玉，而畀之赫然至烈之火，蓋至於十日夜而不一變色焉。

於乎！的然而日亡，闇然而日章，君子小人之逕庭，詎不以是哉！予雖未識君，予知君之山乎隱，而山之終能隱乎君哉。君之子之侄之習禮之敏學翹然，一蜕去乎紛華麄厲之習。予固未識君，而識君之明於義方，不變於流俗也審矣。於乎！玉琢而成器也，人學而知道也，古之人言然也。予何時見君，相與索言之。遂以其請爲之記。

聯桂堂記

古者崇重其人，則必更名其居以表異之。康成之鄉曰「鄭公」，以其德。慈明之里曰「高陽」，以其才。王彦方之義，其鄉曰「君子」。張嘉貞之貴，其里曰「鳴珂」。自漢唐氏則然。今杭郡更名吾沙君子中所居之山曰「聯桂」，蓋猶古之意也乎。其名聯桂何？子中之二子善才、善慶同登至正辛卯進士第也。郡守嘉之，以子中所居之山舊名「螺螄」之弗稱也，故更之以今名。子中拜聖天子之寵光，樂賢侯之美意，而喜二子之克肖，遂以扁其所居之堂，因山名也。

夫唐人以登第爲擢桂，蓋自郄詵所謂「桂林一枝」始，矧二子之蟬聯於一舉者乎，噫，亦榮矣。抑予聞楚屈子之爲《騷》，以香草比君子，而桂與蘭爲首稱。豈不以桂爲嘉植，孤芳於衆頯之中，猶君子之特立獨行，其脩名姱節垂芳於千載，不與草木同盡者，有足尚也耶？昔我朝之始設科也，指意若曰「吾得一范文正公足矣」。夫范公所以垂千載者，匪他焉，亦曰「先天下之憂而憂，後天下之樂而樂」，古之君子用心焉耳矣。祖宗設科，固將以羅天下之豪傑，而天下名豪傑亦詎肯宿是途而他出哉！自始兵來，立功立節振起時運者，類多從是出，蓋吾進士之崇重於世也久矣。是故以之樹石題名於太學者，聖天子之勸於天下也。以之名所居之山者，守之所以勸於郡也。以之名所居之堂者，父之所以勸於其家也。

吾知予子中之意，必不志於榮一時而止也。噫！士之生世，榮顇盡於百年，而芳穢垂於終古。二子者，其尚勉其所以爲崇重之道哉！予於子中忝年弟，視二子猶子也。盡發子中名堂之意而記之，亦所以勸也。二子其尚勉之哉！他日予將屢書焉。若夫紀山川之奇勝，述室宇之幽邃，非名堂大義所繫，不書。

和樂亭記

鄞故待制吳公之諸孫昆弟三人，既分復合，同居共爨，扁其堂曰「存義」。立規約，請族叔父二人主之。設顯考像中堂，率男女序拜，而訓以孝弟，雍睦禮成。於是叔父析居五十年矣，喟然歎曰：吾侄行古之道，於吾心有戚戚焉。吾與侄雖有親疏，然吾祖視之一子孫也，亦願合而一之，以承先志也。再議而合，則敞元分之廳堂，達於中庭，告於祖，會食男女於中堂。闢東軒爲祠堂，合考叔祖考之神主其中。約以朔望，祭以四時，男會食堂東楹之「勤儉齋」。女會食堂西楹之「敬讓齋」。堂東軒以訓子孫，曰「耕誦齋」。西軒爲叔侄之居，云「全義齋」。祠堂後東楹爲「棠蕚軒」。東三十步，鑿池引泉，蒔竹藝木，築亭焉，以爲兄弟宗族燕會之所，顏曰「和樂」。伻來京師，請爲亭之記。

予嘉其處置纖悉具規約中，幾前代所謂今無古或聞者。古有同居不分，如張公藝者。有兄弟義讓，侄娣姒不敢爲不義，若楊播、柳開者。有少長有禮，出内有規，如崔孝芬、柳仲郢、李相昉者，未暇悉論。若公藝之書忍，君子猶以爲未盡天下事。強爲於一時者固易，樂爲於久遠者誠難。使其忍之忍之而又忍之忍之，蓄而不化，積之滋久，一旦將恐有決裂洩發之憂矣。吾讀《棠棣》之燕兄弟，先陳死喪、急難、裒隰、鬩牆之情，而六、七兩章迺備述儐籩豆、鼓瑟琵、飲酒好合之意。蓋以人之惻隱常發於危難交至之初，而嫌隙每生於親狎無虞之日。必也酒食以將其和，聲音以致其樂，則動盪交通，訢合無間，將不結而自固，斯其爲久遠之道乎。是詩也，非大聖人，孰能爲之？吾聞今吳氏有士章者，仕爲海道都漕運副萬戶，退而養恬於是亭也，黄冠野服而事田園，耽詩書以自娱，悅親戚之情話。果爾，則倡始而成終。吾望於士章拳拳也，遂記以勗之。

其族叔名元亮，能仁其兄弟。長，士圭，吳縣簿。次，士章也。季，天台尉瑛。

虛齋記

虛之爲義至宏也。天職乎覆，不虛無以冒萬象。地職乎載，不虛無以蓄萬形。海長乎百谷，不虛無以納萬流。萬竅之於風也，不虛則聲無以出。萬隙之於日月也，不虛則光無以入。萬品萬彙之始終終始於陰陽也，不虛則氣無以升降而消息。其用於人也，埏埴之於土，範模之於金，爐鞴之於火，舟之刳木而行於水，與夫宮室牖戶、車輿器用之屬，微而一鍼之於縷，妙而十二琯之爲六律、六吕，和五聲、協八音以動天地而感鬼神者，一不虚焉，其用不行矣。何也？凡有物必有内，有内必有虚也。豈惟物哉？穹壤者，太虚一大塊也。圓顱而方趾者，宇宙一稊米也，耳目口鼻，皆虚以爲用也。一息不用，其用盡廢。惟夫統乎兩間，宰乎萬有，斂之方寸，散之八紘，超然而獨神，巍然而獨存者，一廓然而中虚者也。

然而虚與實，豈二物哉？虚則明，明則靈，不能實者不能虚也。虚則受，受則益，不能虚者不能實也。《易·繫辭》曰「周流六虚」，語道之體，惟實故虚也。《咸》之象曰「以虚受人」，語學之方，惟虚故實也。昔者予嘗讀《易》，至於《中孚》，其卦二陰中虚，全體也，爲中孚；二陽中實，二體也，亦爲中孚。蓋始而懵焉，終而悟焉。程子深知《易》者，故曰「有主則虚」，又曰「有主則實」。程學周，朱學程，故《易通》曰「静虚動直」，《易贊》曰「理實而事虚，用有而體無」，此古之内聖外王之學，吾儒用以爲脩齊治平之具者。自夫玄學勝而道喪世也，於是語道學者，多諱言虚，慮其泥於言而弊也。噫！苟悟其意，言奚弊焉？

燕山傅君子通以治《易》第進士，儀朝行，著聲實也有年矣。今繇太常博士拜監察御史，以其學《易》之齋命曰「虚」者，徵予記。夫學須静也，齋者静學之所於也。子通知予者，予知子通學周、程、朱者也，知《易》者也，不泥於言者也，仕優而學將以脩齊治平大其用者也。予又病夫近之學者弊於言之泥而意之懵焉者衆也，故爲索言虚之爲義，而徵諸《易》。噫！無子通，無以發予之云云也乎。

存存齋記

萬物並生乎天地，囿於氣者澌而盡，麗於形者敝而壞，能存其存者蓋鮮也。大塊之在太虚也亦然。惟夫妙於動靜者，神而不物也。是以能物物而不物於物，則有巍然而獨存而大於萬物者矣。然而天地至鉅而無心，萬物至微而無覺，惟一也以能存其存而人焉。持吾之藐然而接彼之棼然者，可欲誘其前，可畏怵其後，可忻可厭，可怒可愕。糜來捷出，以乘吾之左右。於是逐物有遷，不克以存吾存，而人翻不物若矣。靈於物者，得不惕然而深省乎？靜而存以立吾之體，動而存以審吾之用。存之存之，存而又存之，至於無時而不存焉，夫是謂之存存。夫子之繫《易》曰：「成性存存，道義之門。」是存存者，吾性之固然，而非有待於強而存焉耳。一旦出而推吾所存者以任代天理物之寄，處紛綸盤錯之會，當撼摇震蕩之衝，理亂之幾，安危之際，毫釐千里，呼吸勢殊，而吾舉有以應之。彼之萬變者有窮，而吾之一定者無窮，舉不足以撓吾之存存。噫，斯自古在昔聖賢相傳開物成務之學蓋若此，斯豈昧道懵術、狹量膚識者能之哉！

滕郡李公孟豳奮進士，揚省臺，參大政，位獨坐，聲實煜然，蓋進於是，而仕優務學，滋勤不怠，讀《易》之齋，命之曰「存存」云。昔者竊聞之，三代相業之隆本於學，漢、唐既降，未之或見焉。今公不哆然於有譽於天下者，方欿然於有存於一己者。命齋之義，固本於《易繫》。意其言之重，警之至，抑亦有取於《詩》「敬之敬之」之義、《易》「其亡其亡」之戒者乎？真知聖賢之學哉！

自兵興來，廉恥道缺，墨縗莅事，習爲故常。公以滕國太夫人之薨，去位居廬，累詔固辭，廷議卒不能以奪。方將計日持終制，而以丞弼起公。兹固未足以多於公者，而扶倫紀，敦風俗，有裨於斯世斯文實甚大，亦足以見儒者之所存。君子以是必公之能保晚節而留不朽也已。矧辱年好，其尤望於公也深。

升齋記

河東皇甫希南，徵予記四明高士范君之升齋。希南卓犖少許可，予因知范君非庸衆人比。戲之曰：升齋游方之外者，方將控扶摇而上，出塵埃野馬之表，以升乎沈寥之天，而息乎鴻濛廣漠之野，身其寄也，而何有於齋？齋寄其寄也，而何庸於名？名强名也，而又奚以記爲？

暇日行南城，遇希南，邀予觀所謂升齋者。主人出與語，蓋韓康之流也。肅客人，酒三行，出家乘，迺知爲故勝國從臣子孫，世儒家子，寄跡老氏。乃爲言曰：在《易》木生地中，其卦曰《升》。人見木之升，而不知其所以升也。及静而察之，萬物之生乘氣機也，植物之生夜半之時也。平旦而時之露之上於其端者，纍纍若貫珠。予於是悟焉。陽升於子，物升於子，《易》之《復》，孟子之夜氣也。然而不降不升也，不翕不闢也。静以培之，虚以俟之，勿揠其長而滑其自然，《復》之「閉關」也。夜氣之養也，積而久之，無一時而非子，而非《復》也。《升》之象曰：「君子以順德，積小以高大。」非知道者，其孰能識之？君之竇謨少師稱邃於《易》，安得起九原與之言哉？

君聞之，若有悟，遂請書以記。

秋堂記

陳子讀書豫章西麓，有堂焉。俯臨深清，遙攬環翠。天雨新止，涼飈時來，坐而佔畢，間焉游息，蓋一塵不留，凜乎其秋之清也。陳子樂之，取韓子語而命之曰「秋堂」云。既而以事會之來也，起而馳騁乎中原，敭歷於潭、於汴、於浙也十年矣，迺以承制作郡於江東之鉛山，參謀於賈公之幕府。政和平而民悅豫，亦可樂矣。然而回矚故鄉之舊堂，屬時多故，雖企予以望之，而有邈若異域之隔者，迺悵然而歌之曰：「秋堂之渠渠，我夢歸兮讀我書。草萋萋兮如帶，令我思兮故廬。」再歌之曰：「秋堂之愔愔，我夢歸兮弦我琴。鶴躚躚兮以舞，令我思兮故林。」洎來輩轂，縉紳之士聞而釋之曰：「厚哉，陳子之志也。」

然予聞秋也者，揫斂之時也。堂也者，高明之所也。揫斂以察其蓄，高明以廓其施。以大參賈公之賢，而佐以吾子之才，滌彼煩歊，播之清風，拯彼泥塗，奠之堂宇。將見自東而西，舉大江數千里而澄清覆庇之，斯其爲秋堂也大矣。在《易》之《兌》，爲正秋也。「君子以朋友講習」，又曰「說以先民，民忘其勞」。子之前日讀書是堂也，意其講之素矣。前日之學，今日之用也。尚勉之哉！

陳子曰：「某之志也，敢不敬諸！」

陳子名良，字文謙。今延授行樞密院都事，尋改知鉛山州，從民欲也。

河圖精舍記

古之學者，靜必有以養其心，故居爲之齋。動必有以著諸目，故左爲之圖。《河圖》者，古之聖人則之以作《易》。故予友滿子光國之學《易》也，圖之於其齋居之精舍。既以名之，復請予記之。

予語之曰：近代居室之成，率記其某山水、何歲月、孰營建之事，而曰記，當然也。吾將爲子記其事耶？今子家於滕，齋於嶧山之陽，著書曰某曰某，不攻舉子業。兵興，以明韜鈐召，辭不就。起爲秋官主事員外郎，退而避地於東西南北，於京師僦屋以居，糴倉而食，未之有定處也，顧予奚以記？又曰：古者戶牖盤盂几杖之屬皆有銘，皆取其義以示警。齋之記，猶戶牖之銘也。吾將爲子記其義耶？則《河圖》之著在《易》《書》《魯論》，有其名，無其數。鄭玄謂有九篇，亡其書。自孔安國，劉向、歆，班固謂授於羲，魏關朗謂其數十，宋劉牧謂其數九，而考亭朱子是關非劉。證以《易大傳》，亦未的指其爲《圖》。故魏了翁戴九履一，其數員，疑邵子以九爲圖。謂朱震、張文饒精邵學者，朱引《列禦寇》，張引《乾鑿度》及《張衡傳》九宮數，疑九爲是。或又謂即《先天圖》，或又謂與《太極圖》合者是。或又謂九、十皆《河圖》，特有合散之異。或又謂《洪範》九疇取諸《圖》，其數九。其疇取持《書》，其數十。未之有定論也。予又奚以言？雖然，予於滿子無言不可也。夫數原於理，理備於心，心一焉而止矣。中乎天地者人也，中乎人身者心也，中乎《河圖》《洛書》者五也。數起乎中，萬事萬化生乎心。是故曰心太極也，曰《先天圖》心法也。遡而上諸《圖》亦然。蓋昔

《易》之未作，《圖》在天地，聖人之心也。聖人作《易》，特因《圖》而發耳。《圖》不出，《易》其不作乎？今子之學《易》，固將圖諸心，豈獨圖諸目。子能因朱子所云《圖》《書》相爲經緯者，以求羣聖人之心。苟得其心，俯仰之妙契，遠近之畢取，則萬象森吾前。《圖》無文也，無乎而非《圖》之文。八荒在吾闥，居靡定也，無乎而非居之廣。《圖》奚必乎滎之河。齊，奚必乎嶧之山也乎。噫，予言亦贅矣。雖然，子於《易》庶乎知進退者，世孰能舍子？子其將用世矣，名遂身退，然後歸而精舍，以既子盡性至命之事，必有授子以真《河圖》，如謝疊山先生之遇異人者。予亦志於斯，他日南歸過滕，相逢於林下，尚有徵於予言云。

滿子名尚賓。

苦學齋記

今中書參知政事臨川危先生之始遊於京師也，寓迎陽之里，名齋居之室曰「説學」，而學士揭文安公記之，時歲行至元之戊寅。今廿又五年矣，更以「苦學」爲之名，且命晉安張以寧爲之記。以寧竊聞諸《易》，「兑，説也，」其象曰：「君子以朋友講習。」「節，以議德行也」，其象曰：「苦節不可貞。」是故學由習故説，由説故樂，《魯論》首言焉。過時而學，則勤苦而難成。記禮者病之，豈不以説也者樂之漸也，苦也者樂之反也乎？先生持既成之學，出而仕盛治之朝，遇知於君相，致位於丞弼。舉四海一世之人物而陶鑄之，蓋有大於「有朋自遠方來」之樂，而無愧於教育英材之樂也久矣。始之命名，人固謂先生之已謙。今之易其名，人又謂先生之愈謙。然區區之見，竊獨以謂先生之謙固也，而先生非苟爲謙而已也。昔者吾夫子之稱顔子，曰「於吾言無所不説」，又曰「不改其樂」。夫既由説而樂矣，而揚子雲曰「顔苦孔之卓」，豈敢爲異説哉。蓋見其大則心泰，心泰則無不足，斯顔子之所以樂也。當「欲罷不能」之時，「既竭吾才」之際，亦既見之矣。愈企而愈不及焉，不用吾力不可也，用吾力滋不可，獨得而無苦於是乎。嗟乎！非直顔爲然也。古昔聖賢皇皇汲汲也，兢兢業業也，憂勤而惕厲，恐懼而修省也。造次顛沛，無一毫一息之敢縱逸也。何也？其見道愈大，用心愈小也。彼二氏非無見也，而張惶矜侈，曰「我靜我樂也」，「逍遥吾游也」，猖狂恣睢，卒無所底止，君子不學也。先生誠有見乎是，非苟爲自謙而强以自苦也。雖然，人見其苦，不知其樂。我見其樂，不知其苦。之二者，蓋有並行不相悖者，蓋有自得難以語諸人者。而先生顧命以寧爲之言，豈以區區之不敏，或可共學於萬一乎？夫三代輔相之賢本諸學，今先生仕優而益學，固儒者之所幸見而喜稱，而况學顔之學，希顔亦顔，蓋古聖賢所期於人人者，而以寧於先生也，庸以是言進。

噫！謂予爲言而諛夫人之執政者，於予求之知也，而謂知先生也乎？既復於先生，請以是記。

無間軒記

其歲至正庚寅，始識今翰林侍講學士徐君施畚於鄮守汪同年之寓館，予固得其爲人。嗣是不數數見，則聞君以編修徵，不起。去歲逆臣干紀，君又奮然倡大義，夷大難。當事無狐疑，成功不表暴。養恬詞館，與予爲同寅。予世罕甚知者，於語鮮所契，與君言，輒於心有莫逆然，於是又悉其爲人。蓋君爽邁而縝密，沈深而果決，予瞠若乎其後也。間語予以所居城南之勝：有軒焉，俯臨平野，迥然曠然，外與空際，無一嵚崎磊落之間乎吾前者，而吾心亦與之爲無間，子其爲我記之。

予辭，然非記其事不可。勉爲言曰：今夫道也者一也，無間也，有間則二矣。天地之不息，無間焉耳矣。日月容光也，而窒之，斯有所不照矣。源泉混混也，而壅之，斯有所不行矣。何居？彼固有間之者也。然而有間者人也，天地固未始有間也。聖賢之不已，亦無間焉耳矣。人也，豈不若天地與聖賢哉？然而卒於不若者，則亦有以間之者矣。譬之鏡也，而間之以微塵，則其明爲之不完。衡也，間之以輕重，則其平爲之徙失。是豈鏡與衡之固然哉？然則人人之學爲聖賢也，無他焉，亦去其有以間之者焉耳矣。去其間，斯無間矣。雖然，是求無間者也，而猶有一間者存焉。惡醉而有意於矜莊者動於醉，視恬然若無醉者，猶有間也。處富貴貧賤，而有心於忻厭者，動於富貴貧賤，視泰然若無預於富貴貧賤者，猶有間也。蓋傳《易·艮》之彖曰：「内欲不萌，外欲不接。」是内外之無間也。《定性書》曰：「與其是内非外，孰若内外之兩忘也，兩忘則澄然無事矣。無事則靜虚動直，故擴然而大公，物來而順應。」至哉！程伯子之言乎。

噫！自昔學聖賢者，非資豪傑者固不能，予觀施畚，蓋學而進於是乎。夫其樹立，其成就，蓋亦事至能應，而不以動諸其中者乎？審如是也，之其心固非有待於境也，而於是軒亦寄焉耳矣，而又記之也奚有？有聞而問予者，曰：子之言過高矣。予笑曰：予與施畚言，子姑去。

冰雪庵記

汝寧維山之北有山，曰大乘，浮屠師北山梓公之舊居也。師産廬陵，長學佛衡山之福巖寺，北渡長淮，愛兹山而築室焉。群峯環合，萬木陰翳，水流竹間，瀨濊有聲[一]，炎歊之月，陰寒薄人，因名庵曰「冰雪」，志其境之幽閒，且自表其清苦云。既避地來京師，仍舊號以扁所寓。承旨晉張公，監承撫黄公皆爲記其命名之旨備矣，而復請言於予。

予惟師之名庵，其有冰雪乎爾？蓋寓言也。其無冰雪乎爾？則亦惡乎無之？世之語道，自其無形者目爲虚，繇其有理者指爲實。惡知夫天地之間何莫而非虚，何莫而非實也。嘗觀於物矣，隕霜能殺物也，而雪不能以殺物。飲水能病人也，而冰不能以病人。之二物者，至陰之中至陽存焉。陰陽固一理也，舒而爲生，慘而爲殺，静而爲無，動而爲有。虚無虚也，實無實也，儒者窮是理也。佛氏謂理爲障，而豈外乎是理哉？寂而常感，陰亟陽也，感而常寂，陽亟陰也，雖不外乎陰陽，而不囿乎陰陽也。無生也，而未始無生也，寂滅也，而未始寂滅也，而世多以槁木死灰目之，亦豈深知彼者哉？溢乎兩間，無一物而無陽，無一息而無生也。木之槁，灰之死，則生之理息滅，始無陽而無陰耳。冰也，雪也，至陽之所存，生理之所存也，豈槁木死灰之倫哉？師名是庵之旨，其果出於此乎？如果出於此也，夫豈膠於境、癖於清苦者乎？

[一]「瀨濊」，《四庫》本作「瀧瀧」。

予觀師邃於禪，爲詩甚清，稱其庵名，且樂與儒者游，於予尤稔，故爲之極言窮理之妙以翼之。

蒼雪軒記

曩予宿凌江之驛，夢雪堂之仙人與予遊於清涼之所。於時秋暑方殷，烈如惔焚，稍小進，則碧鮮連雲，四無隙曛。雪焉蒼焉，非黄非白，非絳非黑，繽繽奕奕，紛紜蕭索，飛揚委積，疏欞洞闢，潑衣霑席，翠光欲滴。以爲雪耶，陽曦炎赫，雪於奚得？謂非雪耶，髮毛洒淅，弗寒而慄。俄而見有翛翛然若衣王恭之氅，躡東郭之履，飄飄然詩思穿天，心透月脅，與雪而俱清者。仙人顧予而笑曰：是蒼雪主人卯金之子也。子不聞堪輿有至清之氣乎？竹之清與雪宜，詩人之清與雪所宜。然而是雪也，非雪之雪也。雪之爲雪，見晛則滅。非雪之雪，石爍金流而不能爇。昔予過嶺詩，高僧之竹軒曰蒼雪。今以其是名軒也，庶知慕予者。予觀於《易》，《震》爲蒼筤，故其色蒼。與雪俱化，故其氣涼。子其志之。

予既寤，不知其何祥。尋道於邕，通守劉君可與善爲詩，其種竹之軒曰「蒼雪」，請予記，恍若神遊所覩者，始悟予曩之爲正夢也。爲道仙人之語，且勗之曰：夫天以堪輿清炁賦於人，非欲其獨清於一己而止也。皇上以千里重任分而屬諸子於雄、於邕，今於梧，不踰年而三命，德至渥也。子其舉炎陬瘴徼病暍瀕死之遺氓，內之清涼之所，然後洒子之軒之蒼雪洗濯而蘇醒之。則子之爲軒，洞然我闥，不既大矣乎？夫豈一竹一雪之云乎！君韙予言，則書以爲記。

訥庵記

予奉旨使安南，道廣東，行省從事觀子毅以選爲輔行。君世代比簪纓家，才通敏而志明鋭，於事咄嗟皆辦集，於左右周旋皆中節，於史氏書纚纚如貫珠。時出爲詩，清安而有體，間請於予：有讀書之室名以「訥庵」，前左丞番昜周君伯溫爲篆其額，願申其義以自警。

予嘉其仕而不廢於學也，爲之言曰：子之名庵，由字而起義，蓋取諸《魯語》。夫子之所謂「訥」者，言人之賦質近仁者耳。子朱子釋之曰：「訥，遲鈍也。」異時又曰：「君子欲訥於言，此則爲學者言。」子思子於《中庸》曰「言顧行」，曰「有餘不敢盡」，正以釋「訥於言」之義也。今大訥於言者，異乎人之易其言者也。利口捷給，佞如湧泉，固非訥也。結舌緘默，噤如寒蟬，亦非訥也。惟夫致謹於言，如手挈瓶弗輕於瀉，如持強弩弗輕於發。若是則不言則已，言乎當理而寡尤矣。世之學者，常患恃美質而怠於學。誦聖賢之言，常患於得其言而弗悟其所以言。嗟夫！吉凶之樞機係乎言，賢愚軌轍由乎學。

方今用材一洗前代循資之弊，子毅之顯於時無疑也。仕而優益學，予尚爲子勉之。予耄矣，欲訥於言未能也，奚以爲子言？昔者子程子四箴之一，發明聖師告顏子「非禮勿言」之旨詳且切矣，予申爲誦之。

曲密之房記

京師之崇真宫毛真人叔達，與予好也，爲其弟子長樂林真士請記其曲密之房。予堅辭，請不置，則問其制何居，曰：房在龍虎山上清宫洞玄院中。院造於其祖耕隱鎦公，而房尤號雄偉。前當雷壇，林木翳如，上清常禱雨焉。後直靖通觀、鶴歸亭，則三十代天師常煉丹焉。瓊林臺峙其左，外史薛玄卿所築。象山巋其右，則林先生讀書之所也，其境又絶幽邃。問其名何以，曰：真士幼潁悟，嗜詩好琴而攻畫，學士虞公，第其山水慕董元、巨然，墨龍方董羽，而扁其畫室以是名，人罔測也。

予讀道經，見有所謂曲密之房，蓋道家所謂天尊雷祖領諸真宰所游者。虞公以是名之，顧予記之何敢也，請以儒者之旨言焉。曲密之名，意者其猶韓子所謂「繚而曲，窈而深」之義乎？大抵古之妙於畫者，多得幽閒寂寞之中，而超於筆蹊墨逕之外。故有閉戶不出者，有解衣盤礴而羸者[一]。夫其居幽，則其心静，心静則其神全，神全則其趣悟。真士之迹，蓋進於道矣。虞公之命意，或出於此乎？

叔達又爲予言，真士多居山中先天觀，或乘月登天風雲外，凌仙人岡，歷塵聖湖，並陟琵琶諸峯，若將遺一世而覽塵外者。出而觀錢塘潮，探會稽禹穴，攬山川英華。予同其鄉，固未識，而必其

[一]「羸」，《四庫》本作「臝」。

有悟若予言也夫。

真士名庭揮，字汝玉。天師命主福之紫極宮，兼怡山冲虛觀，未就。以大宗師命，今住長樂東華宮佑聖觀。真士者，參政危先生構之也。其先世有諱運者，南唐兵部尚書淮南節度使云。

知愚齋記

真定張君士進，來長邕幕之半載，府以治稱。予使安南，道是郡。君進見，以其講學之齋居名「知愚」者請予記之。

予曰：嘻，子豈愚者哉？古者以愚稱者，柴之愚，質之偏也；甯之愚，智自全也；顔之愚，幾乎聖之賢也。是三者，非真愚也。《語》曰「今之愚者詐」，《中庸》曰「愚而好自用」，彼惟不知其爲愚也，故欺於人而爲詐，狹於己而自用，斯其爲真愚也。苟知愚焉，斯不愚矣。大抵世之仕者，每病於用智而自私，好名而已甚。是故察見鳶魚，古人所忌，黑白太明，識者憂之。聰明絶人，守之以愚，斯君子之道也。

今子之贊畫於茲也，舉十九年流離殘苦之遺氓，飫饑而燠寒之數千里，魁結文身之擴俗[一]，皆馴援而帖伏。百萬兵需，咄嗟亟辦。此非達而果於從政者，不能也。子其果愚乎，其不愚乎？今子自名以知愚，予何以處子？識時而通務，非柴之愚也。逢時而嚮用，非甯之愚也。非徒知之，亦允

[一]「魁结」，应作「魋结」。「擴」，《四庫》本作「獷」。

蹈之，仕優而學，子其志顏子之如愚乎。《語》云「用之則行，實而若虛」，子非顏焉攸學乎。諺有護予許人之已汰者，則其語之曰：儒先不云乎，顏何人哉，希之則是。君謝曰：敢不勉諸！

遂書以爲記。

古田縣臨水順懿廟記

古田東去邑卅里，其地曰臨川，廟曰順懿。其神姓陳氏，肇基於唐，賜勑額於宋，封順懿夫人。英靈著於八閩，施及於朔南，事始末具宋知縣洪天錫所樹碑。皇元既有版圖，仍在祀典。元統初元，浙東宣慰使都元帥李允中寔來謁廟，瞻顧咨嗟，命廣其規，未克就緒。迺至正七年，邑人陳遂嘗掾大府，慨念厥初狀神事跡，申請加封。廉訪使者親覆其實，江浙省臣繼允所請。上之中書省，衆心顒顒，翹俟嘉命。會遂以光澤典史需次於家，於是致力廟宮，祇迓殊渥，帥諸同志請於監邑承務公觀。由典史魏某、薛某上下翕合，抽俸倡先。雄資鉅產，聞義悅從，禬禳祈禱，遠邇來者懽忻樂施。遂斥金楮，鳩工徒，新作香亭外內者二，六神祠、生成宮各一。重脩儀門、前殿、後寢、梳妝之樓、下馬飲福之亭。像設繪飾、丹漆杇塓之工，咸極精緻。前甃石垣以翼龍首，後浚水渠以殺潦勢。又辟生祠，以報承務公之德。經始於丁亥秋，迄戊子春落成。壯麗輝煥，怵心駭目，邑之耆老敬祭聳觀，以爲有廟以來未覩斯盛。殆山川炳靈，明神垂鑒，待人與時勃然奮興者也。請爲記之。

以寧惟吾閩之有神，光耀寓內。若莆之順濟，漕海之人恃以爲命，有功於國家甚大，綸音薦降，褒崇備至。今順懿夫人禦災捍患，應若影響，於民生有德豈淺淺哉？廷議必有處矣。遂也能出心力，因時建績，民不勞勩，亦可謂難已。

遂記其事，且繫以詩曰：瞻彼臨川，新宮峨峨。六珈象服，如山如河。維帝好生，神能大之。維民敬祀，遐不愛之。峨峨新宮，於彼臨川。維子赴母，人心同然。秔稻滿家，既多牲酒。神人具驩，疵癘罔有。不殈不殰，民生振振。何千萬祀，事我神明。

古田縣增廣城隍廟記

郡邑皆有城隍祠，由唐始。古田祀順寧正應靈顯劉侯，報本也。吾閩自無諸扶翼漢室，民爲冠帶。迄唐開元，獨斯邑未造。劉侯蓽路山林，迺疆迺畝，挈而歸諸職方氏。風氣日開，富庶以教，公卿輩出，科第蟬聯。諉曰觀察常公之澤、屯田李公之化致。然水木原本，繄吾侯之力也。在禮，有功烈於民，能禦大菑捍大患者，歿則祀之。侯之功之烈，光昭圖諜。視古之祀法奚其愧夫，豈他郡邑可比歟？祠在邑西麓，嘉定加前號，提封百里，寔與長民者共理之。翌庇生人，除其邪祲，雨暘祈禬，有應如響。革命初，邑罹多故，靈跡益顯。邑之吏民念無以報侯惠，迺大德八年甲辰，肇謀即侯之祠增廣基地。拓前墉以致其敞，鑿月池以儲其秀，伉儀門以偉其觀，立協殿以明糾察。屋二，以奉檀施之祀。亭一，以爲飲胙之所。圮棟腐瓦，咸易其舊。至順中，復得邑尹趙公孟籲、丞胡公薛徹二宰，咸孚誠意，贊導創堂一所，位曹司之官，以昭其崇嚴。像設具新，黝堊交換，訖功於至元丙子。

於是高明完麗，稱侯之功烈與吏民尊祀之意。募財買地成是役者，邑人陳天益、何公益、高天益、程原福，請以寧記之。

以寧策名一第，寔侯陰相之。自顧凡陋，曷足以歆神休而迪民志哉！抑嘗聞天地之間，萬古不敝，惟一正焉耳。神人一理也，幽顯無間也。心不欺，所以祀神也。善必積，所以求福也。侯之嘉惠是邦，豈有既哉？拜侯之祠者，式訛爾心，毋諂毋瀆，尚毋爲神之羞。是爲記。

臨江府管繕記

臨江郡當東西二廣之要衝，衷吉、袁、筠，孔道自出，地劇而務煩。比仍兵燹，鞠爲荒墟。既歸職方，簡在淵衷，慎選良牧，於是建昌守雲州劉公子貞繇治最陞知是府。

公既視篆，任勞徠撫安爲己責，廉公幹敏，視官猶家。迺薙草萊，除瓦礫。顧惟府治燬靡一存，鳩工創建，朝夕督勵，絲毫不擾，民用讙趨。經始於丙午歲某月，落成於丁未某月。三皇先聖，治教所先，廟舊頹圮，奐然一新。社稷之壇，郵傳之館，以次並作，繕營津梁，平治道路。三載政成，百廢俱舉。於時同知張士俊、通判魏某、經歷徐某、知事李某協心均慮，克相於成。今將更而入覲也，吏民感悅，偕留不獲。眷懷德惠，將勒諸穹碑，令甲不可。

若泯而不書，則來者曷勸？迺守禦官濠梁夏以松爰因衆欲，懇請余文。適使日南，道聞輿誦，喜治世得人，而生民奚幸也。筆簡牘，俾後有徵焉。

公名貞，發身胄監，所至有治聲。

廣州衛旗纛廟記

皇帝奉天承運，迺大正四方，命征南將軍中書平章政事廖公戡定百粵。今江西參政何真，以廣東列城來歸。洪武紀元之四月，公總率大軍建牙於廣。是月平三山賊，七月平山南、龍潭諸寨，十一月開廣東衛，嶺表咸靖。

越明年三月，有旨大都督府即所治後立旗纛廟，有旗有幟，悉庋於中，歲春驚蟄、秋霜降，祀以太牢。天下守鎮官於總衛各立廟，視京師典禮如之。於是同知廣東衛指揮使司事胡通、指揮副使張仁傑，協心恭命，度材庀工。是月，行中書省肇立於廣東。四月，平章公將入覲，於是參知政事周公某寔來。以督以勸，逌底奏功，面勢端嚴，構締堅壯，涓吉落成。

遂告於衆曰：粵昔雲氣爲旗，創自軒后。茸頭建纛，昉於嬴秦。繇漢迨今，用主帥律，訓齋顔行，摧堅破鋭，有神是司。方當華夏寧壹之日，益儲戎備，以禁[一]不虞。蓋取諸《易》，聖謨宏遠矣。凡我攸司，仰祇睿筭，嗣守敬共，時祀蠲潔。俾神顧享，祛災發祥，永靖炎徼，庸固我國家丕丕基於億世，兹惟懋哉。

是役也，左右司郎中顧文昱、員外郎王某、都事朱傑贊劃。其省副使范某自潭移戍，與有庸焉，

[一]《四庫》本作『戒』。

衛知事劉時和督其事，而親其役者衛鎮撫張祜也。皆宜書。

墓誌銘

學海陳君墓誌銘

鄉貢進士前杭郡掌教東陽胡瑜手狀踵門拜請曰：瑜先外舅陳府君，長吳學道書院，蚤退休，迄終於家，蓋慕漢邴曼容、宋蘇相國訓子孫，守家法，傳家學，恬進士者。惟先太常公婿於陳，府君寔先宜人再從弟。瑜，陳出也，忝甥館，又世親，若潘楊氏，古稱草木吾臭味也。先生好我先君，願施及陳氏，惠賜之銘，庶存歿有耀焉。

辭不克，謹按狀序而銘諸。序曰：君諱憬，字希賢，世居婺陽東之長塘。曾祖某，祖某，考嘉，號可山，世濟其學，稱鄉善人。可山公教於嚴，君生而夙慧，讀書一再過，輒成誦。入趍庭，外就傅，穎然出常兒表。既熟《語》《孟》《六經》，則慨然有求道志。未幾，以弱冠繼主家政。不茹吐，能樹立，凡俗尚衣服輿馬，舉不以屑意，用能拓先業而大之。婿同縣蔣氏家，蔣故多貲，君亦介然不爲動。去家三十里而近，歲時月朔，必歸省母唯謹。蔣翁老未有嗣，君爲持門戶，翁喜之，書券分田宅三之一以遺君。君毅不取，祇受先所與奩田二頃。邑士多之。年三十，用薦爲平江學道書院山長。時文科未興，故翰林侍講學士鄧文肅公文原在儒臺村，君故也。延祐丁巳春始上，教養有法，吳學者稱焉。數月丁内艱，尋喪内助，還舊居，慨然曰：古者仕以爲養，今祿不逮吾親，復未能從政，以致君澤民。幸有弊廬、薄田、舊書以自樂，足矣。而奚屑屑往來爲？因家居不復仕，以未疾卒於至正乙未十二月十四日。君生元癸未正月朔旦，至是年七十又三。後二年丁酉三月壬申，葬所居後山之原。惟君門地儒雅，異閭[一]左委巷者。才敏志剛，直氣不屈，而惇信急義，周窮恤患於宗族，尤篤天稟。儉素寡慾，薄奉而輕貲重禮，爲酒食治具，接賓客朋友甚腆。性復倜儻，善論談，來者見如舊識。於瑜之考太常君同志業，既親且友。早情好最篤，中契闊，深相知。晚而太常致其事，君居間數相過從，命酒賦詩，至累日綢繆不忍別。同里樓隱君道山，學博行方，少則友善，晚歲延之家，日夜語相切磨，益就恬淡平實。樓卒無嗣，祠之别室，命子孫歲祀之，君子有以識君之所存矣。生平喜爲詩文，多無留藁，沒後其子輯放失，得若干篇，爲二卷，曰《學海遺藁》。學海，其齋名也，蓋君慕靜存動察之學，將由博以至約。又旁求所謂出世間法者，别號了心居士。配蔣氏，以婦則稱，先三十六年卒，今葬其墓次。男子子二人，宗孟、宗可。女子子三人，長適許恂，次瑜也，次胡爲霖。孫男六，女孫三，曾孫男三。於乎！曩者宋社既屋，江左大家巨室率與之俱替，而長塘陳氏獨巋然。比年兵禍盈海内，縉紳顛踣不可勝數，獨君與太常君同享壽康，繼沒一年中，考終承平日，一不聞金革聲，天固匪私於君也，《易》之云「積善餘慶」，豈虚語哉！狀又稱君材德，不爲世用，天將大其後。

[一]『閭』，《四庫》本作『間』。

宗可有文，能繼志不墜，必其有徵也。予謂其信然乎。

銘曰：逝者沄沄，不往者存。孰培其根，枝廢弗蕃。吁嗟陳君，惟善之敦。我銘斯文，以俟其後昆。

徐母真氏墓誌銘

故宋參知政事西山先生浦城真文忠公七世孫，諱妙靜，妻同邑徐氏，諱時懋，字宗勉，宋都官郎中盤隱先生，其六世祖也。文忠私淑朱氏，學者稱朱真，亞文公。盤隱交朱氏厚，文公欵其居，書「讀書閣」顔其堂，遣子從學。東萊書稱過臨江必見諸徐君，是已。二氏家聲雅相埒，而父宜子、母張氏嘗曰：吾女姿淑，溫習勤儉，閑詩禮，必予令子，且當吾門者。以是歸於徐，時方廿歲。

奉舅姑甘旨備其養，相夫子齋祀致其敬。年三十三，遂喪所天，稱未亡人，誓無負死者。禮賢師，訓子孫，蘄不忝其先。睦族姓，小大無所失；周隣黨，緩急無所悋。節義昭著，人無間言。卒於至正壬寅三月某日，距至大辛亥十一月某日，得年四十有四。卜某年某月某日，葬邑清湖里松原山之左。男子子二，孔錫、孔文。女子子一，適王氏。孫男一，閏孫。孔文從事閩省，走京師，拜泣乞銘。予悼故文獻家率墜先訓，矧丁斯時，能奮焉自植以無媿赧者，蓋甚鮮矣。孰有爲父而節，爲母而賢，後二先生而表表若者乎？在令甲宜旌以勸，予太史，可無銘乎？

銘曰：真氏之孫，徐氏之婦。爲賢婦，爲賢母，稱其鄉儒先生之後。予銘若人，曰諛則否。

（以上明成化十六年刻本《翠屏集》卷四）

附錄

輯佚

賦段節婦

莫磨青銅鏡，莫理冰絲絃。黄鵠不重行，女貞難再妍。嗟嗟未亡人，寂寂長自憐。百死何足惜？但惜負所天。嫁時舊巾櫛，不忍棄且捐。所天諒有知，攜之見黄泉。

春暉堂詩

上天生萬彙，何物能報之？所以古孝子，感兹蓼莪詩。况母紅芳年，手提黄口兒。獨於霜雪際，迴此陽春熙。昔爲斷蓬根，今如芳蘭枝。母恩雖莫報，子職當何爲？願將一寸草，化作傾陽葵。上以承君寵，下以報母慈。

（以上二首據清·錢謙益《列朝詩集》甲十三補）

七言古詩一首

姚江分在浙江東，遠接大壑雲溟濛。晨潮暮汐所衝激，黿鼉窟宅蛟龍宮。長隄屹立何崇崇，蜿蜒萬丈橫青空。天吳海若避退舍，鞭石無迺勞神工！是州判官葉上舍，力排浮議成奇功。三年畚鍤先黔首，千里歌頌喧黄童。秖今廣斥變沃壤，村墟野市遙相通。風翻隴畝舞緑漲，日暎水木涵青蔥。酒鑪連屋出青旆，雞犬識路如新豐。君不見錢塘海隄古希有，射潮強弩稱英雄。泰州海隄不易作，前代僅數高平公。紛紛傳舍視官事，勤民憂國誰爲忠？葉君已去甘棠在，有子栢府陪乘驄。浮名百世會有盡，遠業千載傳無窮。鯨鯢奔騰海水立，安得砥柱當其中？嗚呼九原不復作，長歌激烈來悲風。

（據明・葉翼《餘姚海隄集》卷三補）

《述善集》所收張以寧詩文

五言長詩一首

澶淵古帝丘，屬縣名濮陽。有鄉曰孝義，土沃民阜康。惟夏唐兀氏，聿來裹餱糧。卜居龜食兆，鳩族蜂分房。大堤古龍祠，樹木鬱青蒼。昔時里中社，水旱此祈禳。歲深俗滋弊，崇飲禮意荒。番番忠顯君，訓子明義方。豈獨秀蘭桂，所重梓與桑。懇懇定私約，申申告於鄉。約言月必會，不奪農時忙。祀必潔冠服，毋或敢弗莊。晏必序長幼，毋或敢亂行。過相規以寡，德相勸以藏。禮俗相交際，患難相扶將。善惡書諸籍，勸戒俱有章。面數情則親，物薄意彌長。牲幣毋已瀆，不敬神必殃。酒肴毋已侈，不節財必傷。鳩杖行矍鑠，銀符佩熒煌。坐使仝里門，化爲古心腸。我讀起歎息，念昔增慨慷。井田制久壞，鄉飲禮亦亡。周親有斗室，同氣多鬩牆。況迺非骨肉，安能不參商。所以吕藍田，於焉著其詳。既往邈難逮，方來殊可望。朝鮮化禮讓，晉鄙薰善良。斯道久寂寞，伊人紹馨芳。手持囊中膠，救此奔流黄。安得君輩百，淳風返陶唐。神明祐作善，子姓其必昌。矢詩勖厥後，善繼思勿忘。

晉安張以寧。

賦一首

侯賀蘭之名裔兮，宅檀淵之隩區；族浸蕃而孔碩兮，襲祖禰之慶餘。既齒虎闈之胄子兮，又長兔罝之武夫；超辭榮以隱處兮，慨然念夫厥初。曩貽謀之是思兮，追往哲之宏模；謂嵩陽白鹿之經始兮，舉昔幽貞之所廬。矧予弈葉之清白兮，吾誰賴曰詩書；恢精舍之遺制兮，割土田之上腴。聚購書以淑士兮，馳騁幣以招儒。崇以閟宮之翼翼兮，承以廈屋之渠渠；考既勤於作屋兮，亶肯構之在予。徵吉占於日者兮，協僉議於友於；辟斯堂之宏敞兮，實講習之所。羣青衿之濟濟兮，儼緗帙以舒舒；論中聲於雅頌兮，諏古義於典謨。粵昔孔門之多賢兮，續三千其有徒；曾屣履而歌商兮，顔簞瓢其宴如。維茲萬物之源兮，匪豐嗇於賢愚；儻羣迷而獨覺兮，噫中情其紆鬱。遵明訓於潛聖兮，佩格言於子輿；來遠朋而育英材兮，庶余心其樂胥。怡遠觀於川水兮，暢高詠於風雩；嘉薄采於芹茆兮，欣妙契於淵魚。始心和而氣平兮，遂志泰而神愉。諒宜宮商而諧律呂兮，夫豈斯樂之能逾。世浮誇之是耽兮，日般遊以康娱；曾快意其幾何兮，只自昧夫遠圖。歌舞化而爲鳴蛩兮，華屋忽其荒墟；緊名教之有地兮，永世守而弗渝。蒴帶草於中庭兮，植香芸於前除；冀沐后皇之雨露兮，登芳馨而薦諸。亂曰：躚躚胥學登斯堂兮，以游有歌；講唐虞兮，樂只斯文。邦家之光兮，嗟後之人。繼序思不忘兮，晉安張以寧爲唐兀象賢賦。

至正庚子春二月吉旦書於成均之崇術堂。

濮陽縣孝義重建書院疏

書院重建於唐兀氏敦武公，三世始完。近兵燹，一朝遂廢，茲其孫崇喜象賢，迺心繼述，重經營，未免苦於獨力，端望好義之士樂相其成者。

右伏以維茲濮陽，當河朔一名都之會；視昔嶽麓，有宋初四書院之規。自敦武公三世之經營，實唐兀氏百年之積累。貽後裔爲讀書之地，荷中潮錫「崇義」之名。泮渙爾遊，方泳薄采藻芹之樂；亂離斯瘼，遽興鞠爲草莽之悲。雖賁而固有剝然，往者無不復之理。茲欲繼昔時而重建，其如在今日以大難。惟其丹雘之塗，幸厥考肯堂之有子；相彼緇黄之盛，豈吾儒同道之無人。倘好義以成人之美而爲心，庶斯文有不日而興之可望。巍巍宮廟聞金石，濟濟衣冠闡禮樂。詩書之教，迺所愿也。尚其圖之。謹疏。

至正二十三年十一月 日，翰林待制奉直大夫兼國史編修官晉安張以寧疏。

崇義書院記

至正十三年夏四月，前國子生唐兀氏崇喜，新作廟學於開州濮陽縣所居之鄄城鄉，既成。十六年秋，獻粟爲石五百，藁爲束萬，予縣官，佐軍興用。粵十又八年之夏四月，中書禮部符下大名路，賜「崇義書院」名，旌義士，勸齊民也。

初，崇喜之祖贈敦武府君，名在五符，從其父谿河西下江左，還僑於澶，即今開州之濮陽也。生聚教訓，既殖以蕃子姓，僮奴食者萬指，恩貽孫謀，用永勵世，迺至治癸亥，市屋爲塾於居室之西北陬，南北爲楹者九，東西廣亦如之。至泰定間，考忠顯府君議廣前規，爰作義學，東西爲楹，如敦武所市之數。中建講堂，楹三檁七，以爲講讀之所。先甃井於其西，它未奏功，賫志以終。君既仕，奮然曰：「幸得生聖明時，庶富而教，以克荷國寵榮，繄祖考遺德是賴，其曷爲報稱？」遂禀於母恭人孫氏，諮於季父敦武伯諸昆弟，捐金出粟，購材命工，首成堂三間，顏以「亦樂」，故贈禮部尚書潘公迪名且記也。尋買地三畝，創禮殿，扁以「大成」，藩王文濟書以賜也。

殿崇爲階四尺有五，柱杖有一，其修爲梁二丈有二，廣爲丈有三，面勢宏敞，締構堅致，丹碧黝堊，煥麗輝炳，既而靈星、周廡、齋館、庖湢，次第畢備。買田四頃五十畝有畸，定著於籍，延聘儒師，訓迪學子，凡醴齊、膳飲、幣帛、脯修之須，胥此焉出。惟官未錫名，無以列諸學院，大懽弗稱。及是縣上其事於州若郡，郡請於朝。集賢院議曰：「是義人也。宜旌之如郡，請達於春官。」聞於宰相，宰相曰：「俞。」故獲是命。余聞之，志曰：善作者不必善成。是舉也，起敦武，歷三世，用巨萬，始克成於君，豈易易也已？夫其興學以光先猷，不忘其本，孝也；輸家以助國費，不志於祿，忠也。維忠與孝，天下大義。用兵九載，凡建功立節，明兹義以扶人極，於今類皆學孔氏者，縣官嘉惠斯文，以寵賚於唐兀氏，豈直若漢代尊顯卜式，風厲百姓而止哉？

於乎，其所興者，大矣。肇自今兹，遊於斯者，處而治己，出而治身，孳孳乎善利之間，斷斷乎捨生取義之際，使人稱曰：「是。」誠學忠孝者，於「崇義」名，庶其無忝乎？且昔之書院，爲古學也，記以勸寔甚宜。君子象賢，繇上舍擢侍衛百夫長。辭不仕。季父鎮化臺，兄换住，弟帖睦塔哈出、拜住，母弟卜蘭臺，子理安，協志贊謀，皆賢可紀。繫以詩曰：

恒恒敦武，於維厥祖。自河之右，於澶胥宇。其艱其勤，既阜既殷。世其詩書，遺子若孫。迺齒冑闔，迺長禁旅。迺辭印組，式宴以處。維鄉有校，祖也叔營。薦更迺世，未潰於成。我忱念哉，我謀我度。我樸我斫，新廟我作。有孫繩繩，有徒丞丞。我食我教，先志是承。興言爲國，如漢臣式。崇義之名，春官斯錫。其崇伊何，爲龍爲光。子孫其昌，祖考之慶。其義伊何，爲忠爲孝。祖考之教，子孫是孝。天經地紀，昭兹永存。撰辭刻石，以昜後昆。

晉安張以寧撰。

知止齋後記

「嘉禾堂」主者李彥輝，稱唐兀氏象賢及其弟敬賢之孝友，皆可傳也。又言敬賢早擢百夫長，既遵父命，追封祖父母，遂養母，不求仕進，獨謀於兄，捐貲數萬緡，大建孔子廟堂，置田延師，將淑其家，而薰其里焉。又言其齋居，名以「知止」，請予爲記。不獲辭，迺曰：「古之言『知止』者，有二老氏，言『知止』者，不殆昔漢疏廣受行之以名於百載。」

孔子曰：「知止而後有定」，「於止，知其所止」者。昔曾子述之，以教於萬世。二者義不同焉。夫勇退於急流，而無窮途覆轍之憂者，一行之卓也。徐進於識路而無冥行，擲填之患者，《大學》之先也。信如子言，則敬賢之於行卓矣。猶且不忘於學焉。予知其必不繇於老氏之義以自居，蓋將繇吾聖人之義以自勗也夫。彥輝曰：「然。」

今敬賢允能不以老氏者自居，而以吾聖人者自勗也。則將於親焉，而益致其孝，知爲子之止也；於兄焉，而益盡其友，知爲弟之止也。今日之不求仕進，他日之不苟祿也。今日之建學延師，他日之興學教民也。又可知乎爲臣之止也。行以立之，學以成之，聲名之出，爵祿之入也，不日矣。繇乎！止其所之義，予知敬賢之能知其止也。繇乎！時止時行之義，予知敬賢之安能遂其止也乎。雖然，靜而止，以養其知；動而止，以行其知。止其欲，以澄其滓；止其言，以密其幾，未至而止焉，畫也。我則進之，已至而不止焉，迂矣。我則安之，學非可以蹴到也，知其所知，止其所止，非可以一言盡也。他日敬賢倘見予，當爲更僕言之。彦輝曰：「諾。請書其説，先以貽之。」是爲記。

至正壬辰立春日晉安張以寧記。

書唐兀敬賢孝感後序

大哉孝乎，可以感天地，感鬼神，筍生而瓜實，兔擾而鹿馴，魚之躍，烏之號，鳥爲之耘而燕爲之銜土，凡草木、禽獸、鱗蟲之微，舉可以感焉。盜亦人也，於戲！有不感而動者乎？予讀漢蔡順、趙禮事，擊惻也。

今觀《唐兀敬賢孝感序》，益信。序，國子司業潘先生作也。

予行河朔，見舍於逆旅者有群馬，夜輒鐲其足以虞盜。益信其言有徵云，或有病敬賢以將家子，嘗長百夫，不能爲國家尸，鼠輩顧迺於德色於苟免者。予訂之曰：「不然。士無問勇，怯問義，何如耳？古人有言曰：千金之子，不死於盜賊。以其身之重，而盜不足以死也。若曾子云：『戰陣無勇，非孝也。』謂當時居位者耳。」

今敬賢，位百夫長，已去而家食，方服父喪，毁瘠。有老母在，是身非其身，迺致力其親之身也。夫以纍然苦塊之身，而猝遇悍然虎狼之盜，旁無潺然蟻子之援，使其不量力且鬥，鬥且死。是可以無死而死，傷勇而害義矣。有如他日，敬賢出當推轂之選，任專城之寄，則身又非其身，而委質於君之身矣。予知其必能奮身以馘盜，立功無難也。今茲之隱忍，所以爲他日之有爲。敬賢嘗知學其處此也。審矣！

况孝之積，將有解力刀佩犢，與夫盜不入境之化者乎？或者語塞，疑釋然。遂書敘右，以備其義。若夫行事之詳，具於序者，不贅云。

至正十又二年龍集壬辰立春日，前進士晉安張以寧書於左屯之嘉禾堂。

送楊象賢歸澶淵序

至正丁未夏四月，唐兀楊氏象賢將歸大名開州之濮陽，謁予而言别。

蓋君自河北避地於京師，十有餘年矣。予爲之歎曰：「自寇亂以來，海内百年涵煦，休息之氓，弱者戀貲產而不去以蹈禍；強者決性命而勇往以從戎。胥爲魚肉，暴露原野者，奚可勝計？而君獨以胄監老生，辭榮不仕，翩然遠舉，託於輦轂之下，全身及家，豈不真明哲燭幾之士哉？」

君蹙然曰：「僕不武，先祖敦武公洎考忠顯公，自夏來澶於茲六葉，自力於善，購地買田，即居傍便近地建先聖廟學；效藍田吕氏法，爲義約，以淑其鄉。歷三世，迺克有成，恩賜以『崇義書院』之名，匪一手烈乎？今不幸毁於兵，蕩爲瓦礫。言瞻遺址，戚然痛心。今之歸詎，惟上世之瘠田、敝廬之念，實亟於復舊規以述先志是求，庶其獲鳩族閭，奉前約，使異時有以白吾祖考於地下，是吾志也。」

予聞而重歎曰：「厥今俶擾定，小人謀闔廬以避，寒暑之弗逮，高者易其墳墓，歲時得以灑壺漿盂飯於其上，足矣。而遑以他爲？昔者，嵩陽、岳麓、睢陽、白鹿，號爲四書院者，始皆創於鋒鏑甫息之餘，而絳流爲詩書不盡之澤。今君緩彼而急於此，先儒所云不爲一時之謀，而有千載古之慮者，君其知此道也哉。古人有言：『有志者事竟成。』君其勉諸。」

遂序，以餞其行。

是月壬戌之日，翰林侍講學士、中奉大夫、知制誥、同修國史張以寧書於玉堂之署。

（據焦進文、楊富學《元代西夏遺民文獻〈述善集〉校注》，甘肅人民出版社二〇〇一年版。元唐兀崇喜「楊崇喜」《述善集》收張以寧詩文八篇，其中《潛溪集序》已收入《翠屏集》。）

愛理堂記

爲政孰難，曰縣爲難。何難？曰近民也。然則民難治乎？曰無難。縣有令丞簿以父母民也，使令丞簿皆仁其民，若父母之愛其子心誠。求之愛非難，誠於愛爲難，誠則仁矣。昔者子朱子之訓仁，曰愛之理，愛言用，理言體，體具於心，用發於事，誠乎非可以聲音笑貌僞之也。

辰陽胡君德可，名仁德，主簿於南康也甚宜，其民亦宜之，蓋其誠於愛民焉已矣。今周君道和名其堂曰「愛理」，丞吳德基相繼其志，其亦誠於同寅協恭者哉。夫如是，人曰南康民難治，吾不信也。

（《古今圖書集成·方輿彙編·職方志》卷九二九）

春秋春王正月考序

道學至朱氏而上接孔孟之傳，何傳爾？其世異，其理同也。儒先依經而言理，有功於經甚大也。而獨於《春秋》之書「春王正月」未能無疑之也。何疑爾？曰夏正得天，百王所同也，是以有冬不可爲春之疑也。曰夫子嘗以「行夏之時」告顔子也，是以有夏時冠周月之疑也。曰自漢武帝之用夏時，首寅月，逮於今，莫之能改也，是以傳書者有改正朔、不改月數之疑，而又有春秋用夏之時、夏之月之疑也。疑愈甚則説愈多，而莫之能一也。

以寧早學是經，以叨一第，亦嘗有疑於此而未能決也。間讀《魯論》夫子之言行夏之時，若恍然而有省也，因之歷稽經史傳記及古注疏之説同也，迺知「春王正月」之春，爲周之時，由漢逮唐，諸儒舉無異説也，而劉向「周春夏冬」之説，陳寵「天以爲正、周以爲春」之説，最其著明者也，而猶未敢自信也，比觀子朱子《語録》，晚年之三説亦同也，其門人張氏《集傳》之説又同也。於是涣然冰釋而無疑也。

竊嘗欲筆於書，而奪於世故，未遑也。兹因忝使安南，假館俟命之暇，始克會粹而成編也。本之於孔、孟、朱子，徵之於經史而下，而漢儒之説爲多，以其去古未遠，有據而足徵，朱子之著書多因其説也。若《易》《詩》《書》之用夏建寅之月以爲説，則朱子於孟子之《集注》既主改月之説，而於此未及更定之也。今亦竊取朱子之義，求朱子未盡之意，以成朱竟未竟之説，次於《春秋經傳》之後，以尊經也。仍辨群疑，悉具於右，非以寧之敢爲私言也。尚其與我同志之君子恕其狂僭之罪而是正之也。洪武三年春三月三日，晉安後學張以寧序。

（《古今圖書集成·理學彙編·經籍典》卷一七一）

奉上御芝隱公

曹州販兒奮臂呼，長安夜啼頭白烏。唐家龍種李公子，觀風南國停軺車。象獅獻狀龜食兆，愛此山水清而姝。初來山林尚蓽路，厥後蕃衍蜂房居。録公大材殿閩服，丹書鐵券燁如珠。五星聚奎文氣旺，家家絃誦而詩書。達官聯翩入臺寺，卑者亦剖刺史符。一村兩姓世冠蓋，門户未肯低崔盧。兹山創寺昉五季，蒼林從古翔鳳雛。坡陀欲盡土囊合，豁然天設開奥區。祠堂濟濟想劍佩，梵宇鬱鬱聞鐘魚。燎黄昔日歲不乏，拜前拜後幾千餘。昭陵麥飯久寂寞，杏梁桂柱亦須扶。迺知儒澤世不泯，浮榮欻忽無根株。海田變遷古亦有，霜露怵惕人誰無。平生鐵脊老，慨然尊祖念厥初。頒香親捧丹鳳詔，堂構重立新龜趺。麥舟丞相不復姑蘇見，義田而今已荒蕪。今人迺有古人事，讀碑令我長嗟吁。會看芝詔起芝老，明堂一柱須人扶。

（李揚强《藍田古文化》《藍田引月》二書曾引用此詩四句，壬辰［二〇一二年］清明，李揚强回家鄉古田縣杉洋鎮，從《李氏總譜：天潢衍派》中抄録了全詩，题爲《黄巖州判官张志道詩奉上御芝隱公》）

中書省架閣庫題名記

中書省署之西偏爲庫，曰架閣。凡天下之圖書、版籍、計金穀錢帛出納之文牘，尊閟庋藏，以待夫考徵之用者，咸在焉。其官管勾二人，吏書寫十人，分釐其事務。次者十五人，分周藏史漢掌故遺制云。

至正十九年，西域阿魯沙良甫、濟南楊誠子真，選居是官，克修迺職，寅恭胥協，迺議易其名其視事之堂曰閱公，取昔人貌閱戶口之義。而子真大書揭諸顏。

予聞太史氏紀蕭相國何，能取勝國律令圖書，以故知其地形厄塞，戶口多寡，強弱處與民之疾苦，用輔成漢業。孝宣厲精核實，命察計薄，欺瞞者按之，使真僞勿相淆，號稱中興。蓋路程品式，固爲政不可缺如此。今國家輿圖廣而事務殷，端坐一堂之間而考知四海之故，惟公則誠，私則僞；惟公則明，私則暗。誠以立己，明以檢奸。不瘝乎官，不病與民人。

二君克修迺職，以報其上也久矣。後之嗣居是官者，其尚勿替與茲。因其請，書以記其沿革在其人題名記。庚子年三月，國子博士承德郎張以寧。

（熊夢祥：《析津志輯佚》，北京圖書館善本組輯，北京古籍出版社，一九八三年版）

題杭州虎跑泉聯

古墨露垂秋，蘇長公牓留芳草；幽香風蘊夕，潞佛子石映畫蘭。

述評

《四庫全書》《翠屏集》提要

臣等謹案：《翠屏集》四卷，明張以寧撰。是集爲宣德三年所刊，陳璉爲之序。稱以寧文集爲其子孟晦所編，宋濂序之。詩集爲其門人石光霽所編，劉三吾、陳南賓序之。其孫南雄教官隆復以《安南藁》續板行世。今三序皆冠集首，而詩文集總題光霽編次，嗣孫德慶州訓導淮續編。與序不同，未喻其故。其文神鋒雋利，稍乏渾涵深厚之氣。其詩五言古體意境清逸，七言古體亦遒警。惟《倦繡篇》《洗衣曲》等數章，稍未脱元季綺縟之習。近體皆清新，間有涉於纖仄，如《次李宗烈韻》之「浮生萬古有萬古，濁酒一杯復一杯」者，然偶一見之，不爲全編之累也。以寧於元泰定丁卯以《春秋》登第，所著有《春王正月考》，引據詳賅，一正夏時冠周月之誤，別見《經部·春秋類》中云。

乾隆四十三年五月恭校上

總纂官　臣　紀昀　臣　陸錫熊　臣　孫士毅

總校官　臣　陸費墀

《春王正月考》二卷（兩江總督采進本）

明張以寧撰。以寧字志道，古田人。元泰定丁卯進士，官至翰林侍講學士。入明仍故官。洪武二年奉使册封安南王，還，卒於道。事跡具《明史·文苑傳》。

史稱以寧以《春秋》致高第，故所學尤專《春秋》，多所自得。撰《胡傳辨疑》，最辨博。惟《春王正月考》未就，寓安南踰半歲，始卒業。今《胡傳辨疑》已佚。惟此書存。考三正疊更，時月並改。《經》書正月繫之於王，則爲周正不待辨。正月、正歲二名載於《周禮》，兩正並用，皆王制也。左氏發《傳》，特曰王周正月。則正月建子，亦無疑。自漢以來，亦無異議。至唐劉知幾《史通》始以春秋爲夏正，世無信其説者。自程子泥於行夏之時一言，盛名之下，羽翼者衆。胡安國遂實以夏時冠周月之説。程端學作《春秋或問》，更堅持門戶。以梅賾僞書爲據，而支離蔓引以證之。愈辨而愈滋顛倒，夫左氏失之誣，其間偶爾失真，或亦間有。至於本朝正朔，則婦人孺子皆知之。不應左氏誤記。卽如程子之説，以左氏爲秦人，亦不應距周末僅數十年，卽不知前代正朔也。異説紛紛，殆不可解。

以寧獨徵引五經，參以史、漢，著爲一書，决數百載之疑案，可謂卓識。至於當時帝王之後，許用先代正朔，故宋用商正，見於長葛之傳。諸侯之國，亦或用夏正。故傳載晉事，與經皆有兩月之差。古書所記，時有參互。後儒執爲論端者，蓋由於此。以寧尚未及抉其本原。又《伊訓》《泰誓》諸篇皆出古文，本不足據。以寧尚未及明其僞託。而周禮正歲正月之兼用，僅載鄭注數語，亦未分析暢言之，以袪疑似。於辨證尚爲未密。然大綱既得，則細目之少踈，亦不足以病矣。

（《四庫全書總目·經部·春秋類》）

《翠屏集》四卷（浙江汪汝瑮家藏本）

明張以寧撰。以寧有《春王正月考》，已著録。是集爲宣德三年所刊，陳璉爲之序。稱以寧文集爲其子孟晦所編，宋濂序之。詩集爲其門人石光霽所編，劉三吾、陳南賓序之。其孫南雄教官隆復以《安南藁》續板行世。今三序，皆冠集首。而詩文集總題光霽編次，嗣孫德慶州訓導淮續編，與序不同，未喻其故。

其文神鋒雋利，稍乏渾涵深厚之氣。其詩五言古體，意境清逸。七言古體，亦遒警。惟《倦繡篇》《洗衣曲》等數章，稍未脱元季綺縟之習。近體皆清新，間有涉於纖仄者，如《次李宗烈韻》詩「浮生萬古有萬古，濁酒一杯復一杯」之類，然偶一見之，不爲全體之累也。

《明史·文苑傳》稱：以寧在元，以翰林侍讀學士知制誥，在朝宿儒虞集、歐陽元、揭徯斯、黄溍之屬，相繼物故，以寧有俊才，博學強記，擅名於時，人呼「小張學士」云云。則以寧兼以文章顯，不但以《春秋》名家。

徐泰《詩談》稱：以寧詩，高雅俊逸，超絶畦畛，如翠屏千仞可望而不可躋。雖推挹稍過，然亦幾乎近似矣。

（《四庫全書總目·集部·别集類》）

翰林院侍讀學士張以寧

張以寧，字志道，其先河南固始人。厥祖光禄大夫，從王審知入閩，遂居福建之古田。少貧苦，嗜學，登元泰定辛卯進士。初授黄巖州判官，轉六合縣尹。坐事免。至正中，復起爲國子助教，後遷待制侍讀學士。以寧有俊才，元末遺老多物故，以寧獨擅名於時，人呼爲「小張學士」。國初王師入元都，以寧與危素等以故官來歸，奏對稱旨，仍以爲侍讀學士、階朝列大夫、知制誥。特被寵遇。洪武己酉，與典簿牛諒奉使安南，上親制詩送之。時安南王陳日煃偶卒，嗣君日熞，遣其臣阮亮求詔璽。以寧不許。迺留居洱江，俾諒往其國諭以朝廷威福，彼遂復遣陪臣杜舜卿來告訃，上親御翰墨，爲祭文，命編修王廉、主事林唐臣往將命，事竣，上御制詩八章，暨錫以璽書，褒之。還，卒於道中。詔有司還其柩於家所在致祭。以寧清潔自守，所居瀟然，未嘗營財産。其奉使也，襆被而往，臨終時有詩云：「覆身惟有黔婁被，垂橐都無陸賈金。」有詩文數十卷，號《翠屏集》。子，煜，爲蒲圻知縣；炬，爲刑部員外郎。

大學士楊榮銘其墓曰：「世德相傳，厥爲名族。固始徙閩，肇於光禄。積善流慶，懋毓文儒。鬱如喬松，溫若美瑜。富有才華，早登科第。駸歷中外，英聲倏起。際我皇明，奉職詞林。用弘裨益，恩眷彌深。使節煌煌，遠臨交阯。夷俗丕變，龍顔以喜。寵命方降，訃音遠來，天語興嗟，失茲良才。」廖道南曰：「使於四方，不辱君命，可以爲難，迺若季文子求遭喪之禮以行，亦求不辱而已。」以寧持節遐荒，行李蕭條，生則哦詩自樂，寄興翠屏；死則述詩見志，投疏皂囊，亦可謂不辱君命已矣。

贊曰：閩山之墺，是爲古田。堅持古道，希古之賢。嗟哉斯人，死於王事。去邊就華，卒死遠裔。

（《四庫全書·史部·傳記類·總録之屬·殿閣詞林記》卷四）

《明史》張以寧傳

張以寧，字志道，古田人。父一清，元福建、江西省參知政事。以寧年八歲，或訟其伯父於縣，繫獄，以寧詣縣伸理，尹異之，命賦《琴堂詩》，立就，伯父得釋，以寧用是知名。泰定中，以《春秋》舉進士，由黄巖判官進六合尹，坐事免官，滯留江、淮者十年，順帝徵爲國子助教，累至翰林侍讀學士、知制誥。在朝宿儒虞集、揭傒斯、黄溍之屬相繼物故，以寧有俊才，博學強記，擅名於時，人呼「小張學士」。

明師取元都，與危素等皆赴京，奏對稱旨，復授侍講學士，特被寵遇。帝嘗登鍾山，以寧與朱升、秦裕伯等扈從擁翠亭，給筆札賦詩。

洪武二年秋，奉使安南，封其主陳日煃爲國王，御制詩一章遣之。甫抵境，而日煃卒，國人乞以印詔授其世子，以寧不聽，留居洱江上，諭世子告哀於朝，且請襲爵。既得令，俟後使者林唐臣至，然後入境將事。事竣，教世子服三年喪，令其國人效中國行頓首、稽首禮。天子聞而嘉之，賜璽書，比諸陸賈、馬援，再賜御制詩八章。及還，道卒，詔有司歸其柩，所在致祭。

以寧爲人潔清，不營財產，奉使往還，襆被外無他物。本以《春秋》致高第，故所學尤專《春秋》，多所自得，撰《胡傳辨疑》最辨博，惟《春王正月考》未就，寓安南踰半歲，始卒業。

元故官來京者，素及以寧名尤重。素長於史，以寧長於經。素宋元《史藁》俱失傳，而以寧《春秋》學遂行。

（《明史·列傳一七三·文苑一》）

故翰林侍讀學士朝列大夫張公墓碑　楊榮

故翰林侍讀學士張公志道，閩之先輩君子也。其德義、學識爲當時尊尚。予恒以生晚不及親炙爲恨。公之孫隆以前刑部主事劉子欽所述行狀來請銘，予讀之慨歎先輩之不可及，尚敢銘公墓乎？然以隆之請堅，確弗而可得而辭也。

按狀：公諱以寧，志道其字也。元贈禮部尚書、諱留孫之孫。中奉大夫，福建、江西行省參知政事，諱一清之子。其先有光禄大夫諱睦者，自光之固始從王審知入閩，始居古田之梅溪。至公曾大父世延再遷邑之雲津坊。一清先娶廖氏，生三子頤、興、野，俱幼而廖卒。繼娶陳氏，有賢德，訓育廖所生如己出。陳既有娠，一夕夢小兒擎荷葉向月而拜，覺而公生。賦質清粹，神采煜煜，繈褓中即嗜讀誦。甫六歲，日記千言，嘗與群兒遊寺中，僧人難之以對，公隨口酬應，意甚超卓，聞者歆羡。八歲時，人訟其伯父，逮於獄，公忿不能平，詣邑伸理。令異其言有條序，命賦《琴堂詩》，立就，且出語新奇，伯父由是得釋。年十五，承父命，往寧德，受學於韓古遺。越五年方歸，學業大進。鄉之學者莫不推許之。登元泰定丁卯進士第。初任黄巖州判官，不踰年，以計擒捕海寇殆盡，民賴以安，繼升真州六合縣尹，有惠政及民。以丁内艱去官。服闋，將上京師，爲兵所阻。教授淮南者十年。王鈍、石光霽皆其門人也。後復徵至國子助教，累官至翰林侍講學士、中奉大夫、知制誥、兼修國史。祖、考皆贈官，祖母賴氏，母廖氏、陳氏，妻宋氏皆清河郡夫人。既入國朝，拜翰林侍讀學士、朝列大夫、知制誥、兼修國史。每承顧問，多所裨益。賜誥褒諭，恩賚特厚焉。洪武己酉夏六月，奉命賚詔印使安南封其國王。未至而王卒，國人請授其世子。公不聽，遣人請命於朝，且教其世子服三年喪，並令其國人效中國行頓首、稽首禮。朝廷嘉之，賜以勅書，比之陸賈、馬援，並御制詩八篇以奬諭之。未幾，得疾，卒，實庚戌五月四日也。公生於元大德辛丑四月十有五日，至是春秋七十。其在安南八閲月，著書不少倦。臨終自爲挽詩，意豁然也。訃聞，勅禮部遣官歸其柩，所過有司設祭，仍給在任三歲禄，以贍其家，以某年某月某日葬邑之極樂山。初娶太原宋氏，生子四人：烜、燧、煒、煜。繼娶大名宋氏，生子炬。烜、燧、煒早世。煜以明經舉湖廣蒲圻縣；炬以茂才薦任江西新淦知縣，官至刑部員外郎，並著政績。孫男七：垣、圻、墳、坦、埏、塤、壇。埏任南雄保昌儒學訓導，更名隆，煜之子也。公所著文，有《翠屏藁》《淮南藁》《南歸紀行》《安南紀行集》、《春秋春王正月考》。故翰林學士金華宋景濂、瀏陽劉三吾，皆稱公之文章瑰傑，迴出流輩，而非後學所及。其尊敬、仰慕於公者甚至。

予以末學，又安能稱頌公之遺德哉！因不揆蕪陋，而爲之銘。銘曰：世德相傳，厥爲名族。固始徙閩，肇於光禄。積善流慶，郴毓文儒。爵如喬松，溫若美瑜。富有才華，早登科第。揚歷中外，英聲倏起。際我皇明，奉職詞林。用弘裨益，恩眷彌深。使節煌煌，遠臨交阯。夷俗丕變，龍顔以喜。寵命方降，訃音遠來。天語興嗟，失茲良材。爰歸其柩，復恤厥家。生榮死哀，綽有光華。墓門有碑，以昭厥德。維公子孫，永世承式。

（《景印文淵閣四庫全書》第一二四零册，《文敏集》卷十九）

春秋春王正月考跋[一]　張隆

先祖諱以寧，字志道，居於閩古田翠屏山之下，因以翠屏自號焉。自少力學不倦，往寧德，受業於韓古遺先生之門。年二十七，以春秋經登泰定丁卯李黼進士第。復往淮南，讀書十餘年。後歷官太學及翰苑。數十年間，所作詩文號《翠屏集》。洪武二年己酉夏，使安南，著述是書。明年庚戌春，書成。踰月疾革，作《自挽》詩一首云：「一世窮愁老翰林，南歸旅櫬越山岑。覆身粗有黔婁被，垂橐都無陸賈金。稚子饑啼憂未艾，慈親藁葬痛尤深。經過相識如相問，莫忘徐君掛劍心。」詩成，是日而逝。時年蓋七十矣。是書並詩，皆先祖之絶筆也。噫！先祖晚年勞心積慮而成此書，采摭群經，搜羅眾説。欲以明聖經而定周之正朔也。隆愚昧不知，痛念手澤尚存，深恐泯而無傳，一依舊本誊寫，刊而藏之家塾，以俟諸君子而講究焉，所以承先志也。

[一] 本文附於《春秋春王正月考·春秋春王正月考辨疑》後，題目爲整理者所加。

宣德元年歲在丙午中秋嗣孫隆涕泣謹志。

《全閩詩話》評張以寧（八則）

張以寧學士奉使安南，御制詩送之。至則其國王陳日煃卒，其世子日熞遣陪臣阮亮求詔璽。以寧不許，曰：「此吉禮，非凶事也。且既易世矣，當以奉聞。」因留居洱江，俾人往諭之。安南世子遂復遣陪臣杜順卿來告訃。太祖喜以寧稱任使，親爲祭文，遣吏部主事林唐臣、翰林編修王廉往祭安南王，復御制詩八章並璽書褒賜之，稱其「控忠貞之氣，奮守節之剛」。又安南人以揖爲禮，以寧始教之稽首、長跽。璽書並以「用夏變夷」美之。北還，道卒。詔有司返柩其家，所在致祭，給歲祿，恤妻子。以寧亮直通敏，廉謹自將，臨終口占曰：「覆身惟有黔婁被，垂橐都無陸賈金。」有《翠屏集》行世。（明·何喬遠《閩書》）

承旨《重峰送別》詩云：「君家重峰下，我家大溪頭。君家門前水，我家門前流。」摹仿太白，可稱合作。李方伯楨《題雙燕圖寄人》詩云：「君家吟溪北，我家郡北西。君家梁間燕，我家梁間棲。」周尚書忱送人詩云：「我家白沙渚，君家桐江頭。我家門前水，亦向桐江流。」當皆從此出。可知是作膾炙當時。（明·朱彝尊《靜志居詩話》）

大河以北之水多從直沽入海，此即古者「九河入海」之處，地勢卑下，遇霖潦直與海平。昔人嘗欲因其填淤置稻田以足賦，今府境諸水類以直沽爲壑。張以寧《直沽》詩：「野濼天低水，人家

時兩三。雁聲連漠北，魚味勝江南。雪擁蘆芽短，寒禁柳眼緘。持竿吾欲往，拙宦爾何堪。」（明·朱彝尊《日下舊聞》）

張以寧《題爛柯山圖》詩云：「人説仙家日月遲，仙家日月轉堪悲。誰將百歲人間事，只換山中一局棋。」（明·蔣一葵《堯山堂外紀》）

張以寧以元學士入明，嘗過焦磯廟，題詩壁上云：「碧殿紅櫺翠浪間，江風縹緲動煙鬟。神雞不逐雲中去，啼殺清秋月滿山。」後再過之，有人改其末句云：「神雞忍逐他人去，羞殺清秋月滿山。」以寧大慚，遂刮去其詩。（明·謝肇淛《小草齋詩話》）

張以寧志道，元泰定進士，仕國子祭酒，洪武間由薦舉復爲學士，素有文名。遺詩二卷，宋濂、劉三吾、陳璉爲之敘。宋稱其：「豐腴而不流於叢冗，雄削而不失於粗厲，清圓而不涉於浮巧，委蛇而不病於細碎，爲一代之奇作。」劉稱其：「節制以柳，宏放以韓、蘇，醖經飫史，吞吐百代，爲一代之完音。」陳稱其：「雄健沈鬱者可追漢、魏，清婉俊逸者足配盛唐。」今觀集中，果亦不類常調，宜表出之以示來學。（明·王兆雲《詞林人物考》）

淮西閫帥夏貴以至元丙子附明，授中書左丞，至乙卯薨。有吊以詩曰：「自古誰不死，惜君遲四年。問君今日死，何似四年前。」元學士古田張以寧，以洪武二年，徵爲原官，四年卒，與夏貴略相似。（明·徐𤊹《筆精》）

國初詩派，西江則劉泰和崧，閩中則張古田志道。泰和以雅正標宗，古田以雄麗樹幟。江西之派中降而歸東里，步趨臺閣，其流也卑冗而不振。閩中之派旁出而宗膳部，規模唐音，其流也膚弱而無理。予録二公之詩，竊有歎焉。江閩之士其亦有當於吾言乎？（清·錢謙益《列朝詩集》）

（以上據清·鄭方坤《全閩詩話》卷六「張以寧」）

其他（十二則）

（以寧詩）高雅俊逸，超絶畦畛，如翠屏千仞，可望而不可躋。（明·徐泰《詩談》）

清·沈德潛、周准《明詩別裁集》選張以寧詩六首：《峨眉亭》《送重峰阮子敬南還》《送同年江學庭弟學文歸建昌》《過辛稼軒神道》《嚴陵釣臺》《有感》。其評《峨眉亭》云：「『秋色淮上來』二十字，何減太白。」評《送重峰阮子敬南還》云：「情致綿綿，神似《飲馬長城窟》詩。」評《嚴陵釣臺》云：「詠嚴陵者，以此章爲最。」（整理者）

古田詩固足籠罩一代，而其品則不可無議。（清·梁章鉅《東南嶠外詩話》卷一）

格兼唐宋，諸體皆清剛雋上，一洗元季纖縟之習。

其晚歲諸詩，自恨爲名高所累，濡忍不死，蓼莪麥秀，悽愴縈懷。

（《桃源春曉圖》）與《觀弈圖》作皆宛轉清便，有流風回雪之致。（清·汪端《明三十家詩選》二集卷一下）

志道七古骨力遒建，才氣排宕，發源杜陵，出入遺山（元好問）、道原（虞集）之間，可以獨張以

軍。（同上，引澄懷居士語）

學士詩沈鬱雄健者可追漢魏，清婉俊逸者足配盛唐。（同上，引陳廷器語）

《翠屏》一集，咀含英華，當爲閩詩一代開先，二藍、十子，皆在下風。（清·陳田《明詩紀事》卷三）

七言長句，在明初則高季迪（啟）、張志道、劉子高（基）爲最，後則李賓之。（陳田《明詩紀事》卷三，引王士禎《古詩選》語）

古田張志道以寧在明初文章有盛名，最爲宋景濂欽服。亦能詞，而所傳只二闋。一《明月生南浦》，已采入《明詞綜》。一《江神子》，本平韻七十字體。近檢《翠屏集》，則後半首句已脱去，不能成調。然其集尚是明代所刻，蓋當時此道已歇絶矣。志道《題申屠子迪毁曹操廟卷》云：「使世皆申屠駉，則漢不魏，魏不帝矣。管寧賤，孔明夭，駉生也後，天也。嗚呼，悲夫！」數語最慷慨可誦，然志道則已身事二姓矣。志道元泰定丁卯進士，任黄巖州判官，陞六合知縣，又教諭淮南，再徵國子助教，累入翰林，食元禄者四十餘年。入明，拜前官，奉使安南，封其國王。未至，王卒，國人請立世子，志道不許，復請命於朝，迺許之。太祖以其奉使不辱，賜以《御制詩》八篇。祖留孫，元禮部尚書。父一清，參知政事，蓋元世臣也。見沈景倩《萬曆野獲編》。（清·謝章鋌《賭棋山莊詞話》續編一）

以寧元末居古田翠屏山下，與永福林泉生、莆田陳旅皆以文章知名於時。《翠屏詩文》二十卷。今其集存者，迺弘治間淮南石光霽編次，僅四卷矣。（清·鄭傑等輯錄《全閩詩錄》二，郭柏蒼、楊浚錄《全閩明詩傳》引郭柏蒼《柳湄詩傳》）

贈詩

賜張以寧詩　朱元璋

序

朕聞歷代賢君，必有賢臣能事其主者。居則規諫有方，出則能示威德，以撫四夷，漢之陸賈於南越、馬援持書於竇融是也。朕居江左，十有六年，思慕此等之臣，終未得，至怏怏於心。自即位之初，特遣翰林官知制誥事張以寧、典簿牛諒使安南，初未知其懷抱如何。去後今年實封來奏，朕再三覽之，喜不自勝。以寧至彼，其王已行長逝。彼國人請授王印於世子。我以寧言：此吉禮，非凶事也。今爾國有喪，況來文伊先君之名，非世子之名，降之非禮也。爾國當遣使往奏，庶依大禮。於是國人從之。今使者至，如以寧實封之言。朕思安南僻在外夷，瘴煙甚重，古人以爲要荒，聖人不居之地，賢者不遊之處，恐瘴煙乖其體故耳。今我臣以寧，抱忠貞之氣，奮古能使之風，執之以大義，守之以法，使安南復命而後降印。又安南國中人民官屬，以我中國揖爲大禮，見人長揖爲禮畢。惟我以寧，能評之以禮，使彼國中今行稽首、頓首之拜。觀其所以，我以寧非獨抱忠貞而使能其事者，速能化夷行中國之禮，可謂智哉。於戲！抱忠貞之氣，奮守節之剛，非生性之自然，歷練老成，愚夫猛士可乎？使之善者，以寧也。綴詩以勉之，句雖不聯，朕本非儒，文之不深，專述其事耳。

以寧初度

聞説西南瘴似煙，林叢草密有蛇蚿。承差不避言君命，自是前賢忠義傳。

得以寧實封

嶺南南又海南邊，惟有安南奉我天。使者往還多議説，瘴雲埋樹若堆煙。民人跣足爲鄉禮，斷髮衣袍似野禪。話到異方人異處，老臣何日得來前？

念以寧涉江海

我臣奉命之丹徼，驛路迢遥渡幾何？野宿聽猿啼夜月，朝看狸走疾巖阿。風塵未紀何回日，取性觀山勢態多。晴朗好瞻紅日勝，但陰驅逐片雲過。

離馬乘舟涉大洋，風號帆掛幾尋檣。巨鰲聞詔衝前浪，淵底雄蛟翊駕航。舵轉水鳴聲霹靂，蚌開珠擁海雲光。我臣勁節遐方靖，好把丹衷奉上蒼。

念以寧入重山

卿初奉命便前奔，道路崎嶇實慘魂。千尋樹杪猸飛走，萬壑風生瘴氣昏。日暮鳥啼人不到，月沈象吼夜還温。何時化作中原地，風俗流行禮樂敦？

使者登山日進程，崎嶇石徑動人情。鳥啼深樹聲投耳，獸立幽陰未識名。太古以來樵不到，至今人往獸無驚。峰頭一點無科木，駐馬觀來四海平。

慎言

卿因國事往期年，應是朝同世子賢。語善久知人道是，話非雖壯遠無便。也知周廟三緘口，猶恐臨時不自然。彼處受封王郎位，但將詩慶徒迴旋。

戒財

海濱邦國寶多珠，勿爲區區化作迂。此去爾家豐俸祿，好將方寸向前圖。功名千載誠難得，一失應須目下汙。記得黄金乘夜送，四知不納卻來誣。

保身

華林江狹水湍流，爲問民人是幾秋。水色紅黄民性獷，山生巨獸象爲頭。我臣至彼還脩養，豈被南方瘴氣愁？彼國有人依禮待，卿當歸告甚崇優。

諭張制誥令世子守服

安南世子性惟賢，志行將來必備全。初附能尊中國禮，訃音來報朕心憐。以寧休作殊邦看，萬

里神交是宿緣。更把聖書深道與，直教素服衣三年。（《全明詩》第一册卷五）

贈黄巖尹 韓信同

有客有客雲錦裳，驅車過我魚蝦鄉。自言及第翁所許，茲晨不愧登翁堂。蛟龍得雨勢必奮，越雞伏卵吾無長。詞章末技如拾芥，經濟遠業方開疆。今之從政才何如，百無一二稱循良。心惟患爲仁不富，其奚暇視民如傷。楚咻共訕齊傅獨，鮑魚混亂芝蘭芳。吾黨既置身其間，堅白正欲磨涅嘗。黄巖自是得賢宰，其必有以慰所望。無倦以忠兩句語，夫子真切教子張。始終表裏只如一，晦庵注腳仍加詳。且當立此作楨幹，臨事又在吾斟量。古人八計對甚偉，便可一試囊中方。明道十事更熟講，以待用捨爲行藏。吾衰如此愛莫助，鳳凰看汝鳴朝陽。（清·盧建其修，清·張君賓編纂，福建省地方誌編纂委員會整理：《寧德縣誌》卷之九《藝文志》，厦門大學出版社二〇一二年版，第五六三頁）

張志道别都門 黄清老

竹寺西軒共聽琴，杏花猶記紫囊吟。溪山老我扁舟興，風雨知君萬里心。滄海夜潮銀漢濕，蓬萊春樹碧雲深。三年離别尊前話，傾倒何時更似今。（黄清老《樵水集》，清·顧嗣立《元詩選》二集下）

寄志道張令尹（二首）　薩都剌

淮南宣化閣，相對石頭城。二月風帆過，滿江春浪生。

青山行不斷，綠野盡開耕。令尹張公子，兒童識姓名。（《四庫全書》集部五，别集類四《雁門集》）

同縣尹張志道徵士黃觀複陰秀才燕集六縣校官葉仲庸池上分韻已而互相為和（五首）　丁複

分得碧字

江水秋未清，林暉午能碧。相忘散亂坐，幸老談笑劇。以君久寒氈，且爾暫暖席。同心勿辭飲，況有陶彭澤。

次韻殿字

堂堂瓊林客，籍籍金鑾殿。一官岩州最，再調淮縣見。謂張也，張以丙科授黃岩州判，再授淮東六合縣尹。人生逐日老，世事浮雲變。亦有古宮臺，淒涼入荒甸。

次韻下字

王日不注官，從天得長假。年衰豈能高，老坐不許下。新秋席為展，欲夕尊未罷。誰揮魯陽戈，請駐羲和駕。

次韻秋字

白簡剡霜雪，黄郎富春秋 時黄以茂才受群禦史薦。奇才不世用，高韻失時流。卞璞一就琢，荊臺安得留。應懷鷗鷺侶，猶憶鳳凰樓。

次韻陰字

喜把手中酒，醉捫頭上簪。題詩共五客，擊節得諸陰 謂陰秀也。綺席紫霞散，銀缾黄玉斟。相看十年面，應見故交心。（《四庫全書》集部五，别集類四《檜亭集》）

次張志道學士與龔景瑞詩韻 林弼

先生家住翠屏峰，鄉夢常時送曉風。十載故人青眼舊，千山歸路白雲重。天涯作賦憐王粲，江上題詩愛薛逢。歲晚相從應有約，爲尋桃竹截雙筇。（林弼《林登州集》）

驅車篇送張志道奉親柩歸清漳 林鴻

驅車出東門，我車已載脂。況茲苦寒月，歌此陟岵悲。夙駕指晨星，日入不遑棲。道路豈不遥，筋力亦云疲。飛鳥爲我吟，孤禽爲我啼。浮雲結爲旆，迴風亦淒其。引領望故山，丘壟何累累。感彼首丘志，懷哉《蓼莪》詩。（明·袁表、馬熒《閩中十子詩》）

聞張志道學士旅櫬自安南回　藍智

兩朝翰苑擅揮毫，白髮蕭蕭撰述勞。使出海南金印重，文成天上玉樓高。孤舟恨別三春草，落月歸魂萬里濤。欲托灘江將絮酒，幽蘭叢桂賦《離騷》。（藍智《藍澗集》）

弔張以寧墓　徐𤊹

天語叮嚀詔遠夷，安南萬里返靈輀。堂上白玉遺言在，城裏青山古塚卑。後裔共傷欒郤降，芳馨誰薦若敖餧。松楸歲久龍鱗老，枝上啼鳥問夕悲。（乾隆版《古田縣誌》。題目爲整理者所加。）

張以寧世系簡表　游友基

一世光禄大夫張睦（八五〇—九二六），字仲雍，號孔和，世居河南光州固始魏陵鄉祥符里，從王審知入閩，居侯官縣孝弟鄉惠化里。唐天祐元年（九〇四）四月，被授三品官，領榷貨務，官邸建於福城鳳池坊，自此，其子孫後裔以「鳳池」爲堂號。張睦對福建開發有巨大貢獻。梁開平三年（九〇九）被授梁國公，卒葬侯官縣東太平鄉興和里赤塘山，建祠於福州東街鳳池坊尾，稱「榷貨大王廟」。有四子：廊、廡、膺、賡。

二世廡，生四子：宗昭、宗屑、宗詢、宗景。

三世宗景，遷古田四十三都梅洋召南里，其後裔衍分屏南甘堂樓下里，閩清下祝、溪源，閩侯洋里、廷坪等地。

十四世 曾祖父世延，遷家至邑之雲津坊。

十五世 祖父留孫，元贈禮部尚書。

祖母賴氏。

十六世 父一清，元中奉大夫，福建、江西省參知政事。

大母廖氏，父一清原配，生三子：頤、興、野，俱幼，而廖氏早逝。

生母陳氏，父一清續弦，有賢德，訓育廖所生如己出。

十七世 張以寧（一三〇一—一三七〇），生於元大德五年辛丑四月十五日，卒於明洪武三年庚戌五月四日。元泰定四年丁卯（一三二七）進士。曾任黄巖州判官、真州六合縣尹。旋以丁内艱去官，服闋，留滯江淮十餘年，以授館爲生。至正中，徵爲國子助教，累官至翰林侍講學士、中奉大夫、知制誥、兼修國史。居燕二十載，潛心研學、創作詩文。入明，拜翰林侍讀學士、朝列大夫、知制誥、兼修國史。洪武二年己酉夏六月奉詔出使安南，返，卒於途中，敕歸葬。葬於古田安馬亭。有《翠屏集》《春秋春王正月考》行世。以寧爲漢留侯張良第五十世裔孫、張睦第十七世裔孫。（一説據閩侯、順昌、古田清代張氏宗譜記載，張以寧爲張良第四十六裔孫，張睦第十二世裔孫。）

妻太原宋氏，生四子：烜、燧、煒、煜。

十八世 子烜，早逝。

子燧，早逝。

子煒，早逝。

子煜，以明經舉湖廣蒲圻縣。

妾大名宋氏，生子炬。

子炬，以茂才薦任江西新淦知縣，官至刑部員外郎。

十九世孫（男，七人）：垣、圻、埴、坦、埏、塤、壇。

孫垣。

孫圻。

孫埴。

孫坦。

孫埏，煜之子，任南雄保昌儒學訓導，更名隆。

孫塤。

孫壇。

二十世曾孫淮，德慶州訓導。其餘曾孫，未詳。

張以寧年表

游友基

元大德五年辛丑(一三〇一)　一歲

四月十五日生於福建古田翠屏山下雲津坊。字志道，號翠屏山人。祖，留孫，元贈禮部尚書。父，一清，元中奉大夫，福建、江西省參知政事。生母陳氏，爲父一清續弦。母有娠，「一夕夢小兒擎荷葉向月而拜，覺而生公」(楊榮《故翰林侍讀學士朝列大夫張公墓碑》，以下簡稱《張公墓碑》)有同父異母兄弟頤、興、野。爲漢留侯張良五十世裔孫，梁國公張睦十七世裔孫。一説據閩侯、順昌、古田清代張氏宗譜記載，張以寧爲張良第四十六裔孫，張睦第十二世裔孫。

大德十年丙午(一三〇六)　六歲

「繈褓中即嗜讀誦。甫六歲，日記千言，嘗與群兒遊寺中，僧人難之以對，隨口酬應，意甚超卓，聞者歆羡。」(楊榮《張公墓碑》)

至大元年戊申（一三〇八）　八歲

「人訟其伯父，逮於獄，公忿不能平，詣邑伸理。令異其言有條序，命賦《琴堂》詩，立就，且出語新奇，伯父由是得釋。」（楊榮《張公墓碑》）

至大三年庚戌（一三一〇）　十歲

宋濂（一三一〇—一三八一）生。後宋濂在《翠屏集序》中說：「先生長濂凡九歲，濂初濡毫學文，先生已擢進士第，列官州邑，及其教成均，入詞垣，先生之文益散落四方。濂得觀之，未嘗不斂衽，而以未能識面爲慊。」對張以寧十分敬重。

延祐二年乙卯（一三一五）　十五歲

「承父命，往寧德，受學於韓古遺。」（楊榮《張公墓碑》）

韓信同，字伯循，號古遺，又號中村，寧德人，朱熹再傳弟子陳普門生，理學家。延祐四年（一三一七），應江浙鄉舉，因與上司不合而落選。返鄉後即杜門不出。在五都南山設帳開館，講學課徒。後被聘爲建州雲莊書院山長。他門下人才薈萃，據《宋元學案》記載，其門人著者有古田張以寧、三山林文珙、長溪黄寬、霞浦鄭蠛等。著作有《四書標注》《書經講義》《三禮易經旁注》《書集解》《史類纂》，以及詩文集十餘卷，已佚。以寧在其指授下，對宋代濂學、洛學、闢學、閩學諸典籍刻苦搜覽鑽研。詩學思想受嚴羽「詩取盛唐」及「妙悟」説影響。「予蚤見宋滄浪嚴氏論詩取盛唐」。(《翠屏集》卷三《送曾伯理歸省序》)「嚴氏……亦以禪諭詩,不墮言筌,不涉理路,一主於悟矣。」(《翠屏集》卷三《黄子肅詩集序》)

延祐六年己未(一三一九)　十九歲

經五年苦讀,回古田,「學業大進。鄉之學者莫不推許之」(楊榮《張公墓碑》)。

延祐七年庚申(一三二〇)　二十歲

約於是年,娶太原宋氏爲妻,宋氏生四子:烜、燧、煒、煜。烜、燧、煒早逝,未仕。煜後以明經舉湖廣蒲圻縣。

泰定三年丙寅(一三二六)　二十六歲

赴杭州參加鄉試,中式。試卷得考官袁桷賞識。偕一起赴考之寧德人黄君澤、韓去瑕、侯鶴山遊武夷,登幔亭峰。(《翠屏集》卷二《丙寅鄉貢同寧德黄君澤韓去瑕鶴山登幔亭峰今十五年矣賦此並懷黄子肅同年》)榮歸故里,縣尹趙孟籲設筵接風。

泰定四年丁卯（一三二七）　二十七歲

「薦於杭，試於京師。」（《翠屏集》卷三《黄子肅詩集序》）以《春秋》登進士第。「未壯，登李黼榜進士第。」（石仲濂《翠屏集跋》）座主：歐陽玄（一二七三—一三六七），有《圭齋集》；馬祖常（一二七九—一三三八），有《石田集》；宋本（一二八一—一三三四）。同年進士楊維楨（一二九六—一三七〇）、薩都剌（一二七二至一二八〇間—一二七九至一三三八間）、黄清老（一二九〇—一三四八）、貢師泰（一二九八—一三六二）、江學庭等。

八月十二日，崇天門傳臚賜進士右榜第一人阿察赤，左榜第一人李黼。是日京尹備鼓樂旗幟麾蓋，狀元、榜眼、探花及以寧等進士以門生禮拜謝座主。圍觀者萬人，昔未有也。歐陽玄有詩云：「禁院層層桃李開，天街繡轂轉晴雷。銀袍飛蓋人爭看，兩兩龍頭入學來。」張以寧後在《李秀才琴所卷主》中云：「圭齋先生吾座主」，「憶昔我從成連仙，夜鼓一曲蓬萊巔。」三十年後，以寧在《湛淵王提點招飲出示座主馬中丞詩歸賦此謝之》云：「昔我乘槎斗邊去，親飲仙人玉杯露。丹成一别三十秋，東望玄洲隔煙霧。」對座主馬祖常滿懷感激之情。作七律《丁卯會試院中次諸友韻》二首，云：「方知取貴憑文字，可信封侯只笑談？直擬横空輕似鶚，莫爲作繭老如蠶。」「雲煙滿紙文裁錦，星斗羅胸氣吐虹。禮樂興隆千載後，人材涵養百年中。」充滿昂揚之氣。

張以寧爲元代古田縣唯一進士。

授黄巖州判官。

拜訪恩師韓古遺，求教爲官之道，韓古遺作《贈黄巖尹》示之。

泰定五年戊辰（一三二八） 二十八歲

「初任黄巖州判官，不逾年，以計擒捕海寇殆盡，民賴以安。」（楊榮《張公墓碑》）「時海賊頻年爲州人新害，意以寧儒者，必懦怯無備。以寧先募民兵，乘小舟潛布，以俟賊至，一鼓悉擒之。」（明·黄仲昭纂修《八閩通志》卷之六十二人物）

天曆二年己巳（一三二九） 二十九歲

「己巳春，與胡允文、趙彦直、陶師川遊鑑湖，陟玉笥，登山陰蘭亭」，「酒酣賦詩，一概千古」。十年後，以寧憶及此事，賦詩云：「憶昔鑑湖攜窈窕，故人吐氣皆如虹。」「仙人垂手授玉書，仰首雲間五情熱。」（《翠屏集》卷一）

作《鑑清軒》。

作《奉上御芝隱公》，述古田縣杉洋鎮李氏先祖芝隱公華路藍縷，在此地建宅，現已「五星聚堂文氣旺，家家弦誦而詩書」。

天曆三年、至順元年庚午（一三三〇）　三十歲

約於是年，娶大名宋氏爲妾，生一子：炬。炬後以茂才薦任江西新淦知縣，官至刑部員外郎。

至順二年辛未（一三三一）　三十一歲

約於是年，升任真州六合縣尹。「繼升真州六合縣尹，有惠政及民。」（楊榮《張公墓碑》）

後作《憶六合》：「江北淮南三月時，水煙漠漠柳絲絲。爲花一夜霜都落，卻是春風總未知。」（《翠屏集》卷二）庚辰年（一三四〇）南歸途中作《送徐君美之六合縣尹》謂「山縣棠梨樹」，「春郭千花合」。對六合之回憶頗爲溫馨。

元統三年乙亥（一三三五）　三十五歲

免官。免官原因有二説：一、以丁内艱去官；二、坐事免官。

「以丁内艱去官服闋。」（楊榮《張公墓碑》）

「轉六合縣尹。坐事免。」（《四庫全書·史部·傳記類·總錄之屬·殿閣詞林紀》卷四）

「由黄巖判官進六合尹，坐事免官。」（《明史·列傳一七三·文苑一》）

「予獲戾甲戌冬，而乙亥科舉罷，徒抱耿耿，進退踧嚏」。（《翠屏集》卷二）按：甲戌，元統二年（一三三四）；乙亥，元統三年（一三三五）。以寧因上奏朝廷，反對朝臣伯顏廢除科舉之主張，爲伯顔所忌。元統三年（一三三五）十一月科舉以「滯選法」宣告暫停。由此可知，以寧甲戌（一三三四）冬獲罪，翌年被免六合縣尹。（元·熊夢祥《析津志輯佚》）

至元二年丙子（一三三六）　三十六歲

據張以寧《書虚谷記後》：「其歲丙子，河中張君所中過予堂邑，班荆而飲，擊尊而歌，若有獲於予心者。」則丙子（一三三六）張以寧仍在六合縣尹任上，估計「坐事」後未即免官。以寧離任返里，服闋三年。明萬曆《六合縣誌》卷四《官守志》：「張以寧……至元以黄巖州判官升任」。古田城隍廟「訖功於至元丙子」，邑人請以寧爲記，作《古田縣增廣城隍廟記》，贊其「豈他郡邑可比歟？」

至元五年己卯（一三三九）　三十九歲

據以寧《送錢德元教諭盱眙序》：「至元己卯，予泝淮適汳，同年納君文燦時長泗之盱眙，握手道間闊，因獲覽觀都梁之盛，蘇子瞻、米南宫諸賢之大書深刻照映人耳目。」則是年，以寧已在淮揚。納文璨，即納磷不花，字文璨，號綱齋，北庭人。與張以寧同年中進士，後授湘陰判官，至元四年（一三三八）累遷盱眙縣達魯花赤。

自此，留滯江淮十年。

留滯原因：「服闋，將上京師，爲兵所阻。」（楊榮《張公墓碑》）「世亂留滯江淮。」（錢謙益《列朝詩集小傳》）

「余遊於揚嬴十年，骨體素不媚，性疏直，與人出語輒傾倒，不識時忌諱，仕又齟齬，無氣勢軒輊人，揚多俊彥，士多不鄙與予友。」（《送王伯純還葬河東序》，《翠屏集》卷三）

上述主客觀原因，致以寧未能重入大都宦場。

江淮十年活動，大致爲：

「教授淮南者十年。」（楊榮《張公墓碑》）以授館爲生，間或離揚，外出參與公務。「昔歲予授徒明時里，承中書命校文汴梁省。」（《翠屏集》卷四《雜記》）「宦途中阨，留滯江淮。光霽獲從之遊，昕夕聆誨，爲益不少。」（石光霽《翠屏集詩集跋》）石光霽，字仲濂，泰州人。受學於張以寧，洪武十三年（一三八〇），以明經舉，授國子學正，進博士，工文，能傳以寧之學。有《春秋書法鈎元》傳世。（《明史·文苑》）

江淮十年，以寧潛心研習古文，其詩文創作進入成熟期。「後丁時多艱，留淮南者久之。復力學不倦，鋭志古文辭。自先秦兩漢唐宋以來諸大家文章靡弗周覽詳究。矧所友，皆一時鴻儒碩士、論辨淬礪者有年，積之既久，淵渟湧溢，沛乎其莫能禦。每操觚立言，引物連喻，貫穿經史百氏，而一本於理。其氣深厚而雄渾，其辭嚴密而典雅，不務險怪艱深以求古，不爲綺靡續麗以循時。其五七言古詩及近代諸詩沈鬱雄健者，可追漢魏。清婉俊逸者，足配盛唐。蓋可

謂善學古人者也。」（陳璉《翠屏集序》）

宦途中阨，衝擊以寧原本寧靜之心緒，他充滿入世與歸隱的矛盾，又與思鄉情結相融合，遂形成此時期詩文創作的獨特風貌。主要詩作有：《峨眉亭》《遊句容同林景和縣尹子尚規登僧伽塔賦》《嚴州大浪灘》《題米元暉山水》《江南曲》《思歸引題王居敬總管寧軒》《李白問月圖》《夜飲醉歸贈王伯純是日王得容程子初同飲》《王伯純讀書別墅晨起有懷縱筆奉寄》《題王伯純青雨亭》《青山白雲歌送周熙穆高士歸天臺省親時寓玄妙觀》《登大佛嶺雨中雲在其下》《閩關水吟》《題吳子和山水》《送馬仲達秋試》《題廣陵李使君園》《題信州戈陽周竹窗嘉竹園》《九日與王伯純登蜀崗》《丙寅鄉貢同寧德黄君澤韓去瑕侯鶴山登幔亭峰今十五年矣賦此並懷黄子肅同年》《嚴子陵釣臺》《次李宗烈韻》《次李宗烈見贈韻》《秋登九江廟晚眺》《題安可久山水之閒卷》《送僧遊杭》《次王伯純韻》《登閩關》《麋家店》《題采石娥眉亭》《淮安寄同年伯牙原卿》《送僧南歸》《高郵》《次韻答茅壺山》《題安仲華秀實卷》《題石生仲濂所藏李克孝竹木》《廣陵岳廟登瀛橋同成居竹賦》《和拜明善韻》。

散文作品有：《送劉濬廷在五河教諭序》《送王伯純還葬河東序》《送李遜學獻書史館序》《送奚子雲歸吳江州序》《送劉廷脩調安慶路詩序》《送錢德元教諭盱眙序》《送方德至漳學訓導序》《桐華新稿序》。

至元六年庚辰（一三四〇）　四十歲

江淮十年，以寧多次出遊，其中庚辰南歸，詩作尤多。

春初，由直沽沿大運河南下，至揚州，經常州、平江、嘉興、杭州、建德、衢州、信州，而歸閩中。

詩作有：《雨中》《崇德道中》《浙江》《過龍游》《宿籌嶺》《泊戚家堰遇風夜雷雨》《途中次子烜韻》《至直沽》《夜久》《舟中見雨》《江干》《用烜韻呈王趙二明府》《憶黃子約》《董子廟》《二月十五日舟中見柳始青》《荆門閘》《宿遷縣》《宿泛水》《別王子懋趙德明》《過常州》《近無錫道中》《別忻都舜俞用烜韻》《過桐廬》《夜泊東關》《舟中》《過蘭溪》《泊湖頭水長》《雨發常山》《宿烏石》《分水鋪道中》《宿黃亭明日四月一日夏至》《過滁州答子烜和韻》《同王趙二明府岸行裏河濱》《過沛歌風亭》《與趙德明談丁仲容作此寄之》《沽頭》《徐州霸王廟》《范增墓》《戲馬臺》《燕子樓》《黃樓》《吕梁洪》《邳州》《吴門懷古》《過吴江州》《錢塘懷古》《富陽南泊驟風雨》《烜次草萍壁間韻同作》《七里下舟至鉛山州旁羅店》《過辛稼軒神道吊以詩》《題鬬山》《過武夷》《至建陽文公宅里》《建寧府雨中登玉清觀》《宿大橋》《至瓜洲》《夜過陵州》《東昌》《梁山濼》《泊沽頭》《邵伯鎮》《揚州》《過觀州悼阿仲深狀元》《聞同年劉子實盧可及訃》《道中》《子烜買紅酒》《嘉興有感陸宣公事》《夜泊雩浦》《過桐廬》《宿新站》《玉山縣店見壁間黃山林獻可詩次韻》《宿南嶺書》（二首）、《過崇安宿赤石水澀不下舟》《科舉以滯選法報罷士無有爲錢若水者何也予於膠西張起原坐上聞此語悚然予獲戾甲戌冬而乙亥科舉罷徒抱耿耿進退跋噓此古昔有志之士所以仰天淚盡者也感胡永文事賦廿八字凡我同志當爲憮然》《到建寧贈星者蘇金臺》。計七十七首。

至正八年戊子（一三四八）　四十八歲

古田縣臨水順懿廟始於丁亥（一三四七）秋建造，「迄戊子（一三四八）春落成」，請爲記，以寧作《古田縣臨水順懿廟記》贊順懿夫人：「禦災捍患，應若影響，於民生有德豈淺淺哉？」

至正九年己丑（一三四九）　四十九歲

淮安郡泗州之屬邑天長縣文昌祠興建，「始九年夏，迄秋落成」，請爲記。以寧代淮東僉憲楊惠子宣作《天長縣興脩儒學記》。主張「嚴廟祀，使儒知所尊。崇室廬，豐廩稍，使士有所居所養。日肆月稽，較其藝，拔其尤，使賢者有所階」，「陶成於詩書，興起於禮樂」，「教育之不具者，令之責也。自脩自養之不力者，士之過也」。

夏，赴大都。「予己丑夏辭家客燕二十年。」（《翠屏集》卷二）「予以歲己丑至京師。」（《翠屏集》卷三《送鄭伯鈞序》）

居燕二十年，正是社會動盪、戰亂頻仍的年代。一三四五年，黄河在濟陰決口，一三四七年，沿江多處人民反元起義。一三四八年起，方國珍、劉福通、張士誠、朱元璋先後起義，直至一三六八年明軍攻佔大都，元滅亡，明立國。

至正十年庚寅（一三五〇） 五十歲

至正中，復起爲國子助教，後遷待制侍讀學士。『以寧有俊才，元末遺老多物故，以寧獨擅名於時，人呼爲『小張學士』。』（《四庫全書·史部·傳記類·總錄之屬·殿閣詞林記》卷四）《明史·文苑傳》亦有類似記載。

與翰林侍講學士徐施畚相識。後交往頗多，爲其無間軒作記《無間軒記》，贊其學道已無間，「内外之無間」，「内外之兩忘」，「蓋學而進於是乎」（《翠屏集》卷四）。

至正十一年辛卯（一三五一） 五十一歲

以寧何時進國子監，無可確考。估計約於是年或上一年，爲國子助教。

至正十二年壬辰（一三五二） 五十二歲

讀《唐兀敬賢孝感序》（國子司業潘迪作），爲之感動。立春日，於左屯之嘉禾堂作《書唐兀敬賢孝感序後》。

接受嘉禾堂主人李彦輝之請，於立春日，作《知止齋後記》，贊唐兀敬賢能「知其所知，止其所止」。謂「他日敬賢倘見予，當爲更僕言之」。可見二人尚未見面。

至正十三年癸巳（一三五三）　五十三歲

館閣吟唱，蔚成風氣。以寧參與其中，寫了不少酬贈之作。「閑官冷署」使他產生傷感、寂寞與無奈。約於是年，作《答張約中見問》，云：「衰遲久讓祖生鞭，寂寞猶存鄭老氈。」「多謝故人勞遠問，濫竽博士又三年。」

作《次韻張祭酒新春詩》，謂：「謾倚三年博士席，長懷百歲老人村。」

至正十六年丙申（一三五六）　五十六歲

承中書命，校文遼陽。「歲丙申，忝助教，復校文遼陽。時未畢，丁巳（一三一七）同事者梁庸又先往，一生規予從騎，謂予不善騎，且踰漁陽嶺，……皆難行。予燭其情，不之許。亟追至大寧，又及之。」（《翠屏集》卷四《雜記》）

作《都城春日再次前韻》，云：「願見年豐人飽飯，廣文官冷底須論。」

以寧「十年在揚州，五年在京城」，於六千里外，見到來自故鄉的阮子敬，旋即送別之，更添鄉愁，作《送重峰阮子敬南還》，云：「我行久別家，思憶故鄉水。」

作《學海陳君墓誌銘》。

至正十八年戊戌（一三五八）　五十八歲

作《崇義書院記》，贊唐兀崇喜之「崇義」精神。

至正十九年己亥（一三五九）　五十九歲

作《送鄭伯鈞序》，謂：「予以歲己丑至京師，旅食烏吟，蓋甇甇垂十載矣。常思吾八郡繇晉永嘉後，士皆中州衣冠之裔，號稱海濱鄒魯。……去年秋，同郡生鄭伯鈞始來見予於京師之胄學。今年夏，授官主閩清簿以歸。」（《翠屏集》卷三）

至正二十年庚子（一三六〇）　六十歲

二月，作《賦一首》，署「晉安張以寧爲唐兀象賢賦」，頌唐兀氏創業史。

至正二十二年壬寅（一三六二）　六十二歲

作《徐母真氏墓誌銘》，徐母「卒於至正壬寅（一三六二）三月某日」，其子孔文「從事閩省，走京師，拜泣乞銘」，「予太史，可無銘乎？」（《翠屏集》卷四）

至正二十三年癸卯（一三六三）　六十三歲

以寧與危素交誼甚篤。危素（一二九五—一三七二，一説一三〇三—一三七二），至正五年（一三四五），任國子助教，七年（一三四七）任翰林編修，十一年（一三五一），任太常博士，後任兵部員外郎等職，十七年（一三五七），升兵部尚書，十八年（一三五八），參中書省事，二十年（一三六〇），拜參知政事。二十四年（一三六四）爲翰林學士。明洪武二年（一三六九），爲翰林侍講，與宋濂同脩《元史》，是以寧的兩朝同事。至元戊寅（一三三八），危素命其齋居之室曰「説學」，「今廿又五年矣」，即一三六三年，更其名曰「苦學」，「且命晉安張以寧爲之記」。以寧作《苦學齋記》，贊其「苦學」精神。《明史·文苑傳》稱「素長於史，以寧長經」。

十一月，撰《濮陽縣孝義重建書院疏》。

張以寧在大都爲官二十年，頗有政聲。祖考皆獲贈官，祖母賴氏、母親廖氏、陳氏、妻子宋氏皆獲贈「清河郡夫人」。（楊榮《張公墓碑》）

至正二十七年丁未（一三六七）　六十七歲

臨江郡府治毁於兵燹，劉貞升知是府，「鳩工創建」，「經始於丙午歲（一三六六）某月，落成於丁未（一三六七）某月」，「懇請余文」。作《寧江府管繕記》。

四月，唐兀楊氏象賢將歸大名開州之濮陽，與以寧告别，以寧作《送楊象賢歸澶淵序》。

《述善集》，由西夏遺民唐兀崇喜（楊崇喜）初編成書，後經不斷補充，至一六二九年最終定稿梓行。以寧《述善集序》可能作於丁未(一三六七)。

居燕二十年,以寧寫了不少酬贈詩。如:《送楊士傑學士代祀闕里分題得硯井臺》《答豫章鄧文若進士見贈並謝蘇昌齡徵君》《次韻同年李孟豳編修見貽》《次韻送同年朱子儀調光化尹還睢陽》《次李參政省中獨坐》《次韻》《予別黄巖十又六年譾焉德薄父老當不復記然區區常往來於懷也如晦上人來見語亹亹不能休别又依依不忍釋予不知何也賦此以贈》《送憲掾孫德謙北上》《湛淵王提點招飲出示座主馬中丞詩歸賦此謝之》《送王人傑都事開詔福建》《送杜德夫河東經歷》《次韻鄭蘭玉》《賀禮部王尚書本中二十韻》《送館主朝憲使之淮西四十韻》《送劉素軒作守》《和周子英進講詩韻》《次韻春日見寄》《南宫校文次韻馬在新授經》《送趙文中南歸》《次張祭酒虚遊軒雨後即事韻並憶揚州舊遊》《次韻李明舉御史貢院詩》《送陳彦博編修歸省》等。

居燕二十年,以寧有機會觀看衆多名畫,寫有不少題畫詩,但題畫詩難見作於何時之提示,故無法列出本時期之所作。

居燕二十年,歸隱思親爲其詩作重要主題。如《臘月夢還家侍親》《次韻感懷清明並自述》《桃源春曉圖》等。

《翠屏集》卷三、卷四散文多作於此時期:

《春秋經説序》。「以寧忝以是經第有司,而用世實甚迂。……惟與棄去微官,以相從畢力於羣經。」

《經世明道集序》。「浦城徐君宗度,使來京師,以《經世明道集》示於予。」

《陳漢臣文集序》。「初予友其父德初君於三山，漢臣始總角，拜予。……其後，予歸三山，漢臣與予遊滋稔，……今別予寒暑十有三，而漢臣使以詩文凡三帙來京師，請予序。」

《思存藁序》。「朱旿伯良氏攻文若詩，而請於予曰：『……承旨張公賜之序，……』台之黄巖，予始仕而獲友其士之賢者伯良，台秀也。……」

《甄山存藁序》。「太常之子瑜，兹來京師，以寧曩獲交於太常而見焉，因得其文與詩而盡觀之，其於太常君何其克肖也。」

《包與直雲泉漫藁序》。「今會稽包君與直，名其文與詩曰《雲泉漫藁》也。……而承委督漕以來京師，……」「予職史氏，尚當爲君屢書之，序以贈其行，且書於《漫藁》之首。」

《黄子肅詩集序》。「以寧與先生皆薦於杭，試於京師，自杭歸閩，復自淮如京師，歸於閩，同舟而共載。又明年，復見於京師，好踰弟昆。而中年久於別。予留於揚，先生喜予詩，以書來。其後先生薨於鄂，予哭以詩甚哀。今年其孤某來京師請曰：……」按：黄清老（子肅）逝於一三四八年。

《釣魚軒詩集序》。「廬陵龍子高氏來京師，出其詩示予。……子高之詩題曰《釣魚軒集》。」

《馬易之金臺集序》。「葛羅魯氏馬君易之，以詩聞今世，予得其《金臺集》而讀之。……予識易之於京師，踰十五年，……」

《楊氏世譜序》。「别二十餘年，其歲己丑（一三四九），始見巖士楊子益於京師。今年夏，嗣見於胄學，出其先世譜，再拜請予序。」

《胡太常歲月日記序》。「《歲月日記》者，東陽胡瑜記其先太常府君純白先生出處本末之詳也。」「第惟自丁卯（一三二七）逮今計有六年（一三三三），同年同志凋淪殆盡，予於先生能無慨然以感也？」

《贈李君南歸序》。「（樵隱）遇翠屏山樵叟效金馬之隱者，相語於燕市之中，時相過。」

《送曹判官序》。「初予在維揚，德輔與予遊，予固器之。……予留京師，德輔亦來京師。」

《送吳賓旸之泰興教諭序》。「曩予始至揚，與朱方吳君子和相好也。出其子旭拜。……後十餘載至焉，……而旭亦能自樹立爲人師矣。」

《泉石山房記》。「錢塘山水佳麗甲江左」，而吳山「其佳麗又甲於錢塘」，「士人郝思道即時築室焉」，名之曰「泉石山房」，其友「大舉請予文」，「予家武夷三山之曲，縻祿京塵，寢負歸約，其愧思道何如也，遂以大舉之請爲記之」。

《聯桂堂記》。杭郡謝子中所居之所爲「聯桂堂」，因「子中之二子善才、善慶同登至正辛卯（一三五一）進士第也」。「予以子中忝年弟，視二子猶子也」。故作《聯桂堂記》，「二子其尚勉之哉」！

《虛齋記》。「燕山傅君子通以治《易》第進士，儀朝行，著聲實也有年矣。今由太常博士拜監察御史，以其子《易》之齋名曰『虛』者，徵予記。」

《存存齋記》。「滕郡李公孟豳奮進士，揚省臺，參大政，位獨坐，聲華煜然。」按：李孟豳，至正初任監察御史，後遷中書參政、樞密副使，至正十九年（一三五九）任大都路總管兼大興府尹，遷陝西行臺中丞，至正二十四年（一三六四），出爲山東廉訪使等職。旋卒。

《河圖精舍記》。友尚真學《易》，以「河圖精舍」命名其滕之齋居，「復請予記之」，「子其將用世矣，名遂身退，然後歸而精舍，……予亦志於斯，他日南歸過滕，相逢於林下，尚有徵於予言云」。

《曲密之房記》。「京師之崇真宮毛真人叔達，與予好也，爲其弟子長樂林真士請記其曲密之房。」真士名庭揮，「今住長樂東華宮佑聖觀」，「真士者，參政危先生構之也」。

元至正二十八年、明洪武元年戊申（一三六八）　六十八歲

閏七月，二十八日，元惠宗逃離京城。

八月二日，明軍攻入大都。元覆亡。

朱元璋建都南京，改國號明，改年號洪武。

冬，張以寧與危素、曾堅等一大批元朝故官應召來到南京。

「戊申冬來南京。」（《翠屏集》卷二）「既入國朝，拜翰林侍讀學士、朝列大夫、知制誥、兼修國史。每承顧問，多所裨益。賜誥褒諭，恩賚特厚焉。」（楊榮《張公墓碑》）「國初王師入元都，以寧與危素等以故官來歸，奏對稱旨，仍以爲侍讀學士、階朝列大夫、知制誥。特被寵遇。」（《四庫全書・史部・傳記類・總錄之屬・殿閣詞林記》卷四「翰林院侍讀學士張以寧」）

洪武二年己酉（一三六九） 六十九歲

正月三日，「賜見前殿」，「命爲鍾山之説」（《翠屏集》卷三《應制鍾山説》）。「帝嘗登鍾山，以寧與朱升、泰裕伯等扈從擁翠亭，給筆劄賦詩。」（《明史・列傳一七三・文苑一》）以寧撰《應制鍾山説》對鍾山龍蟠虎踞、雄偉瑰奇，竭盡歌頌之能事，且謂：「蓋創業於此，以乘方來之望氣，並建都邑，以開永久之宏規，以承中華之正統，以衍億載之丕基。伏惟陛下神謀睿算，必有處矣。」

春，宋濂來到南京，見以寧，「各出所爲舊藁，相與劇論。至夜分弗知倦」。以寧説：「吾生平甚不服人，觀子之文殆將心醉也。」「濂與先生劇論時，未嘗不撫卷而三歎。」「酸鹹之嗜，偶與先生同。」（宋濂《翠屏集序》）二人文學主張相同，彼此視爲摯友。時人譽爲「雙星聚會」。

六月二十九日，與典籍牛諒奉使安南。中國與安南建立宗藩關係始於北宋。明洪武二年（一三六九），安南陳朝陳日煃「奉表稱臣」，朱元璋即派以寧、牛諒賫詔印使安南封其國王陳日煃。作《南京早發》：「大隱金門三十載，壯懷中夜每聞雞。今朝一吐虹霓氣，萬里交州入馬蹄。」以寧自注云：「蘇老泉云：『丈夫不得爲將，得爲使，折沖萬里外足矣。』」

一路行程，有詩紀之。作《晚泊石頭城下明日發龍江》《過大聖港新河口》《蕪湖》《泊月子河望三山》《焦磯廟》《過采石》《月子河阻風》《有感》《爲舟人萬氏題象圖》《舟中望廬山》《過臨江望合皂山》《懷故人鄧南皐》《遇故人胡居敬臨江府送至新淦》《過臨江》《吉水縣違新淦二十里濱江一帶皆丹山無草木因憶予鄉云》《安南使令上頭翰林校書阮法獻詩四絶次韻答之》《安南使者同時敏大夫登舟相訪獻詩述懷一首就坐走筆次韻答之以紀一時盛事云》《再次韻答之是日微雨大風》《過小孤山》《廣州贈同時敏》《南昌行省迓至驛舍同安南使宴於省廳参政京口滕弘有詩次韻答之》《過南昌》《萬安邑令馮仲文家全椒與予舊識鮑仲華提舉有瓜葛之好傾蓋情親戀戀有故人意君渡江舊人有惠政得民心》《舟中望贛州》《贛州城下》《南雄即事牛士良韻》《平圃驛中秋翫月用牛士良韻》《舜廟詩次韻牛士良》《峽山寺僧慧愚溪邀觀壁間舊題因誦宋廖知縣一律有云猿棄玉環歸後洞犀拖金鎖佔前灣予謂其切實類唐許渾賦以繼之》《廣州贈溫陵龔景清鄉人》《封川縣次韻典籍牛士良》《梧州即景》《烏巖灘馬伏波祠》《次韻士良子毅登雷破巖劉大王廟唱酬》《立冬舟中即事》《龍州答迎接官何符》《又答請命官阮士僑》《又答》《次韻羅復仁編修修》《安南即事》。

過江西贛州鬱孤臺，作《予少年磊隗負氣誦稼軒辛先生鬱孤臺舊賦菩薩蠻嘗慨然流涕歲庚辰過鉛山先生神道前有詩云云見南歸紀行藁後贛州黄教授請賦鬱孤臺詩復作近體八句亡其舊稿因念功名制於數定材傑例與時乖自昔不遇若先生者蓋亦多矣然猶惜其未能知時審己恬於靜退幾以斜陽煙柳之詞陷於種豆南山之禍今二十九年矣舟過是臺細雨閉蓬靜坐忽憶舊詩因錄於此見百念灰冷衰老甚矣云》。

途中，作《情事未申視息宇内劬勞之旦哀痛傷倍悲歌以繼慟哭所謂情見乎辭云爾呈閻初陽天使牛士良典籍》，以寧自注云：「老親未即土，二寡婦攜幼兒在閩，十口在金陵，皆貧困。一子與婦在松江，與安南爲四處，何以堪此境也！」

七月二十四日，舟抵太和縣。作《予己丑夏辭家客燕二十年江南風景往往畫中見之戊申冬來南京今年六月二十九日奉旨使安南長途秋熱年衰神憊氣鬱不舒舟抵太和舟中睡起煙雨空濛秋意滿江宛然畫中所見埃壒爲之一空漫成二絶以志之時己酉七月二十四日也》。

作《舟中覩物憶亡兒烜》四首，懷念亡兒烜。長子烜能詩。父子多有唱和。

七月二十七日，到萬安，作《二十七日到萬安縣縣令馮仲文來問勞翌日登岸觀故宋賈相秋壑所居故址左城隍祠右社稷壇中爲龍溪書院其後二喬木鬱然云賈相生於此書院舊甚盛田多於邑學今歸於官獨舊屋前後兩間中存先聖燕居像左四公木主徘徊久之當宋季年君臣將相皆非氣運方興者敵襄樊無策可救江左人才眇然無可爲者譬之弈者不勝其偶無局不敗是時有識者爲崔菊坡葉西麓無已則爲文山李肯齋可也而癡頑已甚貪冒富貴國亡家喪爲千載罵笑而刻舟求劍者迺區區議其瑣瑣之陳跡悲夫因賦二絶如罪其羈留信使之類皆欲加之罪之辭也》，從長長的詩題可窺見以寧之歷史觀。

作《夜聞雨》《南康驛丞王珪文嘗逮事故郎中顔希古求請爲走筆書一絶》《晚到韶州》《帝舜廟》

《張文獻詞》《余襄公祠》《發廣州》《題畫馬》《代簡周幹臣廣東參政》（二首）、《代簡楊希武右丞安南驛書懷》（二首）。

赴安南途中，爲宋濂《潛溪集》作序，高度評價宋濂的散文成就，「先生之文，其進於韓氏（愈）之爲乎！」宋濂在《翠屏集序》中說：「先生使安南，道次大江之西，特選序文一首相寄。」贊以寧文：「誠可謂一代之奇作矣！」

十月五日，作《送南寧攝守焦侯序》。

作《雪崖説》《訥庵記》《知愚齋記》。

尚未抵達安南國境，而日煃卒，其侄陳日熞遣臣阮章求詔璽。以寧不許，派牛諒、子毅先造其國，正辭嚴色，告知以寧之言：「『此吉禮，非凶事也。今爾國有喪，況來文伊先君之名，非世子之名，降之非禮也。爾國當遣使往奏，庶依大禮。』於是國人從之。」（朱元璋《賜張以寧詩序》）復遣陪臣杜舜卿來告訃。以寧居龍江之上等候。

洪武三年庚戌（一三七〇） 七十歲

年初，朱元璋派林弼、王廉等往安南吊祭陳日煃，其後，以寧入安南國完成封其國王之禮儀。「且教其世子服三年喪，並令其國人效中國行頓首、稽首禮。朝廷嘉之，賜以勅書，比之陸賈、馬援，並御制詩八篇獎諭之。」（楊榮《張公墓碑》）

以寧於驛館，撰成《春秋春王正月考》。三月三日，自序之。安南青年阮太沖、阮廷玠「楷法遒美」，爲以寧抄寫《春秋春王正月考》，以寧分別賦詩表感謝與鼓勵。

回朝復命。作《廣東省郎觀子毅翩翩佳公子也讀書能詩甚閑於禮以省命輔予安南之行雅相敬禮予暫留龍江君與士良典簿先造其國正辭嚴色大張吾軍今子毅北轍而予南轅家貧旅久復送將歸深有不釋然者口占絶句四首以贈詩不暇工情見乎辭云爾》。另有《予使事留滯安南安南人費安朗以隱官給事其國親遺近臣家老而彌謹預於館人之役朝奉事甚勤拜求作詩懇至再四口占二絶予之一以志予念鄉之感一以對景自釋焉》《代簡廣西參政劉見中》，後者稱此次出使安南爲「衰老天教一壯遊」。作詞《廣州省治南漢主劉鋹故宫鐵鑄四柱猶存周覽歎息之餘夜泊三江口夢中作一詞覺而忘之但記二句云千古興亡多少恨總付潮回去因檃括爲明月生南浦一闋云》。出使安南前後八個月，所作詩文頗豐。

五月四日，病逝於臨清驛館。臨終，作《自挽》詩，總結其一生行藏、品德：「一世窮愁老翰林，南歸旅櫬越山岑。覆身粗有黔婁被，垂橐都無陸賈金。稚子啼饑憂未艾，慈親藁葬痛尤深。經過相識如相問，莫忘徐君掛劍心。」

「訃聞，勅禮部遣官歸其柩，所過有司設祭，仍給在任三歲禄，以贍其家，以某年某月某日葬邑之極樂山。」（楊榮《張公墓碑》）

所著詩文，有《翠屏藁》《淮南藁》《南歸紀行》《安南紀行集》《春秋春王正月考》。今存《翠屏集》《春秋春王正月考》《春秋春王正月考辨疑》。初步統計，現存詩三八五首，詞二首，賦一篇，聯一副，文一百篇。

五月十三日，牛諒（士良）作《五月十三夜夢侍讀先生枕上成詩》悼之。

藍智作《聞張志道學士旅櫬自安南回》，云：「兩朝翰苑擅揮毫，白髮蕭蕭撰述勞。使出海南金印重，文成天上玉樓高。」

七月一日，宋濂作《翠屏集序》。

宣德元年丙子（一四二六）

以寧嫡孫張隆梓行《春秋春王正月考》二卷。

宣德三年戊申（一四二八）

《翠屏集》初刻，今存詩一卷（卷二）。

成化十六年庚子（一四八〇）

《翠屏集》次刻，今存完帙。

康熙十六年丁巳（一六七七）

《春秋春王正月考》再刻。

乾隆四十二年丁酉（一七七七）

《四庫全書·經部·春秋類》收《春秋春王正月考》二卷。

乾隆五十三年戊申（一七八八）

《四庫全書·集部·別集類》收《翠屏集》四卷。

據《古田縣誌》（明萬曆版、清乾隆版）：古田縣「玉堂金馬坊」，洪武初，爲張以寧建，坊在縣治一保，舊名「雲津」。弘治六年癸丑（一四九三），知縣屠容重修。崇禎五年壬申（一六三二），毀。十三年庚辰（一六四〇），知縣郭維藩重建。又，三保下馬亭街曾建「張學士坊」，後圮。一保，有翠屏書院，祀學士張以寧。兩廊書舍，給諸生講讀，後廢。

主要參考文獻

張以寧：《翠屏集》（《景印文淵閣《四庫全書》集部一六五，第一二二六册），臺灣商務印書館一九八六年版。
張以寧：《春秋春王正月考》（《景印文淵閣四庫全書》經部一五九，春秋類第一六五册），臺灣商務印書館一九八六年版。
章培恒等主編：《全明詩》第一册，上海古籍出版社一九九〇年版。
錢伯誠等主編：《全明文》第二册，上海古籍出版社一九九四年版。
陳慶元：《文學：地域的觀照》，上海遠東出版社、上海三聯書店二〇〇三年版。
陳廣宏：《張以寧詩歌創作歷程考論》，《深圳大學學報》二〇〇七年第六期。
曹合社：《張以寧詩文研究》（蘇州大學二〇〇九年碩士學位論文，指導教師：范志新）。

後　記

本人整理的《翠屏集 張以寧詩文集》二〇一二年九月由鷺江出版社出版。編印該書的目的，是想讓更多的讀者手頭有一部完整的加標點的簡體字横排版《翠屏集》，以便鑒賞、研究。這是種普及的版本。

今所存《翠屏集》以明宣德三年（一四二八）刊本爲最早，惜僅存第二卷；其次爲成化十六年（一四八〇）刊本。此次付梓的《翠屏集》點校本以成化本第一、三、四卷，宣德本第二卷爲底本，並以《四庫全書》所收《翠屏集》、上海图书馆所藏清钞本參校，第二卷還以成化本第二卷參校。本書對《翠屏集》宋濂等四篇序文及卷三、卷四約百篇散文劃分了段落，未必妥帖，僅供參考。本書的『附録』輯録了張以寧的佚詩、佚文，明清兩代對張以寧的評述，張以寧同時代人的贈詩及張以寧世系簡表、張以寧年表。

本書係福州外語外貿學院閩海研究中心研究成果，同時得到福州外語外貿學院學術著作出版基金資助。感謝閩海文獻叢書主編陳慶元教授和福州外語外貿學院對本書出版所給予的大力支持；感謝廣陵書社出版社責任編輯李潔、張敏爲本書出版所付出的辛勤勞動。

限於水平，錯誤及不當之處在所難免，敬希廣大讀者不吝賜教。

游友基　二〇一四年十一月於福州倉山師大花香園寓所